William Shakespeare

Schauspiele Heinrich V. Heinrich VI. - Teil 1

William Shakespeare

Schauspiele Heinrich V. Heinrich VI. - Teil 1

ISBN/EAN: 9783743643475

Hergestellt in Europa, USA, Kanada, Australien, Japan

Cover: Foto ©Andreas Hilbeck / pixelio.de

Weitere Bücher finden Sie auf **www.hansebooks.com**

Sammlung

der

Poetischen und Prosaischen

Schriften

ausländischer schöner Geister.

Die Schriften

des

Wilhelm Shakespear.

Schauspiele.

Neue verbesserte Auflage.

Siebenzehnter Band.

Mit allerhöchstem kaiserlichen Privilegio.

Mannheim, 1772.

Personen.

König Heinrich der Fünfte.
Herzog von Gloucester,
Herzog von Bedford,
Herzog von Clarence, } des Königs Brüder.
Herzog von York,
Herzog von Exeter, } Oheime des Königs.
Graf von Salisbury.
Graf von Westmorland.
Graf von Warwick.
Erzbischof von Canterbury.
Bischof von Ely.
Graf von Cambridge,
Lord Scroop, } Verschworne wider den König.
Sir Thomas Grey,
Sir Thomas Erpingham, Gower, Fluellen, Mack=
 morris, Jamy, Offiziere bey König Heinrichs
 Armee.
Nym, Bardolph, Pistol, Edelknabe, vormalige Be=
 diente Falstaff's, itzt Soldaten in des Königs
 Armee.
Bates, Court, Williams, Soldaten.
Karl, König von Frankreich.
Der Dauphin.
Herzog von Burgund.
Constable, Orleans, Rambures, Bourbon, Grand=
 prée, Französische Edelleute.
Kommandant von Harfleur.
Montjoy, ein Herold.
Gesandten an den König von England.
Isabelle, Königinn von Frankreich.
Katharine, Tochter des Königs von Frankreich.
Alice, Hofdame der Prinzeßinn Katharine.
Quickly, Pistol's Frau, eine Wirthinn.
Der Chor.
Lords, Boten, Französische und Englische Sol=
 daten, und anders Gefolge.

Der Schauplatz ist Anfangs in England; her=
nach durchgehends in Frankreich.

Prolog.

O! eine Feuermuſe! die hinauf
Zum hellſten Himmel der Erfindung ſteige!
Ein Königreich zur Bühne! Prinzen, die
Sie ſpielten, und Monarchen, die ſie ſähn,
Die hohe Scene! — Wie er war, ſo würde
Der heldenmüth'ge Heinrich dann im Gang
Des Kriegsgotts dahergehn, und gekoppelt,
Gleich Hunden, würden Hunger, Schwert, und
                          Tod,
Zu ſeinem Fuß ſich ſchmeichelnd ſchmiegen, und
Um Arbeit ſtehn. Jedoch verzeiht, ihr Theuren,
Dem ſeichten, nie empor geſtiegnen Geiſt,
Der es gewagt, auf dieß unwürdige
Gerüſt' ſolch einen groſſen Gegenſtand
Euch vorzuführen. Kann der enge Platz
Der Hahnenkämpfe wohl das weite Feld
Von Frankreich faſſen? oder können wir
In dieſen Reif aus Holz *) die Helme preſſen,
Wovor bey Agincourt die Luft erbebte?

---

*) Im Engliſchen: within this wooden O „in dieß
hölzerne O„ — Nichts dient mehr zum Beweiſe von
der Gewalt der Gewohnheit über die Sprache, als der
Umſtand, daß der häufige Gebrauch, einen Zirkel ein
O zu heiſſen, unſerm Dichter die Niedrigkeit dieſer
Metapher dergeſtalt verbarg, daß er ſie ſehr oft da
braucht, wo er ſich um die Würde des Ausdrucks die
meiſte Mühe giebt. Johnſon.

Verzeiht! — kann doch, auf einem kleinen Platz,
Ein Zug oft eine Million bezeichnen;
Laßt uns auch, Zifern dieser grossen Rechnung,
Auf euren Geist solch einen Eindruck machen.
Nehmt an, im Gürtel dieser Mauren seyn
Zwey mächt'ge Monarchien itzt vereint,
Die mit den Stirnen fast einander treffen,
Nur daß der engste Theil des Meers sie trennt.
Füllt unsre Mängel in Gedanken aus;
In tausende zertheilet Einen Mann,
Und schaft euch so ein eingebild'tes Heer. *)
Denkt euch, wenn wir von Pferden reden, daß ihr
Sie vor euch seht, wie sie den stolzen Huf
Ins will'ge Erdreich drücken.   Eure Denkkraft
Muß unsern Königen erst Würde geben.
Denkt hin und wieder, überspringt die Zeiten,
Und bringt, was viele Jahre foderte,
Itzt in Ein Stundenglas.   Laßt mich, als Chor,
Die Zwischenräume dieses Schauspiels füllen,
Und laßt mich, als Prolog, itzt nicht vergebens
Um eure Nachsicht stehn, die unser Spiel
Geduldig höre, menschenfreundlich richte!

***

*) Man sieht hieraus, daß Shakespear es völlig
einsah, wie ungereimt es ist, Schlachten auf die Büh=
ne zu bringen, wodurch das Trauerspiel allemal zum
Possenspiele wird. Will man dem Auge etwas vorstel=
len, so muß wenigstens etwas da seyn, was dem Vor=
zustellenden ähnlich ist, und „in einem hölzernen O „
läßt sich doch wohl nichts Aehnliches von einer Schlacht
zeigen. Johnson.

Leben
König Heinrichs des Fünften.

Erster Aufzug.

Erster Auftritt.

Ein Vorzimmer am Englischen Hofe, zu Kenelworth.

Der Erzbischof von Canterbury.
Der Bischof von Ely.

Canterbury. Mylord, ich kann Euch sagen, man sucht die nämliche Bill durchzusetzen,
die in dem eilften Regierungsjahre des letzten
Königs beynahe schon wider uns durchgegangen
wäre, wenn nicht die Zerstreuung und die Unruhen der damaligen Zeit den weitern Betrieb ge-
hindert hätten.

Ely. Aber, Mylord, was werden wir itzt
dawider thun können?

Canterbury. Man muß darauf denken. Wenn sie wider uns durchgeht, so verlieren wir die beste Hälfte unsrer Einkünfte; denn alle die Ländereyen, welche fromme Leute nach ihrem Tode der Kirche vermacht haben, würden sie uns entreissen; da man sie so hoch in Anschlag gebracht hat, daß davon zur Ehre des Königs ganzer fünfzehn Grafen, fünfzehn hundert Ritter, und sechs tausend und zwey hundert Edelleute besoldet, hundert reichlich versorgte Armenhäuser zum Besten bettlägriger Kranken, abgelebter Leute, unvermögender Armen, die nicht mehr arbeiten können, davon unterhalten, und ausserdem noch in den Schatz des Königs jährlich tausend Pfund gezogen werden können. So lautet die Bill.

Ely. Das hiesse mit starken Zügen trinken!

Canterbury. Freylich; Becher, und alles.

Ely. Aber wie wollen wir's hindern?

Canterbury. Der König ist voller Gnade, und denkt menschlich.

Ely. Und ist ein aufrichtiger Freund der heiligen Kirche.

Canterbury. Die Aufführung seiner Jugend ließ uns das nicht erwarten. Aber kaum war sein Vater gestorben, so schien seine in ihm geschwächte Wildheit gleichfalls zu sterben. Ja, in dem nämlichen Augenblicke stieg die Ueberlegung, gleich einem Engel, herab, jagte den sündigen Adam aus ihm, und bestimmte nun seinen Körper, wie ein Paradies, zum Aufenthalt himmlischer Geister. Noch nie ward' Jemand so schnell bekehrt; noch nie kam die Besserung so reissend dahergeströmt, und spülte die Fehler hinweg *); noch nie verlor die hydraköpfige Zügellosigkeit so bald, und so auf einmal ihre Herrschaft, wie in diesem Könige.

Ely. Diese Veränderung ist das größte Glück für uns.

Canterbury. Man muß ihn einmal nur von Religionssachen reden hören, so thut man, voller Bewundrung, im Herzen den Wunsch, daß der König ein Prälat werden möchte. Man höre ihn von weltlichen Dingen reden, so sollte

---

*) Eine Anspielung auf die Art, wie Herkules die berühmten Ställe reinigte; indem er einen Fluß durch sie hin leitete. Der Dichter hat den Herkules noch in Gedanken, wenn er gleich nachher der Hydra gedenkt. Johnson.

man sagen, er habe bloß darauf allen seinen
Fleiß gewandt. Man höre ihn vom Kriege sprechen, so ists, als ob man die Muſik eine fürchterliche Schlacht mahlen hörte. Man bringe
ihn auf irgend eine Angelegenheit des Staats,
so wird er den Gordiſchen Knoten derselben mit
eben der Leichtigkeit, wie sein Strumpfband,
auflöſen. So bald er spricht, schweigt die Luft,
die sich sonst kein Stillschweigen auflegen läßt;
und die stumme Verwundrung laurt in den
Ohren der Leute, um seine anmuthvollen und
lieblichen Reden zu stehlen. Der thätige und
praktiſche Theil seines Lebens muß bey ihm der
Lehrer dieses theoretiſchen gewesen seyn; wobey
es immer ein Wunder iſt, wie er sich diese Kenntniſſe hat sammeln können, da er lauter Thorheiten zu treiben pflegte, da er mit lauter un-
wiſſenden, rohen und seichten Leuten umgieng,
da er alle seine Zeit mit Schwelgen, Schmäu-
sen und Luſtbarkeiten zubrachte, und man niemals einigen Fleiß an ihm wahrnahm, oder
Enthaltung und Losreiſſung vom Umherschwär-
men und vom Umgange mit den gemeinſten
Leuten.

Ely. Die Erdbeere wächst unter den Nesseln, und heilsame Staubengewächse treiben, und gerathen am besten, wenn sie neben Früchten von geringerm Werthe wachsen. Eben so verbarg der Prinz seine Liebe zur Weißheit unter dem Schleyer der Wildheit; und sie wuchs ganz gewiß, gleich dem Sommergrase, bey Nacht am stärksten, ungesehen, aber durch sich selbst zunehmend.

Canterbury. Das muß seyn; denn Wunderwerke sind vorbey; und wir müssen also nothwendig die gewöhnlichen Mittel, woburch Dinge zur Vollkommenheit gelangen, auch hier annehmen.

Ely. Aber, werther Mylord, was sollen wir itzt machen, um die Bill zu mindern, welche das Parlament durchzusetzen sucht? Ist der König dafür, oder dawider?

Canterbury. Er scheint gleichgültig dagegen zu seyn, oder vielmehr geneigter gegen uns, als gegen diejenigen, welche sie wider uns eingegeben haben. Denn ich habe Seiner Majestät den Antrag gethan — mit Genehmigung unsrer versammelten Bischöfe, und in Betracht

unsrer gegenwärtigen Umstände, die ich dem Könige, in Ansehung Frankreichs, ausführlich vor-
gestellt habe — den Antrag, ihm eine grössere
Summe zu geben, als die Geistlichkeit jemals
auf Einmal seinen Vorwesern entrichtet hat.

Ely. Und wie schien er diesen Antrag auf-
zunehmen, Mylord?

Canterbury. Ungemein gnädig; nur hatte
er nicht Zeit genug, um, wie ich sah, daß er
gerne gethan hätte, die besondern Umstände,
und alle die einzelnen Gründe seiner rechtmäßigen Ansprüche auf gewisse Herzogthümer anzuhören, und überhaupt auf die Krone und den
Thron von Frankreich, der ihm, von seinem
Großvater Eduard her, mit Recht gehört.

Ely. Durch welches Hinderniß wurde denn
dieß Gespräch unterbrochen?

Canterbury. Der Französische Gesandte verlangte in dem nämlichen Augenblick Audienz;
und ich glaube, die Stunde wird itzt da seyn,
die ihm zum Gehör bestimmt ist. Ist es schon
vier Uhr?

Ely. Ja.

Canterbury. So wollen wir hinein gehen,

um seinen Vortrag anzuhören, den ich wohl
schon vorher errathen wollte, eh er noch ein
Wort davon sagt.

Ely. Ich werde Euch folgen, mich verlangt
sehr, ihn zu hören.

(Sie gehn ab.)

Zwenter Auftritt.

Der Audienzsaal.

K. Heinrich. Gloucester. Bedford. Clarence. Warwick. Westmorland.
Exeter.

K. Heinrich. Wo ist Mylord von Canterbury?

Exeter. Nicht hier im Zimmer.

K. Heinrich. Laßt ihn rufen, lieber Oheim.

Westmorland. Sollen wir den Gesandten
herein rufen?

K. Heinrich. Noch nicht, mein Vetter; ehe
wir ihn anhören, möchten wir gerne noch über
verschiedne wichtige Dinge einen Schluß fassen,
die uns in Ansehung unser und Frankreich beunruhigen.

Der Erzbischof von Canterbury. Der Bischof von Ely.

Canterbury. Gott und seine Engel beschützen Euren geheiligten Thron, und lassen Euch lange denselben schmücken!

K. Heinrich. Wir danken Euch herzlich. Mein einsichtvoller Lord, wir bitten Euch, fortzufahren, und es auf eine gegründete und gewissenhafte Art auseinander zu setzen, warum das Salische Gesetz, welches man in Frankreich hat, uns von unsern Ansprüchen abhalten, oder nicht abhalten muß. Und, Gott verhüt es, mein theurer und getreuer Lord, daß Ihr Eure Belesenheit zu unserm Vortheil mißbrauchen, drehen und wenden, oder durch Spitzfündigkeiten Eure Seele wissentlich mit der Verschuldung beladen solltet, unrechtmäßige Ansprüche geltend zu machen, deren Recht nicht in der Wahrheit gegründet ist. Denn Gott weiß, wie viele Menschen, die itzt noch gesund sind, ihr Blut zur Bestätigung dessen werden vergiessen müssen, wozu Ihr, ehrwürdiger Erzbischof, uns aufmuntern werdet. Bedenkt also wohl, wozu Ihr unsre Person verpfändet, und daß Ihr das

schlafende Schwert des Krieges aufweckt; wir
beschwören Euch bey Gott, bedenkt das! Denn
noch nie haben solche zwey Königreiche ohne
viel Blutvergiessen gegen einander gestritten;
und jeder Tropfen dieses unschuldigen Bluts ist
ein Wehe, eine bittre Klage, wider den, dessen
Ungerechtigkeit dem Schwerte die Schärfe giebt,
welches in der kurzen Sterblichkeit eine solche
Verheerung anrichtet. Nach dieser Beschwö-
rung redet nun, Mylord; denn wir wollen das
anhören, merken, und überzeugt seyn, daß dasjenige, was Ihr sagt, in Eurem Gewissen so
rein gewaschen ist, wie die Sünde in der Taufe.

Canterbury. So hört mich denn, mein
gnädigster König, und ihr Edeln des Reichs,
die ihr euer Leben, eure Treue, eure Dienste
diesem königlichen Throne schuldig seyd *) — Es
ist kein Hinderniß den Ansprüchen Eurer Maie-
stät auf Frankreich in den Weg zu legen, als
jenes Gesetz, welches man von Pharamond her-
leitet: „In terram Salicam mulieres ne suc-

---

*) Diese ganze Rede ist, zum Theil wörtlich, aus
Hall's Chronik genommen. Pope.

cedant„ *) keine weibliche Regentinn soll in dem Salischen Lande die Erbfolge des Throns haben. Dieses Salische Land nehmen die Franzosen mit Unrecht für Frankreich, und behaupten mit eben so wenig Grunde, daß Pharamond der Urheber dieses die weiblichen Regentinnen ausschließenden Gesetzes sey. Allein ihre eignen Schriftsteller versichern auf eine glaubwürdige Art, das Salische Land liege in Deutschland, zwischen den beyden Flüssen, Saale und Elbe, wo Karl der Große nach seinem Siege über die Sachsen einige Franken zurück ließ, um daselbst zu wohnen. Dieser Kaiser verachtete die Deutschen Weiber, wegen ihrer ungesitteten Aufführung, und machte daher jenes Gesetz, daß keine Weibsperson in dem Salischen Lande Thronfolgerinn seyn sollte. Dieß Salische Land, welches, wie gesagt, zwischen der Saale und Elbe liegt, wird in Deutschland heütiges Tages Meiß-

---

*) Eigentlich sind die Worte des Gesetzes: De terra vero Salica nulla portio hæreditatis mulieri veniat; sed ad virilem sexum tota terræ hereditas perveniat. S. *Schilteri.* Thes. antiqq. Teuton. T. II. p. 91.

sen genennt. Hieraus ist eben offenbar, daß
das Salische Gesetz nicht für das Königreich
Frankreich abgefaßt ist, noch daß die Franzosen
das Salische Land eher in Besitz gehabt haben,
als vier hundert ein und zwanzig Jahr nach König Pharamunds Tode, der ohne Grund für den
Stifter dieses Gesetzes ausgegeben wird, und im
Jahre vier hundert sechs und zwanzig nach Christi
Geburt starb; da hingegen Karl der Grosse erst
im Jahre acht hundert und fünfe die Sachsen
besiegte, und den Franken einen Wohnplatz jen-
seit des Saalflusses anwies. Ausserdem sagen
ihre Schriftsteller, König Pipin, der den Chil-
derich entsetzte, habe als ein rechtmäßiger Erbe,
indem er von der Blithilde, einer Tochter Königs Klothars abstammte, Fodrung und Anspruch
auf die Französische Krone gemacht. Auch Hugo Kapet, der sich die Krone Karls, Herzogs
von Lothringen, anmaßte, des einzigen männli-
chen Erben von der ächten Linie Karls des Grossen, gab sich, um seinen im Grunde völlig un-
gültigen Ansprüchen einigen Schein des Rechts
zu ertheilen, für einen Erben der Princeßinn
Lingare aus, einer Tochter Karls, eines Sohns

Kaisers Ludwigs, der ein Sohn Karls des Großen war. Auch König Ludwig der Neunte,
der einzige Erbe der anmaßlichen Kapet's, konnte nicht eher mit ruhigem Gewissen Frankreichs
Krone tragen, bis man ihm gezeigt hatte, daß
die schöne Königinn Isabelle, seine Großmutter,
von der Prinzeßinn Irmgard, herstamme, einer Tochter Karls, des gedachten Herzogs von
Lothringen, die durch ihre Heyrath die Linie
Karls des Grossen mit der Französischen Krone
wiederum vereinigte. Es ist folglich sonnenklar,
Daß König Pipin's Recht, und Hugo Kapet's
Anspruch, und König Ludwigs Beruhigung auf
dem Rechte weiblicher Personen beruhen. Und
so ists noch bis auf den heutigen Tag mit den
Königen von Frankreich. Dem ungeachtet beru-
fen sie sich auf das Salische Gesetz, um die Ansprüche Eurer Majestät, die von weiblichen Erben hergeleitet werden, dadurch zu hemmen;
und wollen sich lieber in einem Netze verbergen,
als ihre verdächtigen Ansprüche umständlich aus
einander setzen, die sie eigentlich nur Euch, mein
König, und Euren Vorfahren unrechtmäßig entrissen haben.

K. Hein-

K. Heinrich. Kann ich also mit Recht und gutem Gewissen diese Ansprüche machen?

Canterbury. Ist es Sünde, so komme sie über mein Haupt, grosser König! denn es steht im vierten Buche Mosis geschrieben: wenn der Sohn stirbt, so soll sein Erbtheil an die Tochter kommen. Mein gnädigster König, behauptet Euer Eigenthum; laßt Eure blutige Fahne fliegen, seht zurück auf Eure mächtigen Vorfahren; geht, mein gefürchteter König, zum Grabe Eures Großvaters, auf den Ihr Euer Recht gründet; ruft seinen und Eures Grossen Oheims, Eduards des Schwarzen kriegrischen Geist um Beystand an; der auf Französischem Boden ein Trauerspiel aufführte, und die ganze vereinte Macht Frankreichs schlug, indeß sein mächtiger Vater auf einer Anhöhe lächelnd da stand, um zu sehen, wie der Rachen seines jungen Löwen sich an dem Blute des Französischen Adels weidete. — O! der edeln Engländer, die mit ihrer halben Kriegsmacht der ganzen Macht Frankreichs gewachsen waren, und die andre Hälfte konnten lachend dabey stehen lassen, völlig kaltblütig und unthätig!

B

Ely. Erweckt die Erinnrung dieser tapfern That, und erneuet ihren Heldenmuth mit Eurem starken Arm! Ihr seyd ihr Erbe; Ihr sitzt auf ihrem Thron; das Blut, und die Tapferkeit, wodurch sie berühmt wurden, durchströmt Eure Adern; und mein dreymal mächtiger König ist noch in dem ersten Frühlingsmorgen seiner Jugend, reif zu grossen Thaten und mächtigen Unternehmungen.

Exeter. Eure Brüder, die übrigen Könige und Monarchen der Erden, erwarten es alle, daß Ihr erwacht, gleich dem vormaligen Löwen Eures Stammes.

Westmorland. Sie wissen, daß Eure Majestät gerechte Ursache, und Mittel und Macht dazu in Händen hat; noch nie hatte ein König von England reichere Edelleute, und getreuere Unterthanen, deren Herzen ihre Leiber hier in England zurück gelassen, und in den Feldern Frankreichs ihre Gezelte aufgeschlagen haben.

Canterbury. O! laßt ihnen ihre Leiber folgen, mein theurer König, mit ihrem Blute, Schwert und Feuer, um Euer Recht zu gewinnen. Um das zu befördern, wollen wir Glieder

der Geistlichkeit Eurer Majestät eine so ansehnliche Summe aufbringen, als unser Stand noch niemals irgend einem Eurer Vorfahren auf Einmal hergegeben hat.

K. Heinrich. Wir müssen uns nicht bloß zum Angriff der Franzosen bewaffnen, sondern zugleich auch Maaßregeln nehmen, uns gegen die Schotten zu vertheidigen, die sonst mit dem größten Vortheil uns überfallen werden.

Canterbury. Die Besatzung auf den Gränzen, mein gnädigster König, wird eine hinreichende Mauer seyn, unser Land gegen jene räubrischen Nachbarn zu schützen.

K. Heinrich. Wir meynen nicht bloß die herumstreifenden Freybeuter, sondern wir fürchten die vereinten Absichten der Schotten, die von jeher unzuverläßige Nachbarn für uns gewesen sind. Denn Ihr werdet finden, daß mein grosser Großvater mit seinem Heere niemals nach Frankreich zog, ohne daß die Schotten auf ein unbewehrtes Königreich eindrangen, wie die Fluth in einen Deichbruch, mit der vollen und vereinten Macht ihres Heers hitzige Anfälle auf das entblößte Land thaten, die Schlösser und Städte schwer belagerten, und machten, daß England, das alles Schutzes beraubt war, vor ihrer bösen Nachbarschaft zittern und beben mußte.

Canterbury. England ist doch immer mehr gestreckt als beschädigt worden, mein König; laßt mich zum Ruhm dieser Insel nur ihr eignes Beyspiel anführen. Als ihre ganze Ritterschaft in Frankreich, und sie als eine klagende Witwe von ihren Edelleuten hinterlassen war, hat sie sich nicht nur sehr gut vertheidigt, sondern selbst den König der Schotten, wie einen Landstreicher, gefänglich eingezogen, und ihn nach Frankreich geschickt, um König Eduard's Ruhm durch gefangne Könige zu verherrlichen, und ihre Chronik an Lobsprüchen so reich zu machen, wie die Sandbänke und der Grund der See reich an versunknen Trümmern und unzählbaren Schätzen sind.

Exeter. Aber es giebt eine alte und glaubwürdige Sage:

> Soll Frankreich werden unterthan,
> So fangt zuerst mit Schottland an.

Denn so bald der Adler, England, auf den Raub ausgeht, kömmt das Wiesel, Schottland, in ihr unbewachtes Nest geschlichen, und saugt ihre fürstlichen Eyer aus; macht es, wie die Mäuse, wenn die Katze nicht zu Hause ist, besudelt und verdirbt mehr, als sie aufzehren kann.

Ely. Daraus folgte also, daß die Katze zu Hause bleiben müßte; und das wäre eine sehr traurige Nothwendigkeit, da wir Schlösser haben, um unsre Habe zu verschliessen, und listige Fallen, die behenden Diebe zu fangen. Indeß, daß die bewaffnete Hand auswärts ficht, vertheidigt sich der vorsichtige Kopf zu Hause. Denn eine kluge Regierung bringt die in einzelne Stimmen vertheilten Stände der Hohen, der Niedrigen, und der Niedrigsten, in Eins, daß sie, gleich der Musik, in vollstimmiger und natürlicher Harmonie zusammenstimmen. *)

Canterbury. Allerdings. Deswegen vertheilt der Himmel die menschliche Gesellschaft in ver-

---

*) Eine ähnliche Stelle hat *Cicero,* de Republ. L. 2. „ Six ex *summis,* & *mediis,* & *infimis* interjectis or- „ *dinibus,* ut *sonis,* moderatam ratione civitatem. „ *Consensu* dissimiliorum *concinere;* & quæ *harmonia* „ *musicis* dicitur in cantu, eam esse in civitate con- „ cordiam. „ *Theobald.*

schiedne Aemter und Verrichtungen, wobey die
Geschäftigkeit in immerwährender Bewegung erhalten wird, die den Gehorsam zum beständigen
Zweck und Ziel hat. Denn so arbeiten die Ho-
nigbienen, Geschöpfe, die einem bevölkerten Königreiche, nach der Vorschrift der Natur, in der
Kunst der Ordnung Unterricht ertheilen. Sie
haben einen König, und Bediente von verschied-
ner Art, wovon einige, gleich obrigkeitlichen Personen, zu Hause gute Zucht halten; andre, gleich
Kaufleuten, auswärtigen Handel treiben; andre,
gleich Soldaten, mit ihren Stacheln bewaffnet,
auf, auf den Sammetknospen des Sommers
Beute machen, welche sie im freudigen Zuge
nach Hause, in das königliche Zelt ihres Feldherrn, bringen, der mit Regierungssorgen beschäftigt ist, und die Aufsicht über die summen-
den Arbeiter hat, welche goldne Dächer bauen;
indeß die einheimischen Bürger ihren Honig kne-
ten, die armen Arbeitsleute und Träger ihre
schweren Bürden an seiner engen Thür aufhäu-
fen, und der ernste Richter, mit seinem mürri-
schen Gesumse die läßige, gähnende Drohne den
blassen Nachrichtern überliefert. Ich führe dieß

Beyspiel nur zum Beweise an, daß viele Dinge,
die alle sich auf Einen Zweck beziehen, doch ganz
verschiedentlich wirken können. So, wie viele
Pfeile, die von mancherley Orten her abgedrückt
werden, auf einerley Ziel zutreffen; wie viele
verschiedne Wege zu Einer Stadt führen; wie
viele frische Ströme in die nämliche See fliessen;
wie viele Linien in den Mittelpunkt der Sonnen-
uhr zusammenlaufen; so können sich auch tausend Handlungen, die einmal in Gang gebracht
sind, in Einem gemeinschaftlichen Zweck endigen,
und alle ohne gegenseitigen Nachtheil wohl ausgeführt werden. Geht also nach Frankreich,
mein König; theilt Euer glückliches England in
vier Theile; ein Viertheil davon nehmt mit Euch
nach Frankreich; damit werdet Ihr ganz Gallien
erschüttern. Und wenn wir mit einem dreymal
so grossen Heere, das zu Hause bleibt, unsre
Thüre nicht vorm Anfall der Hunde sicher halten
können, so mögen sie uns zerreissen, und so müsse
unsre Nation den Ruhm der Unerschrockenheit
und Staatsklugheit verlieren!

    K. Heinrich. Ruft die Abgesandten des Dau-
phins herein. Itzt ist unser Entschluß gefaßt,

und mit Gottes und eurer Hülfe, die ihr die
edeln Sehnen unsrer Stärke seyd, soll Frankreich unser, und uns unterworfen, oder durchaus verheeret werden. Entweder will ich dort
sitzen, und mit ausgebreiteter Gewalt über Frankreich und alle seine fast königlichen Herzogthümer
herrschen; oder ich will diese Gebeine in eine unwürdige Urne legen, ohne Denkmal und ohne
Grabschrift. Entweder soll unsre Geschichte aus
vollem Munde rühmlich von unsern Thaten reden; oder es soll unser Grab, gleich einem Stummen des Großsultans, einen Mund ohne Zunge
haben, und nicht einmal durch ein wächsernes
Grabmal geehrt werden. (Es kommen die Französischen Gesandten) Itzt sind wir genugsam dazu vorbereitet, den Willen unsers werthen Vet-
ters, des Dauphin, zu vernehmen; denn wir
hören, Ihr seyd von ihm, und nicht von dem
König, an uns abgeschickt.

Gesandter. Dürfen wir Eure Majestät um
Erlaubniß bitten, dasjenige freymüthig zu sagen,
was uns aufgetragen ist; oder sollen wir nur
ganz kurz und von weiten Euch die Absichten des
Dauphins, und den Zweck unsrer Gesandschaft
anzeigen?

K. Heinrich. Wir sind kein Thrann, sondern ein christlicher König, der seine Leidenschaften eben so sehr seiner Frömmigkeit unterwürfig gemacht hat, als unsre unglücklichen Gefangnen in unsern Kerkern den Fesseln unterworfen sind. Sagt uns denn mit ungezwungner Freymüthigkeit des Dauphins Gesinnung.

Gesandter. Dieß ist sie also im kurzen. Eure Majestät schickte neulich Gesandten nach Frankreich, und machte auf gewisse Herzogthümer Ansprüche, die sich auf das Recht Eures grossen Anherrn, Königs Eduard des Dritten bezogen. Auf diese Ansprüche giebt der Prinz, unser Herr, zur Antwort, daß Ihr noch zu sehr Eure Jugend verrathet, und räth Euch zu bedenken, es sey nichts in Frankreich, was sich durch einen lustigen Wildfang erobern läßt; Ihr könt Euch nicht so in die dortigen Herzogthümer hinein schwärmen. Er schickt Euch daher, als etwas angemeßners für Eure Denkungsart, diesen Kasten mit Kostbarkeiten, und verlangt, daß Ihr dagegen die Herzogthümer, auf die Ihr Anspruch macht, nichts mehr von Euch hören lasset. Dieß ist der Auftrag des Dauphins.

K. Heinrich. Was sind es für Kostbarkeiten, Oheim?

Exeter. Federbälle, mein König.

K. Heinrich. Wir freuen uns, daß der Dauphin so spaßhaft gegen uns thut, und danken ihm für sein Geschenk, und euch für eure Mühe. Wenn wir nur erst die Raketen zu diesen Bällen beysammen haben, so wollen wir, mit Gottes Hülfe, in Frankreich ein Spiel damit vornehmen, welches seines Vaters Krone treffen, und in Gefahr setzen soll. Sagt ihm, er habe ein Spiel mit einem Unhold angefangen, der auf alle Höfe in Frankreich den Ball zuschlagen wird. Auch verstehen wir wohl, was er mit dem Vorwurf unsrer wilden Jahre sagen will, ohne zu bedenken, wie wir uns dieselben zu Nutzen gemacht haben. Wir schätzten niemals diesen armseligen Englischen Thron sehr hoch, und lebten daher davon entfernt, und überliessen uns ausgelassener Wildheit; wie man denn gewöhnlich am lustigsten zu seyn pflegt, wenn man weit vom Hause ist. Aber sagt dem Dauphin, ich werde meine Würde zu behaupten wissen, werde mich wie ein König verhalten, und die Fittige meiner

Grösse ausspreiten, wenn ich von meinem Thron
in Frankreich Besitz nehme.   In dieser Absicht
hab' ich meine Majestät eine Zeitlang berseite gelegt, und mich mit den Geschäften der niedrigsten Stände bekannt gemacht; aber dort werd'
ich mich in solchem Glanze erheben, daß alle Augen Frankreichs davon geblendet, und der Dauphin selbst durch unsern Anblick blind werden soll.
Und sagt dem spaßhaften Prinzen, dieser sein
Spott habe seine Bälle in steinerne Kugeln *)
verwandelt; und seine Seele wird die ausgebrei-
tete Rache, welche mit ihnen umher fliegen soll, -
schwer zu verantworten haben.   Denn viele tausend Witwen wird diese Spötterey von ihren theuren Männern hinweg spotten, wird Mütter von
ihren Söhnen hinweg, wird Schlösser zu Grunde
spotten; selbst Kinder, die noch ungezeugt, noch
ungeboren sind, werden Ursach haben, den Uebermuth des Dauphins zu verwünschen.   Doch alles dieß beruht auf dem Willen Gottes, an den
ich mich halte; und in seinem Namen sagt dem

---

*) Bey der ersten Einführung des groben Geschützes
brauchte man nicht eiserne, sondern steinerne Kugeln.
Johnson.

Dauphin; ich komme, mich so sehr, als möglich,
zu rächen, und meinen rechtmäßigen Arm in einer geheiligten Sache zu brauchen. Nun zieht
im Frieden wieder hin, und sagt dem Dauphin,
sein Spaß werde nur sehr schaalen Witz verrathen, wenn tausende darüber weinen, mehr, als
darüber lachten. — Gebt ihnen ein sichres Geleite — Lebt wohl.   (Die Gesandten gehn ab.)

Exeter.   Das war eine lustige Gesandschaft!

K. Heinrich. Wir hoffen, der sie gesandt hat,
soll darüber erröthen. Darum, Mylords, versäumt keine glückliche Stunde, die unsern Feldzug beschleinigen kann. Denn wir haben itzt keinen andern Gedanken in unsrer Seele, als Frankreich, ausser dem Gedanken an Gott, die wir
unsrer Unternehmung vorausschicken. Laßt also
unser Heer zu diesem Kriege sich eiligst versam-
meln, und besorgt alles, was auf irgend eine
Art unsre Flügel noch mehr befiedern kann; denn,
wenn Gott vor uns hergeht, wollen wir diesen
Dauphin vor seines Vaters Hause bestrafen. Darum laßt Jedermann ernstlich darauf bedacht seyn,
diese edle Unternehmung in Gang zu bringen.

(Sie gehn ab.)

Zweyter Aufzug.

Der Chor.

Nun ist die Jugend Englands lauter Feuer,
Und seidne Tändeley wird abgelegt.
Schon glühn die Krieger; nur der Ehre Trieb
Regiert in jeder Brust, und man verkauft
Die Weiden, um dafür das Pferd zu kaufen.
Dem Muster aller Kön'ge folgen sie,
Den Fuß beflügelt, Englische Merkure!
Denn die Erwartung sitzt nun in der Luft;
Verbirgt ein Schwert, vom Hefte bis zur Spitze
Besteckt mit grössern und mit kleinen Kronen, *)
Die Heinrich und sein Stamm erkämpfen soll.

---

*) Auf alten Gemählden und Tapeten pflegt man
unter den Siegeszeichen sehr oft Schwerter zu mahlen,
die mit Schiffs - oder Mauerkronen umgeben waren.
Steevens. — Im Zeughause der Reuterey, im Tower zu London, sieht man König Eduard III mit zwey
Kronen auf seinem Schwerte; in Beziehung auf die
beyden Königreiche, England und Frankreich, von welchen beyden er Kronerbe war. Vielleicht nahm der
Dichter den Gedanken daher. Toller.

Die Franzen, denen die furchtbare Rüstung
Bekannt wird, zittern voller Furcht, bedacht,
Mit blasser Staatskunst Englands grossem Zweck
Noch auszuweichen — England! o! dein Aeussres
Verhält zu deiner innern Grösse sich,
Wie kleine Körper mit sehr grossen Herzen.
Wie könntest du der Ehre Ruf erfüllen,
Wenn deine Söhne alle gut und edel,
Und bider wären! — Doch, sieh, deinen Feh-
                              ler!
In dir hat Frankreich hohler, leerer Herzen
Ein ganzes Nest gefunden; mit dem Lohn
Des Hochverraths füllt es sie aus; und drey
Bestochne Männer, Richard, Graf von Cam-
                              bridge,
Und Heinrich Scroop von Masham, und Sir
                              Thomas
Grey, Ritter von Northumberland, sind nun
Mit dem erschrocknen Frankreich zur Verschwö-
                              rung
Vereint; von ihrer Hand muß diese Zierde
Der Könige nun sterben, wenn Verrath
Und Höll' ihr Wort erfüllen. Schon ist ihnen
Der Lohn bezahlt, und die Verräther sind

Zusammen eins. *)   Von London ist der König
Schon abgereis't, und wir verlegen itzt
Den Schauplatz nach Southampton, bis er sich
Nach Frankreich einschift.   Laßt daher, ihr
                                    Theuren,
Hier zu Southampton eure Nachsicht weilen;
Verzeiht die weite Reise, die das Schauspiel
Euch zuzumuthen wagt.   Hier ist die Scene;
Hier wartet nur, dann wollen wir euch glücklich
Nach Frankreich hin, und wieder rückwärts,
                                    bringen.
Die enge See soll euch bequeme Fahrt,
Durch uns bezaubert, geben; denn wir möchten
Durch unser Spiel nicht Einen seekrank machen.
Doch, nur so lange, bis der König kömmt,
Nicht länger, sey der Schauplatz zu Sou-
                                    thampton.
                                (Geht ab.)

                    X.X

*) Die Uebersetzung dieser und der folgenden sechs
Zeilen ist nach Johnson's Versetzung derselben einge-
richtet, ohne welche sie keinen Zusammenhang haben.

Erster Auftritt.

Vor Quickly's Hause in Eastcheap.

Korporal Nym. Lieutenant Bardolph.

Bardolph. Willkommen, Korporal.

Nym. Guten Morgen, Lieutenant Bardolph.

Bardolph. Sage doch bist du und der alte Pistol noch gut Freunde?

Nym. Mir ist das gleich viel. Ich sage wenig; aber erfodert es die Zeit, so werd ich lächeln. Doch das mag seyn, wie es will. Ich habe nicht Herz zu fechten; aber ich will die Augen zuthun, und meine Klinge steif ausstrecken; es ist ein einfältigs Ding; aber was macht das? Man kann Käse drauf rösten, und sie kann eben so gut Kälte vertragen, als irgend ein andrer Degen; und das ist der Humor davon.

Bardolph. Ich will ein Frühstück geben, um euch wieder zu Freunden zu machen; und dann wollen wir alle drey, als geschworne Dutzbrüder, nach Frankreich. Nicht wahr, lieber Korporal Nym?

Nym. Wahrhaftig, ich werde so lange leben, als mirs möglich seyn wird, das ist einmal aus-

ausgemacht; und wenn ich nicht länger mehr
leben kann, so will ichs machen, so gut ich
kann; und damit ists aus; und das ist das Ren-
dezvous davon.

Bardolph. Es ist freylich wahr, Korporal,
daß er Lene Quickly zur Frau hat; und freylich
that sie Euch unrecht, denn Ihr wart schon mit
ihr versprochen.

Nym. Ich weiß nicht; man muß es nehmen, wie's kömmt; wer steht, sehe zu daß er
nicht falle; und, wie man zu sagen pflegt, Messer haben Schneider. Wie's kömmt, so kömmt's.
Wenn die Geduld gleich eine zu Schanden ge-
jagte Mähre ist, so kömmt sie doch durch. Einmal muß man doch zum Schluß kommen. Nun,
ich weiß nicht . .

Pistol, und Quickly.

Bardolph. Da kömmt der alte Pistol mit
seiner Frau. Lieber Korporal, nimm dich zusammen. Nun, wie gehts, Herr Wirth Pistol?

Pistol. Niederträchtiger Kerl, nennst du mich
Wirth? — So wahr ich lebe, der Nam' ist

mir verhaßt; und meine Lene soll keinem Quartier geben.

Quickly. Nein, mein Treu, nicht lange; denn wir können nicht zwölf oder vierzehn Mädchen, die ganz ehrlich von ihrer Nadel leben, bey uns beherbergen, so denkt man gleich, wir halten ein liederliches Haus — Ach! daß Gott erbarm! ganz gewiß ist er itzt besoffen! *) — Wir werden hier vorsetzlichen Ehebruch und Mord und Todschlag erleben!

Bardolph. Lieber Fähndrich, lieber Korporal fangt doch hier keine Händel an!

Nym. Pisch! —

Pistol. Pisch für dich selbst, du Isländischer, spitzöhriger Hund!

Quickly. Lieber Korporal Nym, zeig die Tapferkeit eines Mannes, und stecke dein Schwert in die Scheide.

Nym. Wollt Ihr Euch trollen? — Ich möcht' Euch solus haben.

Pistol. Solus, du ausgemachter Hund? —

____

*) So erklärt Steevens die alte Leseart: If he be not hewn now!

O! du Otterngezücht! — Den solus in dein
abscheuliches Gesicht! den solus in deinen Zahn,
und in deinen Hals, und in deine verhaßte Lun-
ge, und in deinen Rachen, und, was noch ärger ist, in dein eckelhaftes Maul. Ich gebe dir
den solus in deine Eingeweide zurück; denn ich
kann auch sprechen; und Pistol's Galle läuft über;
und nun wirds Feuer und Flammen setzen.

Nym. Ich bin nicht Barbason *); Ihr
könnt mich nicht beschwören. Ich hab' einen
Humor, Euch tüchtig abzuprügeln; wenn Ihr
Euch unnütz gegen mich macht, Pistol, so will
ich Euch mit meinem Rapier ganz artig, so gut
möglich, die Haut reiben. Wenn Ihr davon
gehen wollt, so werd' ich Euch ein wenig unter
der Herzgrube kitzeln, und das ganz artig, so
gut möglich; und das ist der Humor davon.

Pistol.

Verworfner Prahler! toller Bösewicht!
Das Grab thut sein Schlund auf, und der
                              Tod
    Ist nah; drum stirb! —   2

-----

*) Der Name eines Teufels, in den lustigen Wei-
bern zu Windsor.

Bardolph. Hört doch, hört doch, was ich
sage. Wer den ersten Hieb thut, dem renn' ich
den Degen bis zum Griff in den Leib, so wahr
ich ein Soldat bin!

Pistol.

Ein schwerer Eid! — Es soll die Wuth sich
legen.
Gieb mir die Faust, gieb mir die Vorder-
pfote.
Dein Geist ist riesengroß! —

Nym. Ich werde dir doch über lang oder
kurz den Hals brechen, und das ganz artig; das
ist der Humor davon.

Pistol.

Coupe le gorge; das ist das Wort? Ich
biete
Dir wieder Trotz, glaubst du, du Kret-
scher Hund,
Mir meine Braut zu rauben? — Nein,
geh fort,
Geh ins Spital! und hol' die Sünderin
Von Cressida's Geschlechter, Dortchen Tears-
heet,
Mit allen ihren schändlichen Gebrechen,

Und nimm sie dir zur Frau. Ich habe nun
Und halte sie, die quondam Quickly, sie
Allein; und pauca — schon genug — geh
fort!

(Der Edelknabe kömmt.)

Edelknabe. Herr Wirth Pistol, Ihr müßt
mit der Frau Wirthinn zu meinem Herrn kommen; er ist sehr krank, und will sich zu Bette
legen. Lieber Bardolph, lege deine Nase zwischen seine Bettücher, und vertritt die Stelle eines Bettwärmers. Wahrlich, er ist sehr schlecht.

Bardolph. Geh fort, Schlingel.

Quickly. Mein Treu, er wird mit ehestem
ein fetter Pudding für die Raben werden; der
König hat ihm einen Stoß aufs Herz gegeben—
Komm, lieber Mann, laß uns gleich zu Hause
gehn.   (Sie geht ab.)

Bardolph. Kommt, soll ich euch beyde wieder zu Freunden machen? — Wir müssen zusammen nach Frankreich; was zum Teufel sollten wir Messer nehmen, und einander die Gurgel abschneiden?

Piſtol.

Die Fluth empöre ſich, um Futter heul' der
Feind! —

Nym.   Ihr werdet mir doch die acht Schil-
linge bezahlen, die ich Euch in der Wette ab-
gewann?

Piſtol.

Verworfen iſt der Sklave, der bezahlt!

Nym.   Das will ich itzt haben; das iſt der
Humor davon.

Piſtol. (indem er den Degen zieht.)

Die Tapferkeit ſoll's ſchlichten! — Fort
mit dir!

Bardolph.   Bey dieſem Degen, wer den erſten Stoß thut, den ermord' ich; bey dieſem
Degen, das thu' ich.

Piſtol.

Das war ein Schwur! — und Schwür'
hält man in Ehren.

Bardolph.   Korporal Nym, wenn du ſein
guter Freund ſeyn willſt, ſo ſey ſein guter Freund;
willſt du das nicht, ſo biſt du auch mein Feind.
Komm, ſteck' ein.

Pistol.

Ich will dir edel und sogleich bezahlen,
Auch will ich dir dazu Getränke reichen;
Und Freundschaft bind' uns fest, und Bru-
                              dertreu.
Ich will durch Nym, und Nym soll durch
                              mich leben.
Ist das nicht brav? — Denn ich will Mar-
                 ketenter   ;
Im Lager seyn, und will mir Vortheil
                              sammeln.
Gieb mir die Hand.

Nym. Ich bekomme doch meine acht Schil-
linge?

Pistol. Baar, und wie sichs gehört — .

Nym. Nun gut, das ist der Humor davon.
                 (Quickly kömmt wieder.)

Quickly. Um alles in der Welt, kommt gleich
zu Sir John. Ach! der arme Schelm! er hat
von einem hitzigen täglichen dreytägigen Fieber
solches Schaudern, daß es ein Jammer anzuse-
hen ist. Lieben Leute, kommt doch hinein.

Nym. Der König hat dem Ritter böse Hu-

mors in den Leib gejagt; das ist das Ende vom
Liede.

Pistol. Nym, du hast recht geredet; sein
Herz ist zerbrochen und korroborirt.

Nym. Der König ist ein guter König; aber
man muß es nehmen, wie's kömmt. Er hat
zuweilen Humors und Grillen.

Pistol. Laßt uns dem Ritter kondoliren;
denn meine Lämmchen, wir wollen leben!

(Sie gehn ab.)

Zweyter Auftritt.

Southampton.

Exeter. Bedford. Westmorland.

Bedford. Wahrhaftig, der König wagt sehr
viel, daß er diesen Verräthern traut.

Exeter. Man wird sich ihrer in kurzem be-
mächtigen.

Westmorland. Wie gleißnerisch und gut
sie sich betragen! als ob wahrer Diensteifer in
ihrer Brust thronte, mit Treue und redlicher
Ergebenheit gekrönt.

Bedford. Der König weiß alles, was sie

im Sinne haben, durch eine geheime Kundschaft, wovon sie sich nicht träumen lassen.

Exeter. Ja, aber daß einer, der sein Schlafgenoß war, den er mit königlicher Gnade genährt und begünstigt hat, daß er gegen ausländisches Geld das Leben seines Königs dem Tode und der Verrätherey verkaufen kann!

Trompetenschall. Der König. Scroop. Cambridge. Grey. Gefolge.

K. Heinrich. Nun ist der Wind günstig, und wir wollen zu Schiffe. Mylord Cambridge, und Mylord Masham, und Ihr, mein werther Ritter, sagt mir Eure Meynung. Glaubt ihr nicht, das Kriegsheer, welches wir bey uns haben, werde sich einen Weg durch die Französische Armee hindurch bahnen, und dasjenige leisten und ausführen, wozu wir es zu Einem Heer vereinigt haben?

Scroop. Ohne allen Zweifel, mein König, wenn ein Jeder sein Bestes thut.

K. Heinrich. Daran zweifle ich nicht, indem ich gewiß weiß, daß wir keine Seele mit uns nehmen, die nicht mit der unsrigen vollkommen einträchtig denkt, und daß wir keine Seele zurücklassen, die uns nicht Glück und Sieg zur Begleitung wünscht.

Cambridge. Niemals war noch ein Monarch mehr gefürchtet und geliebt, als Eure Majestät. Es ist kein Unterthan, der unter dem erquickenden Schatten Eurer Regierung mit Herzenleid und Mißvergnügen wohnt.

Grey. Selbst diejenigen, welche Eures Vaters Feinde waren, haben ihre Galle in Honig getaucht, und dienen Euch mit Herzen voller Eifer und Ergebenheit.

K. Heinrich. Wir haben viel Ursache, dafür dankbar zu seyn, und werden eher den Gebrauch unsrer Hand vergessen, als die Erkenntlichkeit gegen das Verdienst, nach seiner Wichtigkeit und Würde.

Scroop. Dann wird also der Diensteifer mit gestählten Sehnen arbeiten, und die Arbeit sich mit der Hoffnung erfrischen, Eurer Majestät unaufhörliche Dienste zu leisten.

K. Heinrich. Wir erwarten nicht weniger. Oheim Exeter, laßt den Mann wieder los, den man gestern fest setzte, weil er auf meine

Person schmählte. Ich seh es ein, er wurde
durch übermäßiges Trinken dazu gebracht, und
verzeih ihm, da er nun wird vernünftiger geworden seyn.

Scroop. Das ist Gnade; aber zu viel Sicherheit. Laßt ihn abstrafen, mein König, damit nicht das Beyspiel, wenn man ihm es hingehen läßt, mehr Leute von der Art hervorbringe.

K. Heinrich. O! laßt mich immer gnädig
seyn.

Cambridge. Das kann Eure Majestät seyn,
und dennoch auch strafen.

Grey. Ihr beweist allemal eine grosse Gnade, wenn Ihr ihm nach einer scharfen Strafe
noch das Leben schenkt.

K. Heinrich. Ach! eure zu grosse Liebe und
Besorgniß für mich sind heftige Anklagen gegen
diesen armen Unglücklichen. Wenn ich bey kleinen Fehlern, die von übereilter Hitze herrühren,
nicht die Augen zudrücken soll; wie weit müssen
wir sie denn aufthun, wenn Halsverbrechen,
gekäut, niedergeschluckt, und verdaut, sich vor
uns sehen lassen? — Wir wollen dennoch jenem
Menschen die Freyheit schenken, wenn gleich

Cambridge, Scroop, und Grey, aus zärtlicher Besorgniß für unsre Person uns anrathen, ihn zu strafen. Und nun zu unsern Französischen Angelegenheiten — Wer sind die, die noch Aufträge von uns zu erhalten haben?

Cambridge. Ich bin Einer davon, mein König. Eure Majestät befahl mir, heute meine Ausfertigung zu fodern.

Scroop. Und mir auch, mein König.

Grey. Mir auch, Gnädigster Fürst.

K. Heinrich. Nun, Richard, Graf von Cambridge, hier ist die Eurige; hier die Eurige, Lord Scroop von Masham; und Ritter Grey von Northumberland, hier habt Ihr die Eurige — Leset sie, und wißt, daß ich Euren Werth kenne — Mylord von Westmorland, und Oheim Exeter, wir wollen diesen Abend an Bord — Nun, was ist, ihr Herren? Was seht ihr auf diesen Papieren, daß ihr euch so entfärbt? — Seht doch, wie sie blaß werden! ihre Wangen sind Papier! — Wie? was les't ihr denn da, daß ihr so zaghaft thut, und daß euer Blut ganz unsichtbar wird?

Cambridge. Ich gestehe meinen Fehler,

und unterwerfe mich der Gnade Eurer Majestät.

Grey und Scroop. An diese Gnade wenden wir uns alle.

K. Heinrich. Die Gnade, welche noch eben in uns lebte, ist durch euren eignen Rath erstickt und getödtet. Wagt es doch ja nicht von Gnade zu reden; denn itzt fallen eure Vorstellungen auf euch selbst zurück, wie Hunde ihre Herren anfallen, und sie zerreissen. Seht hier, meine Prinzen, und meine edlen Pairs, diese Ungeheuer von Engländern! — Hier, Mylord Cambridge — ihr wißt, wie billig unsre Liebe war, ihm alles zu gestatten, alles zu verschaffen, was seiner Ehre beförderlich seyn konnte; und dieser Mann hat für wenig leichte Kronen sich leichtsinnig verschworen, und Frankreich mit einem Eide versprochen, uns hier zu Hampton zu ermorden. Und das hat auch dieser Ritter, der uns eben so viel Wohlthaten zu danken hat, als Cambridge, gleichfals geschworen. — Aber o! was soll ich dir sagen, Lord Scroop? du grausamer, undankbarer Wilder, und unmenschliches Geschöpf! — Du, der den Schlüssel al-

ler meiner Rathschläge in Händen hatte, der
meine Seele bis auf den Grund kannte, der
beynahe mich ganz hätte zu Gold prägen können, wenn er sich meiner zu seinem Vortheil
hätte bedienen wollen! — War es möglich,
daß ausländisches Gedinge aus dir nur einen
Funken Böses herauslocken konnte, auch nur
meinem kleinen Finger zu schaden? — Es ist so
unglaublich, daß, bey aller Gewißheit davon,
die so sehr in die Augen fällt, als die schwarze
Farbe neben der weissen, mein Auge es kaum
sehen will. Verrätherey und Mord haben schon
jeher zusammen gehalten, wie ein Gespann von
Teufeln, die sich zu einerley Zweck verschworen
haben; sie hängen als Ursach und Wirkung so
natürlich zusammen, daß die Verwundrung bey
ihnen gar nicht stehen bleibt. Aber du hast auf
die unnatürlichste Art die Verwundrung gezwungen, bey Mord und Verrätherey stutzig zu werden. Und welcher arglistige, böse Feind es auch
war, der dir diese unerlaubten Gedanken ein-
gab, so hat ihn gewiß die Hölle einstimmig für
den vortreflichsten in seiner Art erkannt. Andre
Teufel, welche Verrätherey eingeben, pflegen

doch die Verdammungswerthe That mit allerley
Anstrich und Farben aufzustutzen, und mit dem
gleißnerischen Schein der Tugend und Frömmigkeit; aber der Teufel, der dich versuchte *),
dich aufstehen hieß, gab dir gar keinen Grund
an, warum du Verrätherey begehen solltest,
als bloß, um dir den Ehrennamen eines Ver-
räthers zu erwerben. Wenn dieser nämliche
Teufel, der dich so berückt hat, mit seinem Lö-
wengange die ganze Welt durchwanderte, so
würd' er zum grossen Tartarus zurückkommen,
und den Legionen sagen: Ich kann nicht wieder
irgend eine Seele so leicht gewinnen, als jenes
Engländers Seele. O! wie hast du die Lieb-
lichkeit des Zutrauens mit Eifersucht vergiftet! —
Scheinen Leute eifrig in ihren Pflichten? Das
thatst du auch. Scheinen sie ernsthaft und ein-
sichtvoll? Das thatst du auch. Stämmen sie
aus einem edlen Geschlechte? das thatst du auch.
Scheinen sie Leute von Religion? Nun, das
thatst du auch. Oder sind sie mäßig in ihrer Le-

*) Nichts ist mir wahrscheinlicher, als Johnson's
Muthmassung, hier tempted für temper'd zu lesen.

bensart, frey von starken Aufwallungen der
Freude oder des Zorns, von gesetztem Geiste,
nicht von schäumender Hitze des Bluts, anständig und sittsam in ihrer Kleidung, nicht gleich
voller Zutrauen aufs Auge, ohne das Ohr zu
Rathe zu ziehen, und doch nur nach reifer Ueberlegung sich auf beyde verlassend? So, und
so fein gesichtet schienst du zu seyn. Und folglich hat dein Fall eine Art von Schandflecken
zurück gelassen, der den vollkommensten, mit
den besten Eigenschaften begabten Mann mit
einigen Argwohn bezeichnet. Ich will über dich
weinen; denn, mich dünkt, diese deine Empörung gleicht einem zweyten Sündenfalle! —
Ihre Vergehungen sind ausgemacht; nehmt sie
in Verhaft, und laßt die Sache gerichtlich untersuchen. Gott vergeb' ihnen ihre tückischen
Anschläge!

Exeter. Ich zeihe dich des Hochverraths,
bey dem Namen: Richard, Graf von Cambridge — Ich zeihe dich des Hochverraths bey dem
Namen: Heinrich Lord Scroop von Masham —
Ich zeihe dich des Hochverraths bey dem Namen: Thomas Grey, Ritter von Northumberland. Scroop.

Scroop. Gott hat unsre Anschläge nach Verdienst ans Licht gebracht, und ich bereue mein Verbrechen mehr, als meinen Tod. Ich bitte Eure Majestät, es mir zu verzeihen, wenn gleich mein Leben der Preis dafür seyn soll.

Cambridge. Mich verführte nicht Frankreichs Gold, ob ich es gleich als einen Antrieb zuliefs, meine Absichten desto eher ins Werk zu richten. *) Aber Gott sey gedankt, dafs er's verhindert hat; so sehr ich dabey leide, so sehr erfreut mich's doch; und ich bitte Gott und Euch, mir zu vergeben.

Grey. Niemals freute sich ein getreuer Unterthan inniger über die Entdeckung der gefährlichsten Verrätherey, als ich mich itzt über mich selbst freue, dafs ich an einer verdammenswürdigen Unternehmung verhindert bin. Schenkt mir meinen Fehler, mein gnädigster König, aber nicht meine Strafe.

---

*) Holinshed bemerkt S. 549, aus dem Hall, der Graf von Cambridge habe sich zur Ermordung des Königs in der Absicht verschworen, um seinen Schwager, Edmund Mortimer, Grafen von March, auf den Thron zu setzen. Steevens.

D

K. Heinrich. Gott verzeih Euch nach seiner
Barmherzigkeit! — Hört euer Urtheil: Ihr
habt euch wider unsre königliche Person verschworen, mit einem erklärten Feinde gemein-
schaftliche Sache gemacht, und aus seinem
Schatze den goldnen Lohn unsers Todes erhalten; dadurch hättet ihr euren König dem Mor-
de, seine Prinzen und Pairs der Knechtschaft,
seine Unterthanen der Verachtung und Unterdrückung, und sein ganzes Königreich der Verheerung verkauft. Für unsre Person suchen wir
keine Rache; aber die Sicherheit unsers Königreichs, dessen Untergang ihr drey gesucht habt,
muß uns so werth seyn, daß wir euch der Ge-
rechtigkeit desselben überliefern. Entfernt euch
also von hier, arme, unglückliche Elende, und
geht zu eurem Tode. Gott verleih euch nach
seiner Gnade Geduld, denselben zu leiden, und
wahre Reue aller eurer schweren Verbrechen!—
Führt sie weg. (Sie gehn ab.) — Nun, Ihr
Lords, nach Frankreich; unsre dortigen Unternehmungen werden eben so rühmlich für euch,
als für uns, seyn. Wir hoffen ganz gewiß einen erwünschten und glücklichen Krieg, da Gott

so gnädiglich diesen gefährlichen Verrath, der auf uns laurte, um unsern Vorsatz zu hindern, ans Licht gebracht hat. Wir zweifeln itzt nicht daran, daß nun jedes noch so kleine Hinderniß aus unserm Wege geräumt sey. Laßt uns also fortreisen, meine theuren Landsleute; laßt uns unsre Macht in die Hand Gottes geben, und uns sogleich auf den Weg machen. Eiligst zur See! — Laßt die Kriegsfahnen fliegen; kein König von England, wenn nicht auch König von Frankreich!

(Sie gehn ab.)

Dritter Auftritt.

Quickly's Haus in Eastcheap.

Pistol. Nym. Bardolph. Edelknabe.
Quickly.

Quickly. Komm, mein zuckersüsser Mann, laß mich dich nach Staines bringen.

Pistol.

Nein; denn mein männlich Herz ist kum=
merwoll —

Bardolph, sey wacker; Nym, die geh das
Herz auf;

D 2

Du, Knabe, ſammle Muth; denn Falſtaff
                                        ſtarb;

Wir müſſen drob uns härmen.

Bardolph. Ich wollt, ich wäre bey ihm,
wo er auch ſeyn mag, im Himmel oder in der
Hölle!

Quickly. Ey ganz gewiß iſt er nicht in der
Hölle; er iſt in Arthurs Schooß, wenn je ein
Menſch in Arthurs Schooß gekommen iſt. Er
nahm ein ſo gutes Ende, und ſchied ſo ſelig
von der Welt, als wenn er ein eben getauftes
Kind geweſen wäre. Er ſtarb gerade zwiſchen
zwölf und eins, gerade da die Fluth wieder
eintrat. *) Denn ſobald ich ihn mit den Bettü-
chern fummeln, und mit Blumen ſpielen, und
über ſeine Fingerſpitzen lächeln ſah, wußt' ich
ſchon, daß nur Ein Weg für ihn möglich ſey;

----

*) Es war eine ſehr alte Meynung, welche Mead,
de imperio ſolis, anführt, als ob er ſie glaubte, daß
kein Menſch anders ſterbe, als zur Zeit der Ebbe;
die Hälfte der Todesfälle in Londen widerlegt dieſen
Wahn; indeß finden wir, daß er unter den Weibs-
perſonen zur Zeit des Dichters ſehr gemein war.
Johnſon.

denn seine Nase war so spitz, wie eine Feder *) —
Wie wirds, Sir John? sagt' ich — Ey, lieber Herr, seyd gutes Muths. Drauf rief er:
Gott, Gott, Gott! drey oder viermal. Ich,
um ihn zu trösten, sagt' ihm, er solle nicht
an Gott denken; ich hoffe, es wäre nicht nöthig, sich itzt noch mit dergleichen Gedanken zu
quälen. Drauf hieß er mich mehr Kleider über
seine Füsse legen. Ich steckte meine Hand ins
Bette, und befühlte sie; und sie waren so kalt,
wie ein Stein; drauf befühlt' ich auch seine
Knie, und so weiter hinauf, und immer weiter
hinauf; und alles war so kalt, wie der kälteste
Stein.

Nym. Man sagt, er habe noch um Sekt
gerufen.

Quickly. Ja, das that er.

____

*) Im Original steht noch: and a table of greenfields, oder, wie Theobald liest; and a' babbled of
green fields. Die Worte verdienen kaum das viele
Gerede der Ausleger, unter denen Smith liest: upon
a table of green fells; so, daß der Sinn dieser wäre:
„seine Nase war so spitz wie ein metallner Stift zu
einer Schreibtafel, in grün Leder gebunden.‟

Bardolph. Und um Weibsleute.

Quickly. Nein, das that er nicht.

Edelknabe. Ja freylich that er's, und sagte, sie wären eingefleischte Teufel.

Quickly. Er konnte die Fleischfarbe niemals ausstehen; sie war ihm von jeher zuwider.

Edelknabe. Er sagte einmal, der Teufel wollt' ihn wegen der Weibsleute haben.

Quickly. Er kam freylich auch gewissermaßen auf die Weiber; aber was that er im Rheumatismus; und da sprach er von der babylonischen Hure.

Edelknabe Besinnt Ihr Euch nicht, daß er einen Floh auf Bardolphs Nase sitzen sah, und sagte, es wär' eine verdammte Seele, die in der Hölle brennte?

Bardolph. Schon gut, die Feurung ist nun nicht mehr da, die diese Flamme unterhielt. Das ist nun aller Reichthum, den ich mir in seinem Dienst erworben habe.

Nym. Wollen wir uns aufmachen? Der König wird wohl schon von Southampton abgereist seyn.

Pistol.

Kommt, laßt uns fort. Mein Schatz, noch
                              Einen Kuß.
Nimm du indeß mein Haab und Gut in Acht.
Sey doch vernünftig — Laß dir baar bezah-
                              len;
Trau keinem; Eide sind nur Spreu; der
                              Leute Worte
Sind Waffelkuchen — und von allen Hunden
Ist doch Haltfest der beste, liebes Kind.
Drum sey Caveto stehts dein Rath — Nun
                              geh,
Und trockne die Chrystallen deiner Augen.
Kommt, Brüder, rüstet euch! laßt uns
                              nach Frankreich!
Blutigeln gleich, ihr Kinder, um zu saugen,
Um lauter Blut, um nichts, als Blut, zu
                              saugen!

Edelknabe.   Und das soll sehr ungesunde
Kost seyn, wie man sagt.

Pistol.

Küßt ihren sanften Mund; und geht davon.

Bardolph.   Lebt wohl, Frau Wirthinn.

Nym. Ich kann nicht küssen, das ist der Humor davon; aber lebt wohl.

Piſtol. Laß deine Haushaltung dir Ehre machen; ſey fein genau, das befehl' ich dir.

Quickly. Adieu, leb wohl.

(Sie gehn ab.)

Vierter Auftritt.

Des Königs von Frankreich Pallaſt.

Der König von Frankreich. Der Dauphin. Der Herzog von Burgund. Der Connetable.

König. Es kommen alſo die Engländer mit geſammter Macht auf uns zu; und es iſt uns ganz ungemein daran gelegen, uns auf eine königliche Art zu vertheidigen. Darum ſollen die Herzoge von Berry und von Bretagne, von Brabant, und von Orleans eiligſt abgehen; und Ihr, Prinz Dauphin, reiſet aufs ſchleunigſte ab, unſre befeſtigten Städte mit muthigen Kriegern und Vertheidigungsmitteln auszurüſten. Denn England nähert ſich uns mit eben der Eile, wie Gewäſſer dem verſchlingenden Abgrunde. Es gebührt uns alſo, ſo vorſichtig zu ſeyn, als uns die Furcht nur immer durch neuliche Beyspiele lehren kann, welche die gefährlichen und nicht geachteten Engländer auf unsern Feldern zurückgelassen haben.

Dauphin. Mein verehrungswürdigster Vater, es ist höchst vernünftig, daß wir uns gegen den Feind bewaffnen; denn der Friede selbst muß billig ein Königreich nicht so sehr einschläfern, wenn gleich von keinem Krieg, oder irgend einem Zwiste, die Rede ist, daß man nicht beständig auf Vertheidigung, auf Musterungen und Anstalten denkt, als ob ein Krieg zu erwarten stünde. Darum, sag' ich, ist es vernünftig, daß wir uns alle auf den Weg machen, um die siechen und schwachen Theile Frankreichs in Augenschein zu nehmen. Und das laßt uns ohne allen Schein der Furcht thun, eben so kaltblütig, als ob wir hörten, England sey mit irgend einem Baurentanz beschäftigt. Denn, mein theurer Vater, England hat einen so schlechten König, sein Scepter ist in so wunderlichen Händen eines thörichten, schwindelnden, seichten, launischen Jünglings, daß wir gar nichts zu fürchten haben.

Connetable. O! stille, Prinz Dauphin! —

Ihr irrt Euch gar zu sehr in diesem Könige.
Eure Hoheit frage nur die neulichen Abgesandten, mit welcher feyerlichen Würde er ihren
Vortrag angehört hat, mit wie vortrefflichen Rä-
then er versehen, wie bescheiden sein Widerspruch,
und wie furchtbar dabey seine feste Entschlossenheit ist; so werdet Ihr finden, daß seine vormaligen Thorheiten bloß die Aussenseite des Römi-
schen Brutus waren, der seine Klugheit mit dem
Gewande der Thorheit deckte; eben wie Gärtner
diejenigen Pflanzen unter lauter Unrath zu verbergen pflegen, die am ersten hervorkommen, und
die wohlschmeckendsten werden sollen.

Dauphin. Nun wohl, es ist also nicht so,
Herr Connetable, und es macht nichts, wenn
wir gleich denken, daß es so ist. Wenn von
Widerstand die Rede ist, so ists am besten, sich
den Feind mächtiger vorzustellen, als er zu seyn
scheint. Dann thut man alles, was zum Wi-
derstande nöthig ist, dem es bey schwachen und
kargen Entwürfen eben so geht, wie einem Gei-
zigen, der ein wenig Tuch sparen will, und darüber sein ganzes Kleid verdirbt.

König. Laßt uns den König Heinrich für

stark halten; und ihr, Prinzen sucht ihm mit
starker, bewaffneter Hand zu begegnen. Sein
Verwandter hat sich schon an uns gewendet, und
er ist aus jenem Blute entstanden, welches uns
auf unsern gewohnten Wegen Schrecken einjagte.
Das bezeugt noch die nur zu lebhafte Erinnerung
unsrer Schande, als die Schlacht bey Cressy unglücklich für uns ausfiel, und alle unsre Prinzen
von der Hand jenes schwarzen Namens, Eduard
des schwarzen Prinzen von Wallis, gefangen wurden; indeß dieser Mann, wie ein Berg, auf einem Berge, hoch in der Luft stand, mit der
goldnen Sonne gekrönt, sein Heldengeschlecht
übersah, und dazu lächelte, daß er sah, wie es
das Werk der Natur verdarb, und die Formen
menschlicher Geschöpfe entstellte, die Gott und
Väter in Frankreich seit zwanzig Jahren gemacht
hatten. Dieß ist ein Zweig jenes siegreichen
Stamms; laßt uns also seine angeborne Macht
und seine Bestimmung fürchten.

(Es kömmt ein Bote.)

Bote. Gesandten von Heinrich, König von
England, ersuchen um Gehör bey Eurer Majestät.

König. Wir wollen es ihnen sogleich geben;
geht, und bringt sie hieher — Ihr seht, meine
Freunde, wie hitzig es mit dieser Jagd geht.

Dauphin. Bietet ihnen die Spitze, und
hemmt ihren weitern Fortgang; denn zaghafte
Hunde bellen allemal am meisten, wenn dasjenige, dem sie zu drohen scheinen, weit vor ihnen
her läuft. Mein theurer König, macht es ganz
kurz mit den Engländern, und laßt sie's merken,
von welch einer Monarchie Ihr das Haupt seyd.
Selbstliebe, mein König, ist keine so niedrige
Sünde, als Selbstverachtung.

(Exeter kömmt.)

König. Von unserm Bruder, dem König
von England?

Exeter. Ja, von ihm; und dieß ist sein Wort
an Eure Majestät. Er fodert von Euch, in Gottes des Allmächtigen Namen, daß Ihr die er-
borgte Ehre ablegt und von Euch werft, die
durch's Geschenk des Himmels, nach Natur und
Völkerrecht, ihm und seinen Erben gehört; nämlich, die Krone, und alle die weit ausgebreiteten
Rechte, welche durch Gewohnheit und Herkom-
men der Krone von Frankreich gehören. Und

damit Ihr wisset, daß dieß kein unrechtmäßiger, kein ungereimter Anspruch sey, den man aus den Wurmlöchern längst veralteter Tage heraus. gegraben, oder aus dem Staube der alten Ver. gessenheit hervorgescharrt habe, so schickt er Euch dieses denkwürdige Stammregister, wo die Rechte jedes Stammes und Zweiges gründlich aus ein. ander gesetzt sind. Wenn Ihr wollt, so seht es einmal durch, und wenn Ihr findet, daß er durch rechtmäßige Geburt von dem berühmtesten unter seinen grossen Vorfahren, Eduard dem Dritten, abstammt, so verlangt er, daß Ihr Eurer Krone und Eurem Königreiche entsagt, welches ihr ohne Recht ihm, dem rechtmäßigen Besitzer, vorenthaltet.

König. Und was soll sonst geschehen?

Exeter. Blutiger Zwang! — Denn, wenn Ihr die Krone auch in Eurem Herzen versteck. tet, so wird er auch da nach ihr umstören. Und darum kömmt er im mächtigen Ungewitter, im Donner und Erdbeben, wie ein Sevs, um, wenn kein Fodern hilft, Zwang zu gebrauchen. Er beschwört Euch bey Gottes Erbarmung, die Krone herzugeben, und Mitleid mit den armen Seelen zu haben, nach welchen dieser hungrige Krieg seinen weiten Rachen aufsperrt. Denn über Euer Haupt werden die Zähren der Witwen, das Schreyen der Waisen, der getödteten Jünglinge Blut, der jammernden Mädchen Aechzen, um Ehemänner, Väter und verlobte Liebhaber kommen, die bey diesem Streite umkommen werden. Dieß ist sein Anspruch, seine Drohung, und mein Auftrag; wenn anders nicht der Dauphin hier zugegen ist, an den ich noch ausdrücklich besondre Befehle habe.

König. Was uns betrift, so wollen wir die Sache weiter überlegen. Morgen sollt Ihr unsern entscheidenden Entschluß zu unserm Bruder von England zurück bringen.

Dauphin. Und was den Dauphin betrift, so steht er hier. Was schickt ihm der König von England?

Exeter. Unwillen und Trotz, Geringschätzung, Verachtung, und alles, was dem mächtigen Könige, der es sendet, nicht unanständig ist, dessen hält er Euch werth. So sagt mein König; und wenn Eures Vaters Majestät nicht durch Gewährung aller und jeder Foderungen den bittern Spott verſuͤßt, den Ihr meinem Koͤnige zuſchicktet, ſo wird er Euch dafuͤr zu einer ſo ſchweren Rechen-ſchaft ziehen, daß die Hoͤhlen und groſſen Ge-woͤlbe in Frankreich von Eurer Vergehung wi-derhallen, und Euren Spott als den Nachhall ſeines Geſchuͤtzes zuruͤcktoͤnen ſollen.

Dauphin. Sag ihm, wenn mein Vater ihm erwuͤnſchte Antwort giebt, ſo geſchieht es wider meinen Willen; denn ich wuͤnſche nichts, als Streit mit England; zu dem Ende ſchenkte ich ihm die Pariſer Baͤlle, als etwas, das ſich fuͤr ſeine Jugend und Liebe zur Thorheit ſchickte.

Exeter. Dafuͤr wird Euer Pariſer Louvre zit-tern muͤſſen, waͤr er auch der vornehmſte Hof in ganz Europa. Und, glaubt mir, Ihr wer-det, eben ſo wie wir Unterthanen es voll Bewund-rung thaten, einen groſſen Unterſchied zwiſchen dem Verſprechen ſeiner Jugendiahre, und ſei-nem itzigen Betragen finden. Itzt waͤgt er die Zeit bis auf den kleinſten Gran ab, wie ihr das durch euren eignen Verluſt erfahren werdet, wenn er in Frankreich bleibt.

Koͤnig. Morgen werdet Ihr unſre voͤllige Entſchlieſſung hoͤren.   (Trompeten.)

Exeter. Fertigt uns aufs eiligste ab, damit der König nicht selbst hieher komme, zu fragen, wo wir so lange bleiben; denn er hat hier im Lande schon festen Fuß gefaßt.

König. Ihr sollt aufs baldigste mit annehmlichen Bedingungen abgefertigt werden. Eine Nacht ist nur ein kleines Athemholen, und eine kurze Pause, wenn man auf Sachen von solcher Wichtigkeit antworten soll.

Dritter Aufzug.

Der Chor.

Mit eingebild'tem Fittig eilet so
Die Scene fort mit gleicher Eile, wie
Gedanken. Stellt euch vor, ihr hättet itzt
Bey Hampton König Heinrich und sein Heer
Wohl ausgerüstet, eingeschift gesehn,
Und seine Flotte mit den seidnen Wimpeln
Den jungen Phöbus fächeln. Macht ein Spiel
Aus eurer Phantasie, und seht, wie auf
Den haufnen Seilen die Matrosen klimmen;
Und hört die helle Pfeife, die verwornes

Getö-

Getös' in Ordnung bringt; und seht, die Segel,
Gehalten vom unsichtbarn, sanften Winde,
Die grossen Schiffe, die die Wogen trotzen,
Durch das gepflügte Meer ziehn. Denkt einmal,
Ihr stündet auf dem Ufer, und da säht
Ihr eine Stadt auf regen Wellen tanzen;
Denn das scheint diese majestät'sche Flotte
Zu seyn, die nach Harfleur den Lauf itzt nimmt.
Folgt! folgt! und klammert die Gedanken an
An diese Schiffe; geht von England weg,
Das todt ist, wie die Mitternacht, wo nur
Noch Greise, Kinder, alte Frauen sind,
Nur solche, die nicht Kraft mehr, oder die
Noch Kraft nicht haben. Denn auf wessen Kinn
Steht nur ein einzigs Häar, der nicht mit Lust
Dieß edle Heer nach Frankreich hin begleitet?
Seht in Gedanken die Belagerung vor euch,
Seht das Geschütz auf den Lafeten ruhn,
Hin nach Harfleur den Mordschlund aufgethan!
Denkt euch, daß der Gesandte Frankreichs wieder
Zu Heinrich komm', ihm sage, daß der König
Ihm seine Tochter Katharinen, und
Mit ihr zur Morgengabe wenig kleine,
Nichtswürd'ge Herzogthümer geben wolle.

E

Der Antrag mißfällt, und der Feuerwerker
Rührt mit dem Luntenstock die teuflische
Kanone; alles fällt vor ihr dahin —
Hört ferner uns mit Huld und Nachsicht an!

(Geht ab.)

Erster Auftritt.

Vor Harfleur.

**K. Heinrich. Exeter. Bedford. Gloucester.
Soldaten mit Sturmleitern.**

K. Heinrich. Noch einmal an die Bresche,
meine lieben Freunde, noch einmal! und ersteigen wir die Mauer nicht, so müssen todte Engländer sie ausfüllen. Im Frieden ist nichts so
anständig für einen, als bescheidne Stille und
Unterwürfigkeit; aber wenn der Sturm des Krieges in unsre Ohren bläst, dann verhaltet euch,
wie der Tiger; spannt eure Sehnen an, laßt
euer Blut aufwallen, entstellt die natürliche Güte
durch wilde, zornige Blicke, leiht dem Auge ein
schreckliches Ansehen, laßt es durch die Oeffnun-
gen des Haupts hervordrohen, gleich der ehernen
Kanone, und laßt die Stirn es so fürchterlich

decken, wie ein verjährter Fels über seine abge-
nußte Grundlage hängt und hervorschießt, die
der wilde und verderbenvolle Ocean wäscht. Itzt
beißt die Zähne zusammen, macht die Nasenlö-
cher weit, haltet den Athem stark an euch, und
spannt alle eure Lebensgeister zu ihrer völligen
Höhe! Auf, auf, ihr edeln Engländer, deren
Blut von Vätern von bewährter Tapferkeit herstammt! von Vätern, die, wie lauter Alexander, in diesen Gegenden von Morgen bis zum
Abend gefochten, und ihre Schwerter erst dann
in die Scheide gesteckt haben, wenn für sie nichts
mehr zu thun da war. Entehrt nicht eure Mütter; gebt itzt den Beweis, daß diejenigen, welche
ihr Väter nanntet, euch wirklich gezeugt haben!
Seyd itzt ein Muster für Leute aus geringerm
Blute, und lehrt sie, wie man Krieg führen muß!
Und ihr, theure Bürger, in England geboren,
zeigt uns hier das Feuer eurer Seele; laßt uns
schwören, daß ihr eurer Geburt und Erziehung
würdig seyd, woran ich nicht zweifle; denn keiner
von euch ist so niedrig und geringe, der nicht in
unsern Augen einen edeln Glanz hat. Ich seh
euch wie Windhunde an ihren Stricken stehen,

die sie mit ungeduldiger Hitze anziehen. Das
Wild ist schon rege; folgt eurem edeln Muthe;
ruft: Gott mit Heinrich! England! und St.
Georg!   (Der König und sein Gefolge gehn ab.)

Zweyter Auftritt.

Nym. Bardolph. Pistol. Edelknabe.

Bardolph. Zu! zu! zu! an die Bresche!
an die Bresche!

Nym. Ich bitte dich, Lieutenant, bleibt zu-
rück; die Püffe sind zu hitzig, und ich für mein
Theil, habe keinen ganzen Schubsack voll Leben.
Der Humor davon ist zu hitzig; das ist die reine
Melodie davon.

Pistol.

Die reine Melodie ist richtig; denn
Es geht hier drüber und drunter; Püffe
Giebt und bekommt man; Gottes Kinder
sterben;
Und Schwert und Schild'
Im Schlachtgefild'
Wird ew'gen Nachruhm erben.

Bardolph. Ich wollt', ich wär' in einer
Bierschenke zu London; allen meinen Nachruhm

wollt' ich um einen Krug Bier und Sicherheit
geben!

Pistol.   Ich auch —

Hülfen meine Wünsche mir;
Wär' auch ich beym Krug mit Bier,
Säumte dann nicht länger hier.

Edelknabe.   So tüchtig, aber nicht so richtig, wie der Vogel auf dem Zweige singt.

(Fluellen kömmt.)

Fluellen.   Potz Stern! auf die Bresch, ihr
Schlingel! — Wollt Ihr mit auf die Bresch?

Pistol.

Erbarm dich armer Erdensöhn', o Feldherr!
Still' dein Wuth, still' deine tapfre Wuth.
Streitbarer Hahn, still' deine Wuth, sey
                    mild,
Du liebes Hähnchen!

Nym.   Das sind gute Humors! Eure Gnaden hatten da einen bösen Humor.

(Sie gehn ab.)

Edelknabe.   So jung ich bin, so hab' ich
doch diese drey Großprahler weg.   Ich bin Bedienter bey allen dreyen: aber wenn sie alle drey
mir auch dienen wollten, so könnten sie doch mei-

E 3

ne Kerle nicht seyn; denn wahrlich, drey solche Drathpuppen machen noch keinen Kerl aus. Bardolph hat eine weiße Leber und rothes Gesicht; mit dem Gesicht thut er also tapfer, aber fechten kann er nicht. Pistol hat eine mördrische Zunge und einen ruhigen Degen; folglich zerbricht er Worte *), und läßt die Waffen ganz. Nym hat gehört, Leute von wenig Worten seyn die bravsten Leute; und darum mag er nicht einmal beten, damit man ihn nicht für eine Memme halte. Aber bey seinen wenigen bösen Worten thut er eben so wenig gute Thaten; denn er zerschlug noch Niemand den Kopf, als sich selbst, und zwar gegen einen Pfosten, als er betrunken war. Sie stehlen, was ihnen vorkömmt, und nennen's einen Kauf. Bardolph stahl einen Lautenkasten, trug ihn zwölf Stunden weit, und verkaufte ihn um drey Halbpfenninge. Nym und Bardolph sind Herzensbrüder im Mausen; und in Calais stahlen sie eine Feuerschaufel. Ich sah gleich an dem Kunststück, daß die Leute Kohlen

---

*) *To break words* ist eine gewöhnliche Redensart für: sprechen.

tragen *) würden. Sie sähen's gern, daß ich mich mit der Leute Taschen so bekannt mächte, wie ihre Schnupftücher; aber dazu kann ich mich unmöglich überwinden, aus eines andern Tasche was heraus zu nehmen, und es in die meinige zu stecken; das hiesse, lauter Unrecht einstecken. Ich muß von ihnen gehen, und einen bessern Dienst suchen; ihre Niederträchtigkeit widersteht meinem schwachen Magen; das Aufstossen ist also unvermeidlich.   (Geht ab.)

Gower. Fluellen.

Gower. Capitain Fluellen, Ihr müßt den Augenblick zu den Minen kommen; der Herzog von Gloucester will Euch sprechen.

----

*) To carry coals war zu Shakespear's Zeiten so viel, als: Beschimpfungen geduldig ertragen. Den Grund dieser Bedeutung weiß ich nicht. Johnson — War diese Redensart vielleicht eine Anspielung auf den biblischen Ausdruck: feurige Kohlen auf das Haupt seines Feindes sammeln? — In Ray's Proverbs (ed. 1768. p. 182.) finde ich die sprüchwörtliche Redensart: to carry coals to Newcastle, welche so viel heißt, als vergebliche Arbeit thun, Dinge dahin bringen, wo sie schon im Ueberfluß sind, eben wie: Noctuas Athenas. Allein dieß scheint sich doch hieher nicht zu schicken.

Fluellen. Zu den Minen! — Sagt dem Herzog, es tauge nichts, zu den Minen zu kommen; denn, seht Ihr, die Minen sind nicht nach Kriegsraison gemacht; daß sie hohl sind, ist nicht genug; denn, seht Ihr, der Feind — das könnt Ihr dem Herzog sagen, seht Ihr — hat sich vier Ellen tief in seinen Coutranimen verschanzt. Mein Seel, ich glaub', er wird uns alle in die Luft sprengen, wenn man nicht beßre Anstalten vorkehrt.

Gower. Der Herzog von Gloucester, der das Kommando bey der Belagerung hat, läßt sich ganz und gar von einem Irländer regieren, einem sehr tapfern Kriegsmann, wahrhaftig!

Fluellen. Das ist Capitain Macmorris, nicht wahr?

Gower. Ich glaub', er ist es.

Fluellen. Mein Seel, er ist der dümmste Esel von der Welt; ich will's ihm in seinen Bart hinein beweisen. Er versteht sich eben so wenig auf Kriegszucht, seht Ihr, auf die Römische Kriegszucht, als mein Hund.

Macmorris. Hauptmann Jamy.

Gower. Da kömmt er, und der Schotti-
sche Hauptmann, Hauptman Jamy, mit ihm.

Fluellen. Hauptmann Jamy ist ein erstaunlich tapfrer Officier, das ist gewiß; und von
grosser Kenntniß und Erfahrenheit in der alten
Kriegskunst, davon hab' ich ganz besondre Nachrichten. Mein Seel, er wird allemal seinen
Satz so gut behaupten, als irgend ein Kriegsmann in der Welt in der Kriegszucht der ehe-
maligen Kriege der Römer.

Jamy. Guten Tag, Hauptmann Fluellen.

Fluellen. Gott grüß Euer Gnaden, lieber
Herr Hauptmann Jamy.

Gower. Wie stehts, Capitain Macmorris?
Habt Ihr die Minen verlassen? Arbeiten die
Pioniere nicht mehr?

Macmorris. Straf mich Gott! 's ist schlecht
gethan; die Arbeit ist verlassen worden, die Trompete bläst zum Abmarsch. Bey meinem Arm
schwör' ich, und bey mein's Vaters Seel'! 's ist
schlecht gethan, daß die Arbeit ist verlassen worden. Ich hätt' die Stadt, straf mich Gott!
in Einer Stund' in die Luft gesprengt. O i

's ist schlecht gethan; mein Seel! 's ist schlecht gethan!

Fluellen. Capitain Macmorris, ich bitt' Euch, wollt Ihr mir wohl, seht Ihr. ein wenig Disputirens mit Euch erlauben, welches zum Theil die Kriegszucht, die Römische Kriegszucht angehn und betreffen wird — wir wollen, seht Ihr, nach Gründen, und als gute Freunde darüber reden — zum Theil zum Besten meiner Meynung; und zum Theil, seht Ihr, zum Besten meines Verstandes; betreffend die Einrichtung der Kriegszucht; das ist der Hauptpunkt.

Jamy. 'S wird sehr gut seyn, wahrlich, ihr beyden guten Capitains; und ich werd' Euch mit Verlaub zuweilen ins Wort fallen, wenn's die Gelegenheit giebt; das werd' ich wahrhaftig.

Macmorris. 'S ist itzt nicht Zeit zum Schwatzen, straf mich Gott! der Tag ist heiß, und das Wetter, und der Krieg, und der König, und die Herzoge; 's ist nicht Zeit zum Schwatzen. Die Stadt ist belagert, und die Trompete ruft uns zu der Bresche, und wir plaudern, und machen nichts, straf mich Gott! — 'S ist eine Schande für uns alle, so wahr

Gott lebt! 's ist eine Schande, still zu stehen;
's ist eine Schande, mein Seel! — Es giebt
Gurgeln abzuschneiden, und Thaten zu thun;
und 's ist noch nichts gethan, straf mich Gott!

Jamy. Mein Treu, eh diese meine Augen
einschlafen, will ich noch was ausrichten, oder
will dafür im Grabe liegen, oder in den Tod
gehn.   Will mich auch dabey so tapfer halten,
als ich kann; das will ich gewißlich thun, über
lang und kurz — Blitz! ich möchte doch gern
euch beyde zusammen disputiren hören!

Fluellen.   Capitain Macmorris, ich denke,
seht Ihr, unter Eurer Zucht, sind nicht viele
von Eurer Nation ..

Macmorris.   Von meiner Nation? — Was
ist meine Nation? — ist sie 'n Schurk, 'n Bastard, 'n Schlingel, 'n Räkel? — was ist meine Nation? — Wer spricht von meiner Nation?

Fluellen.   Seht Ihr, wenn Ihr das Ding
anders versteht, als es gemeynt ist, Capitain
Macmorris, so werd' ich vielleicht denken, Ihr
begegnet mir nicht so höflig und artig, als Ihr
mir billig begegnen solltet. Denn ich bin eben
so gut, wie Ihr seyd, beydes in der Kriegszucht,

und meiner Abkunft nach, und in vielen andern Stücken.

Macmorris. Ich kenn' Euch nicht als einen so guten Mann, wie ich bin; straf mich Gott! ich will Euch den Kopf abhauen.

Gower. Ihr Herren beyde, Ihr versteht einander unrecht.

Jamy. Au! das ist ein dummer Handel!
(Man bläst zur Unterhandlung.)

Gower. In der Stadt bläst man zum Vergleich.

Fluellen. Capitain Macmorris, wenn's gelegnere Zeit giebt, seht Ihr, so werd ich so dreiste seyn, Euch zu sagen, daß ich mich auf die Kriegszucht verstehe, und damit ists alle.
(Sie gehn ab.)

Dritter Auftritt.

Vor den Thoren von Harfleur.

König Heinrich, und sein Gefolge.

K. Heinrich. Wozu entschließt sich denn endlich der Kommandant der Stadt? Dieß ist die letzte Unterhandlung, die wir erlauben werden. Darum ergebt euch itzt unsrer Gnade, oder fodert uns, gleich Leuten, die stolz auf Verheerung sind, zum äussersten Unwillen auf: Denn so wahr ich ein Soldat bin! — ein Name, der, meiner Meynung nach, mich am besten kleidet — wenn ich den Angriff noch einmal anfange, so werd' ich von dem schon halb eroberten Harfleur nicht eher ablassen, bis es in seiner Asche begraben liegt. Alle Thore der Gnade sollen dann verschlossen werden, und der mannhafte Soldat, von rauher und strenger Seele, soll zur Blutgier völlige Freyheit haben, und mit einem Gewissen, so weit, wie die Hölle, umher toben; soll eure schönen, frischen Mädchen, und eure blühenden Kinder, wie Gras, abmähen. Was wirds mich dann kümmern, ob der freche Krieg, gleich dem Fürsten der bösen Geister in Flammen gekleidet, mit seinem kohlschwarzen Gesichte, alle die gottlosen Thaten verübt, die mit der Verheerung und Verwüstung verknüpft sind? Was kümmerts mich, wenn ihr selbst Schuld daran seyd, daß eure unschuldigen Mädchen der entbrannten und gewaltsamen Entehrung in die Hände fallen?

Welcher Zügel kann den ausgelassenen Frevel zurück halten, wenn er mit aller Gewalt Berg nieder rennt? wir würden eben so fruchtlos und ohne Nutzen den aufgebrachten Kriegern, wenn sie Beute machen, Einhalt zu thun versuchen, als wenn man dem Leviathan gebieten wollte, ans Ufer zu kommen. Darum, ihr Einwohner von Harfleur, habt Mitleid mit eurer Stadt und mit eurem Volke, so lang' ich noch meine Soldaten in meiner Gewalt habe, so lange noch der kühle und gemäßigte Wind der Gnade die dicken und gisterfüllten Wolken des unbändigen Mordes, Raubes und Frevels hinweg weht. Wollt ihr das nicht; nun so erwartet es in einem Augenblicke zu sehen, wie der blinde und blutgierige Soldat mit unsaubrer Hand die Haarlocken eurer überlaut schreyenden Töchter zerrauft, wie man eure Väter bey ihrem Silberbarte ergreift, und ihre ehrwürdigen Köpfe gegen die Mauren schleudert; wie man eure nackten Kinder auf Lanzen spießt, indeß die wahnwitzigen Mütter in ihrem wilden Geheul die Wolken zertheilen, wie einst die Weiber Judäa's über Herodis blutgierige Henkersknechte

thaten. Was sagt ihr? — Wollt ihr euch ergeben, und dieß Ungluͤck vermeiden? oder wollt
ihr euch durch laͤngere Gegenwehr diese Verheerung zuziehen?

(Der Kommandant koͤmmt auf die Mauren)

Kommandant. Unsre Erwartung hat heute
ein Ende. Der Dauphin, den wir um Beystand baten, giebt uns zur Antwort, daß seine
Voͤlker noch nicht vorbereitet genug sind, eine
so grosse Belagerung abzuwehren. Also, furcht-
barer Koͤnig, ergeben wir unsre Stadt und unser Leben deiner milten Gnade. Komm in unsre Thore; gebiete uͤber uns und die Unsrigen;
denn wir koͤnnen uns nicht laͤnger wehren.

K. Heinrich. Oeffnet eure Thore — Kommt,
Oheim Exeter, geht in Harfleur hinein, bleibt
da, und befestigt es aufs staͤrkste gegen die Franzosen. Verfahrt gnaͤdig gegen sie alle. Wir,
theurer Oheim, wollen uns nach Calais begeben,
weil der Winter heran koͤmmt, und Kranckheiten
unter unsern Soldaten uͤberhand nehmen. Diese Nacht wollen wir in Harfleur Euer Gast
seyn; morgen gedenken wir weiter zu marschiren.

(Trompetenschall. Sie gehn in die Stadt.)

Vierter Auftritt.

Das Französische Lager.

Katharine. Eine alte Kammerjungfer.

(Diese ganze Scene ist geradebrechtes Französisch; Katharine läßt sich in derselben von ihrer Kammerjungfer, Alice, im Englischen unterrichten. Ungeachtet der treffenden Zeichnung des kriechenden und eiteln Charakters der Franzosen, welche der hier wohl zu patriotische Dr. Johnson in dieser Scene bewundert? kann man sie doch wohl, aus mehrern Ursachen, für nicht anders als untergeschoben halten, und würbe also unserm Dichter Unrecht thun, wenn man ihm alles das abgeschmackte und zum Theil ungesittete zur Last legen wollte, welches sie enthält. Ich habe Bedenken getragen, sie einzurücken, theils wegen ihrer Verwerflichkeit, theils auch um unsern Weltleuten beyderley Geschlechts nicht den Aerger zu machen, ihre Lieblingssprache so entehrt und verstümmelt zu sehen, und darüber den hieran gewiß unschulbigen, armen Shakespeare mit Verachtung und Nasenrümpfen aus der Hand zu werfen.)

Fünfter

Fünfter Auftritt.

Audienzzimmer am Französischen Hofe.

Der König von Frankreich. Der Dauphin. Der Herzog von Burgund. Der Connetable von Frankreich, und andre.

König. Es ist gewiß, daß er über die Somme gegangen ist.

Connetable. Und wenn wir ihn angreifen, mein König, so laßt uns nicht länger in Frankreich bleiben; laßt uns alles verlassen, und unsre Weinberge einem barbarischen Volke übergeben.

Dauphin. O Dieu vivant! sollen denn jene wenigen Zweige von uns, die üppigen Auswüchse unsrer Vorfahren, unsre Sprößlinge, die in einem wilden Stamm gepfropft sind, so plötzlich bis an die Wolken aufsprossen, und ihren Einpfropfern über den Kopf wachsen?

Bourbon. Normänner, lauter Bastarde von Normännern, nichts anders! — Mort de ma vie! wenn sie so immer weiter marschiren, ohne daß man mit ihnen ficht, so werd ich mein Herzogthum verkaufen, und mir dafür einen schlechten und schmuzigen Meyerhof in jener vorgebirgigen Insel Albion anschaffen.

Connetable. Dieu des batailles! woher haben sie dieß Feuer? Ist ihr Himmelsstrich nicht neblicht, rauh, und schwer? Blickt nicht die blasse Sonne gleichsam mit Verachtung auf sie herab, und tödtet mit ihrem unwilligen Blick ihre Früchte? Kann gesottnes Wasser, ein Trank für überrittene Pferde, ihre Gerstenbrühe *), ihr kaltes Blut in eine so gewaltige Hitze und Gährung setzen? Und muß dagegen unser lebhaftes Blut, durch Wein noch mehr belebt, frostig scheinen? O! um der Ehre unsers Landes willen, laßt uns nicht wie starre Eiszapfen an den Dächern unsrer Häuser hangen, indeß ein weit frostigers Volk Tropfen der tapfern Jugend auf unsern reichen Feldern schwitzt, die

---

*) Man pflegt den zu stark gerittenen oder fieberhaften Pferden ein Gemengsel vom Bodensatz des Malzes und heissem Wasser zu geben, welches im Englischen *a mash* heißt. Darauf geht die Anspielung. Johnson.

wir wohl wegen ihren rechtmäßigen Bewohnern arm heissen können!

Dauphin. Bey Ehr' und Treu! unsre Damen spotten über uns, und sagen gerade heraus, unser Feuer sey verflogen, und sie werden sich den wilden Trieben der Englischen Jünglinge überlassen, um Frankreich mit einer so neuen Zucht kriegrischer Bastarde zu versehen.

Bourbon. Sie heissen uns auf die Englischen Tanzböden gehen, und dort die muntern La Volta's **) und lustigen Couranten lehren; all' unsr Verdienst, sagen sie, sey in unsern Fußsohlen, und wir seyn sehr behende Flüchtlinge.

König. Wo ist Montjoy, der Herold? Schickt ihn eiligst ab, und laßt ihn England in unserm Namen muthig auffodern. Auf, Ihr Prinzen! und eilt mit einem Triebe der Ehre, der noch schärfer sey, als eure Schwerter, ins Schlachtfeld. Charles d'Albret, Constable von Frankreich, Ihr, Herzoge von Orleans, Bour-

---

*) Dieser Zusatz benimmt der sonst starken und schicklichen Vergleichung sehr viel von ihrer Würde. Johnson.

bon und Berry, Alençon, Brabant, Bar, und Burgund. Jaques Chatillon, Rambures, Vaudemont, Beaumont, Grandpree, Roußi, und Faulconbridge, Foir, Lestrale, Bouciqualt und Charoloys; edle Herzoge, große Prinzen, Freyherren, Edelleute und Ritter, um eurer großen Erbsitze willen, befreyt euch von der großen Schande, thut Heinrichen von England Einhalt, der unser Land mit Standarten durchstreift, die in dem Blute der Bürger von Harfleur gefärbt sind; stürzt auf den Feind unsers Landes zu, wie der geschmolzne Schnee auf die Thäler, den die Alpen ausspeyen, um ihres Schnupfens los zu werden. Steigt zu ihm hinab; ihr habt Macht genug dazu; und bringt ihn im Triumph als unsern Gefangnen nach Rouen.

Connetable. Das ziemt unsrer Größe. Nur thut mirs leid, daß seine Mannzahl so klein ist, daß seine Soldaten krank, und auf dem Marsch, ausgehungert sind. Denn ich weiß gewiß, wenn er unser Heer sehen wird, so wird ihm das Herz vor Furcht entfallen, und er wird uns ein Lösegeld anbieten, um dem Dinge ein Ende zu machen.

König. Laßt daher, mein edler Connetable, laßt Montjoy eiligst abgehen, uud dem Könige von England sagen, wir verlangen zu wissen, was für ein Lösegeld er gutwillig zu geben denkt — Prinz Dauphin, Ihr sollt bey uns in Rouen bleiben.

Dauphin. Das nicht; darum bitt' ich Eure Majestät.

König. Seyd ruhig; Ihr bleibt bey uns. Eilt nun, Connetable, und ihr Prinzen alle, und bringt uns bald die Nachricht, daß England gestürzt ist.

(Sie gehn ab.)

Sechster Auftritt.

Das Englische Lager.

Gower. Fluellen.

Gower. Nun, wie ists, Capitain Fluellen, kommt Ihr von der Brücke her?

Fluellen. Mein Treu, man hält sich auf der Brücke da sehr tapfer.

Gower. Ist der Herzog von Exeter gedeckt?

F 3

Fluellen. Der Herzog von Exeter ist so
großmüthig, wie Agamemnon; und ist ein
Mann, den ich liebe und ehre, von ganzer
Seele, von ganzem Herzen, mit aller Ergebenheit, mit meinem Leben und Lebensmitteln und
aus allen Kräften. Er ist — Gott sey Lob
und Dank! — Dnicht im geringsten beschädigt,
sondern vertheidigt die Brücke aufs tapferste,
mit herrlicher Kriegszucht. Es ist ein Fähndrich Lieutenant dort auf der Brücke, den ich,
auf mein Gewissen, für eben so herzhaft halte,
wie Markus Antonius; der Mann macht wenig
Aufsehen in der Welt; aber ich sah ihn herrliche Dienste thun.

Gower. Wie heißt er denn?

Fluellen. Er heißt Fähndrich Pistol.

Gower. Ich kenn' ihn nicht.

(Pistol kömmt.)

Fluellen. Kennt Ihr ihn nicht? Da kömmt
er eben her.

Pistol.

Hauptmann, dich bitt' ich itzt um eine Gunst;
Der Herzog von Exeter liebt dich sehr.

Fluellen.   Dafür dank' ich Gott; ich hab'
auch immer etwas Liebe von ihm verdient.
    Piſtol.

    Bardolph, ein feſter, tapferer Soldat,
    Von regem Muth, hat durch des Schick-
                            ſals Zorn
    Und durch Fortunens närriſch laufendes Rad,
    Der blinden Göttin, die auf rollender,
    Raſtloſer Kugel ſteht ..

Fluellen. Nehmts nicht übel, Fähndrich
Piſtol, Fortuna wird blind gemahlt *), mit einem Tuch vor den Augen, um euch anzudeu-
ten, daß Fortuna blind iſt; auch wird ſie mit
einem Rade gemahlt, worin die Lehre liegt,
daß ſie wetterwendiſch und unbeſtändig iſt, voller Wechſel und Veränbrungen; und ihr Fuß,
ſeht Ihr, ſteht auf einer ſteinernen Kugel, die
immerfort rollt, und rollt, und rollt. Mein
Treu! der Poet macht eine ganz vortrefliche Beſchreibung von der Fortuna. Von der Fortuna, ſeht Ihr, läßt ſich viel lernen.

---

*) Dieſe Beſchreibung der Fortuna iſt aus einer
alten Erzählung vom Fortunatus entlehnt. Farmer.

Pistol.

Fortuna ist die Feindinn Bardolphs, und
    sie blickt
Ihn zornig an; denn er stahl ein Behältniß
Der Hostien *), und dafür soll er hängen.
Verdammte Todesart! — Der Galgen mag
Nach Hunden schnappen; doch der Mensch
    muß frey
Umhergehn, und der Hanf muß nicht die
    Luftröhr'
In ihm ersticken; doch der Herzog sprach
Sein Todesurtheil, einer Schachtel wegen
Von schlechtem Werth. Drum, bitt' ich,
    sprich für ihn;
Der Herzog wird dich hören. Laß doch nicht
Den Lebensfaden Bardolphs von der Schneide
Des Pfenningstricks und Schimpfs durch-
    schnitten werden.
Sprich, Hauptmann, für ihn; ich will dirs
    vergelten.

Fluellen. Fähndrich Pistol, ich verstehe zum
Theil, was Ihr haben wollt.

---

*) Hall und Holinshed erzählen diese Anekbote von
einem Englischen Soldaten.

Pistol. So freue dich darüber.

Fluellen. Nein, wahrlich, Fähndrich Pistol, es ist eben nichts, worüber man sich freuen darf. Denn, seht Ihr, wenn er auch mein Bruder wäre, so würd' ich den Herzog ersuchen, nach seinem Belieben zu handeln, und ihn hinrichten zu lassen; denn Kriegszucht muß einmal seyn.

Pistol.

Hohl dich der Henker, dich, und alle Freundschaft!

Fluellen. Recht gut.

Pistol.

Daß euch die Pest! . .

(Er geht ab.)

Fluellen. Sehr wohl.

Gower. Das ist ja ein Erzschlingel; itzt be-
sinn' ich mich auf ihn; ein Kuppler, ein Beu-
telschneider!

Fluellen. Ich versichr' Euch, er führte so tapfre Reden auf der Brücke, als man nur in der Welt hören kann; aber es ist recht gut; was er mir gesagt hat, das ist gut; ich steh euch dafür, kömmt Zeit, kömmt Rath.

Gower. Ha! es ist ein Lümmel, ein Geck,

ein Schurke, der dann und wann mit zu Felde zieht, um sich nach seiner Zurückkunft in London als Soldat ein Ansehen zu geben. Und dergleichen Kerle haben die Namen grosser Feldherrn vollkommen inne, und wissen es auswendig, wo grosse Thaten verrichtet sind, bey der und der Schanze, bey der Bresche, bey jener Bedeckung; wer sich brav hielt, wer erschossen, wer unglücklich wurde, auf was für Bedingungen der Feind bestand; und das alles wissen sie vollkommen in kriegrischen Ausdrücken vorzubringen, die sie mit neumodischen Schwüren aufstutzen; und was ein Bart, der eben so gewichst ist, wie des Generals seiner, und ein gräßlicher Soldaten-Anzug unter schäumenden Flaschen und mit Bier abgespülten Witzlingen ausrichten kann, das läßt sich kaum glauben! Aber Ihr müßt dergleichen Schandflecke unsrer Zeiten kennen lernen; sonst könnt Ihr erstaunlich angeführt werden.

Fluellen. Ich will Euch was sagen, Hauptmann Gower; ich sehe wohl, daß er das nicht ist, was er gerne vor der Welt scheinen möchte; wenn ich ein Loch in seinem Rock finde, so werd' ich ihm frey meine Meynung sagen. Hört doch,

der König kömmt; und ich muß von der Brücke
mit ihm reden.

**Trommeln und Fahnen. Der König, und
seine armen Soldaten.**

Fluellen.   Gott erhalt' Eure Majestät!

K. Heinrich.   Sieh da, Fluellen; kömmst
du von der Brücke?

Fluellen.   Ja, zu Eurer Majestät Befehl.
Der Herzog von Exeter hat die Brücke unver-
gleichlich vertheidigt; die Franzosen sind davon
weg, seht Ihr, und nun ist uns ein freyer und
herrlicher Durchzug eröffnet. Wahrhaftig, der
Feind hatte schon von der Brücke Besitz genommen, aber nun ist er gezwungen, sich zurückzuzie-
hen, und der Herzog von Exeter ist Meister von
der Brücke.   Ich kann Eurer Majestät versichern,
der Herzog ist ein braver Mann.

K. Heinrich.   Wie viel Mann habt ihr verloren, Fluellen?

Fluellen.   Der Verlust des Feindes war sehr
groß, recht ansehnlich groß; aber der Herzog,
denk' ich, hat keinen Mann verloren, außer einem einzigen, der wohl gehängt werden wird,

weil er eine Kirche bestohlen hat, einen gewissen Bardolph, wenn Eure Majestät ihn etwa kennt; sein ganz Gesicht ist voller Karfunkeln, und Finnen, und Auswüchse, und Feuerflammen; und seine Lippen blasen an seine Nase, die aussieht, wie eine Feuerkohle, bald blau, bald roth; aber seine Nase wird nun schon hingerichtet seyn; sein Feuer ist aus.

K. Heinrich). Ich wünschte, daß alle Verbrecher so abgethan würden; und habe ausdrücklich befohlen, daß man auf unsern Märschen durch das Land, nichts von den Dörfern mit Gewalt nehmen, sondern alles, was man nimmt, bezahlen soll. Auch hab' ich verboten, irgend einen Franzosen zu beleidigen, oder mit verächtlichen Reden zu höhnen; denn wenn Gelindigkeit und Grausamkeit um ein Königreich spielen, so gewinnt der sanftmüthigste Spieler am ersten.

(Man bläst die Trompeten. Montjoy
kömmt.)

Montjoy. *) Ihr kennt mich an meiner Kleidung.

---

*) *Mont-joie* ist der Titel des ersten Wappenkönigs in Frankreich, wie *Garter* in England. Steevens.

K. Heinrich. Nun ja, ich kenne dich; was hast du mir zu sagen?

Montjoy. Meines Herrn Gesinnung.

K. Heinrich. Entdecke sie mir.

Montjoy. So sprach mein König: sage Kö-nig Heinrichen von England, wir schienen zwar todt zu seyn, aber wir schliefen nur; Vorsicht ist ein beßrer Soldat, als Uebereilung. Sag' ihm, wir hätten ihn bey Harfleur zurücktreiben können; aber wir möchten nicht gern ein Unrecht ahnden, bis es völlig reif wäre — Itzt ist die Reihe an uns zu reden, und unsre Stimme ist gebietrisch. England soll seine Thorheit bereuen, seine Schwäche einsehen, und unsre Geduld be-wundern. Sag' ihm also, er solle auf sein Lö-segeld denken, welches dem Verlust angemessen seyn muß, den wir gehabt haben, den Untertha-nen, die wir verloren, und dem Schimpfe, den wir erlitten haben, und den seine Geringfügig-keit nie nach Würden zu ersetzen vermag. Für unsern Verlust ist seine Schatzkammer zu arm; für die Vergiessung unsers Bluts das Heer seines ganzen Königreichs eine zu kleine Anzahl; und für unsern Schimpf, seine eigne Person, zu un-

fern Füssen kniend, nur eine schwache und un-
zulängliche Genugthuung.   Hiezu setzt — eine
Ausfoderung.   Und endlich sagt ihm, er habe
seine Anhänger verrathen, deren Verdammungs-
urtheil gesprochen ist.   So weit, mein König
und Herr; so weit geht mein Auftrag.

K. Heinrich. Wie ist dein Name? Ich kenne
nur deine Würde.

Montjoy. Montjoy.

K. Heinrich.   Du verrichtest dein Amt sehr
gut.   Geh zurück, und sage deinem Könige, ich
such ihn itzt nicht, sondern könne immer weiter
bis Calais ohne irgend ein Hinderniß marschiren.
Denn, die Wahrheit zu sagen, — ob es gleich
nicht klug gehandelt ist einem verschlagnen und
überlegnen Feinde so viel zu gestehen — mein
Volk ist durch Krankheit sehr geschwächt, meine
Mannzahl verringert, und die wenigen, die
ich noch habe, sind nicht viel besser, als eben
so viel Franzosen; da mirs hingegen, als sie
gesund waren — das glaube mir, Herold, —
so vorkam, als ob drey Franzosen auf Einem
Paar Englischer Beine giengen.   Aber Gott
verzeih mirs, daß ich so groß prahle! Diese

eure Luft in Frankreich hat mir dieß Laster ein-
gehaucht; ich muß es bereuen. Geh also, und
sage deinem Herrn, ich sey hier; mein Lösegeld
ist dieser zerbrechliche und hinfällige Körper, mein
Kriegsheer, nur eine kränkliche und schwache
Bedeckung; indeß sag ihm, wir wollen mit Gottes Hülfe weiter vorwärts gehen, wenn uns gleich
ganz Frankreich, und noch ein andrer Nachbar
von der Art, im Wege stünde. Da hast du was
für deine Mühe, Montjoy. Geh, sage deinem
Herrn, er soll nur für sich zusehen; können wir
weiter, so wollen wir's; werden wir dran ge-
hindert, so werden wir euer schwarzgelbes Erdreich mit eurem rothen Blute färben; und hiemit lebe wohl, Montjoy. Unsre ganze Antwort
ist kürzlich diese: wir werden so, wie wir sind,
eben keine Gelegenheit zur Schlacht aufsuchen;
aber so, wie wir sind, werden wir sie auch nicht
vermeiden. Das sage deinem Herrn.

Montjoy. Ich werd' es melden. Ich danke
Eurer Majestät. (Geht ab.)

Gloucester. Ich hoffe, sie werden uns itzt
nicht angreifen.

K. Heinrich. Wir sind in Gottes Hand, Bruder, nicht in der ihrigen — Marschirt nach der Brücke zu; es geht itzt gegen die Nacht — Jenseits des Flusses wollen wir unser Lager aufschlagen, und sie morgen abmarschiren heissen.

(Sie gehn ab.)

Siebenter Auftritt.

Das Französische Lager bey Agincourt.

Der Connetable von Frankreich. Graf Rambures. Orleans. Dauphin, und andre.

Connetable. Sachte! ich habe die beste Rüstung von der Welt—Wenn's nur erst Tag wäre!

Orleans. Ihr habt eine herrliche Rüstung; aber laßt auch meinem Pferde sein Recht geschehn.

Connetable. Es ist das beste Pferd in ganz Europa.

Orleans. Will's denn gar nicht Morgen werden?

Dauphin. Mein lieber Herzog von Orleans, und mein Herr Connetable, Ihr sprecht von Pferden und Rüstung — —

Orleans.

Orleans. Ihr habt beydes so schön, als irgend ein Prinz auf der Welt.

Dauphin. Was das für eine lange Nacht
ist! Ich möchte mein Pferd mit keinem andern
vertauschen, das auf vier Beinen geht; ça, ha!
Es springt von der Erde auf, als wenn seine
Kalbaunen lauter Pferdehaar wären *); le Cheval volant, der Pegasus, aux les narines des
feu! Wenn ich auf ihm sitze, so stieg' ich, so
bin ich ein Habicht; er trabt in der Luft; die
Erde singt, wenn er sie berührt; das schlechte
Horn seines Hufes ist musikalischer, als die Pfeife
des Hermes.

Orleans. Er hat die Farbe einer Muska-
lennuß.

Dauphin. Und die Hitze des Ingwers. Es
wär' ein Thier für Perseus gewesen; er ist lauter Luft und Feuer, und die schwerfälligen Ele-
mente, Erde und Wasser, lassen sich niemals in
ihm blicken, ausser bey der gebuldigen Stille,
wenn sein Reuter aufsteigt; das ist noch ein wah-

------

*) D. i. wie ein Ball, der mit Pferdehaar ausge-
stopft ist. Warburton.

G

res Pferd; alle andern müssen Schindmähren, Bestien heissen.

Connetable. Allerdings, gnädigster Herr, es ist ein sehr vollkommnes und herrliches Pferd.

Dauphin. Es ist der Prinz aller Paradeurs; sein Wiehern gleicht dem Befehl eines Monarchen, und sein Blick zwingt Ehrfurcht ab.

Orleans. Genug davon, Vetter.

Dauphin. Nein, der muß keinen Witz im Kopf haben, der nicht vom Emporschwingen der Lerche an bis zur Schlafzeit des Lamms das verdiente Lob meines Paradeurs immerfort verändern kann; es ist ein Thema, das so ergiebig ist, wie die See; man verwandle den Sand in beredte Zungen, und mein Pferd kann Materie für sie alle seyn; es ist ein Subjekt, worüber ein Regent reden, und was eines Regenten Regent reiten muß; und alle Welt, die wir kennen und nicht kennen, sollte billig ihre besondern Geschäfte beyseite setzen, und es bewundern. Ich schrieb einmal ein Sonnet zu seinem Lobe, und fieng so an: „Du Wunder der Natur ..“

Orleans. Ich hab' einmal ein Sonnet an Jemandes Geliebte gehört, das so anfieng.

Dauphin. So hat man das nachgeahmt, welches ich auf mein Pferd machte; denn mein Pferd ist meine Maitresse.

Orleans. Eure Maitresse trägt sehr gut.

Dauphin. Mich, recht gut — und das ist allemal die beste Eigenschaft und Vollkommenheit einer guten und eigenthümlichen Maitresse.

Connetable. Ma foi! mich dünkt, neulich hat Euch Eure Maitresse garstig den Rücken geschüttelt.

Dauphin. Das that vielleicht die Eurige.

Connetable. Die meinige war nicht aufgezäumt.

Dauphin. O! so war sie vermuthlich alt und zahm, und Ihr rittet wie ein Kerne von Irland *), ohne Eure Französischen Hosen.

Connetable. Ihr habt viel Einsicht in die Reitwissenschaft.

Dauphin. Drum laßt Euch von mir warnen; wer so reitet, kann schlimm ankommen.

----

*) Die Kernen in Irland ritten vor Alters ohne Beinkleider. **Steevens.**

Ich mag lieber mein Pferd zu meiner Maitreſſe haben.

Connetable. Eben ſo gern möcht' ich, daß meine Maitreſſe eine Mähre wäre.

Dauphin. Ich muß dir ſagen, Connetable, meine Maitreſſe trägt ihr eignes Haar.

Connetable. Eben damit könnt' ich auch groß thun, wenn ich eine Sau zu meiner Maitreſſe hätte.

Dauphin. Le chien eſt retourné à ſon propre vomiſſement, & la truie lavée au bourbier; du brauchſt alles, was dir in Sinn kömmt.

Connetable. Aber ich brauche doch nicht mein Pferd zu meiner Maitreſſe, oder irgend ein ſolches Sprüchwort, das ſo wenig paſſend iſt.

Rambures. Herr Connetable, die Rüſtung, die ich dieſe Nacht in Eurem Zelte ſah, ſind da Sterne oder Sonnen drauf?

Connetable. Sterne, mein Herr.

Dauphin. Einige davon, hoff' ich, werden morgen herünter fallen.

Connetable. Und doch wird mein Firmament keinen Mangel leiden.

Dauphin. Das kann wohl seyn; denn Ihr habt viele überflüßig; und es wäre mehr Ehre, wenn Anige weg wären.

Connetable. Gerade so, wie Euer Pferd Euren Ruhm trägt; es würde wohl so gut traben, wenn einige von Euren Prahlereyen aus dem Sattel geworfen würden.

Dauphin. Ich wollte, daß ich im Stande wäre, ihn mit einer Last zu beladen, wie er sie verdient! — Will's denn gar nicht Tag werden? — Ich will Morgen eine ganze Meile forttraben, und mein Weg soll mit lauter Englischen Gesichtern gepflastert seyn.

Connetable. Das will ich nun eben nicht sagen, aus Furcht, man möchte mich mit Schimpf davon jagen. Aber ich wollt', es wäre Morgen; denn ich möchte gerne die Engländer schon bey den Ohren haben.

Rambures. Wer will mit mir was dran wagen, daß ich zwanzig Engländer zu Gefangnen mache?

Connetable. Ihr müßt erst Euch selbst dran wagen, eh Ihr sie bekommt.

Dauphin. Es ist Mitternacht; ich will meine Waffen anlegen.

(Er geht ab.)

Orleans. Der Dauphin sehnt sich nach dem Morgen.

Rambures. Er sehnt sich, die Engländer zu fressen.

Connetable. Ich glaub's wohl, daß er alle fressen wird, die er umbringt.

Orleans. Bey der weissen Hand meiner Gemahlinn, es ist ein wackrer Prinz.

Connetable. Schwört bey ihrem Fuß, damit sie den Schwur wieder austreten kann.

Orleans. Er ist gewiß der geschäftigste junge Herr in ganz Frankreich.

Connetable. Thun ist Geschäftigkeit; und thun wird er immer was.

Orleans. Ich habe nie gehört, daß er Jemand Leides gethan hat.

Connetable. Das wird er auch morgen nicht thun; bey dem guten Namen wird er sich beständig erhalten.

Orleans. Ich kenn' ihn als einen tapfern Kriegshelden.

Connetable. Das hat mir einer gesagt, der ihn besser kennt, als Ihr.

Orleans. Wer war denn das?

Connetable. Zum Henker, er hat mir's selbst gesagt; und setzte hinzu, es wär' ihm einerley, ob man's wisse, oder nicht.

Orleans. Das braucht er nicht; es ist keine verborgne Tugend an ihm.

Connetable. Auf meine Ehre, Herr, das ist es doch; kein Mensch hat diese Tugend je an ihm wahrgenommen, als sein Bedienter; es ist eine verhüllte Tapferkeit, und wenn sie ans Licht kömmt, wird sie mit den Flügeln um sich schlagen. *)

(Es kömmt ein Bote.)

---

*) Die Anspielung ist von den Falken hergenommen, denen man die Augen verhüllt, so lange sie nicht zur Jagd gebraucht werden, und die stark mit den Flügeln schlagen, so bald man die Hülle wegnimmt. Er will sagen: des Dauphins Tapferkeit ist noch nie gegen einen Feind gebraucht; wenn er seinen ersten Versuch macht, so werden wir sehen, wie er vor Furcht flattern wird. Johnson.—— Im Original folgt hier noch ein Sprüchwortwechsel zwischen Orleans und dem Connetable, der sich nicht übersetzen läßt.

Bote. Gnädiger Herr Connetable, die Engländer liegen nur funfzehnhundert Schritt weit von unsern Zelten.

Connetable. wer hat die Entfernung ausgemessen?

Bote. Grandpree.

Connetable. Ein braver und sehr erfahrner Edelmann! — Wenn's doch erst Tag wäre! — Der arme Heinrich von England! Er sehnt sich nicht so nach dem Anbruch des Tages, wie wir thun.

Orleans. Was für ein elender, wunderlicher Mensch dieser König von England ist, daß er sich mit seinem dummköpfigen Anhang so ganz und gar vergißt!

Connetable. Wenn die Engländer nur ein wenig Verstand hätten, so würden sie davon laufen.

Orleans. Daran fehlt's ihnen; denn wenn ihr Kopf mit einigem Verstande ausgerüstet wäre, so würden sie nicht so schwere Helme tragen.

Rambures. Die Insel England bringt sehr herzhafte Geschöpfe hervor; ihre grosse Hunde sind von unvergleichlichem Muthe.

Orleans. Dumme Klüffer sinds, die mit verschloßnen Augen einem Rußischen Bären in den Rachen laufen, und denen die Köpfe zermalmt werden, wie verfaulte Aepfel. So könnte man auch sagen, das sey eine tapfre Fliege, die ihr Frühstück auf der Lippe eines Löwen zu verzehren wagt.

Connetable. Richtig, richtig; und eben, wie die Hunde, sind auch ihre Soldaten in ihren plumpen und rauhen Angriffen; ihren Verstand lassen sie bey ihren Weibern zurück. Man geb' ihnen nur grosse Stücken Rindfleisch, und Eisen und Stahl, so fressen sie, wie Wölfe, und fechten, wie Teufel.

Orleans. Ja; aber diesen Engländern hier fehlt es ganz verzweifelt am Rindfleisch.

Connetable. Nun, so werden wir morgen sehen, daß sie bloß Appetit zum Essen, und nicht zum Fechten, haben. Itzt ists Zeit, die Waffen zu nehmen. Kommt, wollen wir dran?

Orleans. Es ist zwey Uhr — aber laßt sehen! — um zehn wird jeder von uns wenigstens schon hundert Engländer zu Gefangnen gemacht haben.   (Sie gehn ab.)

Vierter Aufzug.

Der Chor.

Itzt denkt euch eine Zeit, wo schleichendes
Gemurmel und die graue Dämmerung
Die weite Welt erfüllt.   Hin durch die Nacht
Hört man von Einem Lager zu dem andern
Das Sumsen jedes Heers, so, daß beynah
Der Wachen Ohr das heimliche Geflüster
Des Feindes hört.   Ein jedes Heer macht Feuer,
Und durch die blasse Flamme sieht es dann
Des andern schreckliche Gestalt.   Es droht
Ein Roß dem andern, und ihr stolzes Wiehern
Durchdringt der Nacht betäubtes Ohr.   Schon
                                            giebt
Der Waffenschmiede reger Hammer an
Der Rüstung, zu der furchtbarn Schlacht das Zei-
                                            chen.
Des Dorfes Hähne krähn, die Glocken schlagen,
Des Morgens dritte Stunde; der Franzos,
Stolz auf sein zahlreich Heer, und unbesorgt
In seiner Seele, spielt verachtungsvoll

Mit Würfeln um die Britten, und verwünscht
Den krüppelhaften Schneckengang der Nacht,
Die, einer Bösen, garstgen Herr gleich,
So langsam forthinkt; und der arme Britte,
Verdammt zum Tode, sitzt, gleich einem Opfer,
An seinem Wachfeu r, denkt, in sich gekehrt,
An die Gefahr des Morgens; ihre traur'ge,
Schwermüth'ge Stellung, ihre hagern Wangen,
Und abgenützten Kleider, machten sie
Dem Monde, der auf sie hernieder sah,
Zu so viel gräßlichen Gespenstern. O! wer itzt
Den königlichen Feldherrn dieses armen,
Geschwächten Haufens sieht von Zelt zu Zelt,
Von einer Wach' zur andern gehn, der rufe:
„Ihm werde Ruhm und Preis!„ — Er geht
                                        hervor,
Durchsieht sein Heer, wünscht mit bescheidnem
                                        Lächeln
Ihm guten Morgen, nennt sie Brüder, Freunde,
Und Landesleut' — In seinem Königsblick
Bemerkt man's nicht, welch ein furchtbares Heer
Ihn itzt umringt; auch hat nicht seine Farbe
Die mindste Spur der ganz durchwachten Nacht.
Frisch sieht er aus, und übermannt die Schwäche

Mit heiterm Blick und edler Majestät.
Und jeder Leidende, sonst bloß und krank,
Wenn er ihn sieht, schöpft Trost aus seinen Blicken.
Wohlthätig, überall, der Sonne gleich,
Ist seiner Augen Feuer; kalte Furcht
Thaut auf dadurch — Darum, ihr Hoh'n und
                              Niedern,
Seht alle, so viel unsre Schwachheit es
Euch, schildern kann, ein Nachtstück König Hein-
                              richs
Und nun muß unser Schauplatz Schlachtfeld seyn.
Verzeiht indeß, wenn wir mit einigen
Unwürd'gen Zügen niedrer Prahlerey
Den Glanz von Agincourt verdunkeln; hört
Uns ruhig zu, und denket euch bey dem,
Was es nur nachäfft, das, was wirklich war.
                              (geht ab.)

Erster Auftritt.

Das Englische Lager, bey Agincourt.

König Heinrich. Bedford. Gloucester.

K. Heinrich. Freylich; Gloucester, wir sind
in großer Gefahr; um so viel grösser muß da-

her unfer Muth ſeyn — Guten Morgen, Bruder Bedford — Allmächtiger Gott! es ſteckt in böſen Dingen allemal etwas Gutes, wenn man nur darauf achtet und es herauszuziehen weiß! Haben wir einen böſen Nachbar, ſo ſtehen wir deswegen um ſo viel früher auf; und das iſt beydes geſund und haushältriſch. Auſſerdem ſind dergleichen Leute unſre äuſſerlichen Gewiſſen, und Prediger für uns alle, die uns erinnern, uns gehörig auf unſer Ende gefaßt zu machen. So kann man Honig vom Unkraute ſammeln, und den Teufel ſelbſt zum Sittenlehrer bräuchen. (Erpingham kömmt.) Guten Morgen, alter Sir Thomas Erpingham. Ein gutes weiches Küſſen wäre beſſer für dieß gute graue Haupt, als ein harter Franzöſiſcher Raſen.

Erpingham. Nicht ſo, mein König; dieß Lager gefällt mir beſſer, da ich ſagen kann: itzt lieg' ich, wie ein König.

K. Heinrich. Man thut ſehr wohl, wenn man ſich ſein Leiden durch andrer Beyſpiel angenehm macht; das beruhigt die Seele; und ſobald dieſe belebt wird, pflegen auch allemal die körperlichen Werkzeuge, wenn sie gleich vorhin kraftlos und todt waren, ihr schläfriges Grab zu durchbrechen, und sich aufs neue mit abgeworfner Haut *) und frischer Leichtigkeit zu bewegen. Leih mir deine Uhr, Sir Thomas — Meine beyden Brüder, empfehlt mich den Prinzen in unserm Lager; sagt ihnen von mir einen guten Morgen; und laßt sie sogleich zu mein Gezelt kommen.

Gloucester. Sehr wohl, mein König.

Erpingham. Soll ich Eure Majestät begleiten?

K. Heinrich. Nein mein guter Ritter; geh du mit meinen Brüdern zu den Lords von England. Ich muß mit mir selbst noch eine Weile zu Rathe gehn, und dabey möcht' ich gern allein seyn.

Erpingham. Gott im Himmel segne dich, edler Heinrich!

K. Heinrich. Grossen Dank, alter Freund. Du sprichst recht munter.

(Sie gehn ab. Pistol kömmt.)

---

*) Eine Anspielung auf die Schlange, die jährlich ihre Haut abwirft, und dann wie neu belebt und verjüngt werden soll. Johnson.

Pistol.   Qui va là?

K. Heinrich.   Gut Freund.

Pistol.

Gleich sage mir's, bist du ein Officier?

Wie? oder: niedrig, elend, und gemein?

K. Heinrich.   Ich bin ein Edelmann, der
eine Kompanie hat.

Pistol.

Führst du den mächt'gen Spieß?

K. Heinrich.   Ja. — Wer seyd Ihr denn?

Pistol.

So gut von Adel, wie's der Kaiser ist.

K. Heinrich.   So seyd Ihr ja besser, wie
der König?

Pistol.

Der König ist ein Schatz, ein goldnes Her-
                                        chen,
Ein braver Kerl, ein wahres Kind der Fama,
Von guten Eltern, und von tapfrer Faust.
Ich küsse seine schmutzgen Schuh' und liebe
Von Herzensgrund den braven Eisenfresser,
Wie heissest du?

K. Heinrich.   Harry le Roy.

Piſtol.

Le Roy! — das klingt, als wärſt du aus
                                Cornwallis?

K. Heinrich.   Nein, ich bin ein Waliſer.

Piſtol.   Kennſt du Fluellen?

K. Heinrich.   Ja.

Piſtol.

Sag' ihm, ich werd' ihn am St. Davids
                                Tage
Sein Lauch *) um seinen Schädel schlagen.

K. Heinrich.   Tragt Euren Degen an dem
Tage nur nicht an der Mütze, sonſt möcht' er
ihn Euch um den Kopf herum schlagen.

Piſtol.   Biſt du sein Freund?

K. Heinrich.   Und sein Vetter dazu.

Piſtol.   So geh zum Henker!

K. Heinrich.   Ich bedanke mich.   Gott sey
mit Euch!

Piſtol.   Ich heiſſe Piſtol!
                                (Er geht ab.)
                                                        K. Hein=

----

*) Dieß bezieht sich auf die Gewohnheit, am St.
Davids Tage Lauch am Hute zu tragen, wovon weiter
unten mehr vorkömmt.

K. Heinrich. Der Name schickt sich gut für dein trotziges Betragen.

Fluellen. Gower.

Gower. Capitain Fluellen —

Fluellen. Um Gottes Willen, sprich nicht so viel. Es ist das größte Wunder für mich in der ganzen Welt, wenn man die wahren und alten Vorrechte und Gesetze des Kriegs nicht in Acht nimmt. Wenn Ihr Euch nur die Mühe geben wolltet, den Krieg Pompeius des Grossen zu untersuchen, so würdet Ihr ganz sicher finden, daß kein Wischewasche, kein Pibbelpabbel in Pompejens Lager war. Ihr werdet ganz sicher finden, daß die Gebräuche des Krieges, und die Anstalten desselben, und die Art desselben, und das Betragen dabey, und die Bescheidenheit dabey, ganz anders waren.

Gower. Ist doch der Feind laut; man hört ihn ja die ganze Nacht durch.

Fluellen. Wenn der Feind ein Narr und ein Esel, und ein schwatzhafter Geck ist, glaubt Ihr denn, es gehöre sich, daß wir auch ein Narr,

und ein Esel, und ein schwaßhafter Geck seyn
müssen? Meynt Ihr das im Ernste?

Gower. Ich will sachter sprechen.

Fluellen. Das thut doch, ich bitt' und fleh'
Euch darum. (Sie gehn ab.)

K. Heinrich. Dieser Walliser hat viel Klugheit und Tapferkeit, wenn sie gleich ein wenig
altmodisch zu seyn scheint.

Drey Soldaten: John Bates, Alexander
Court, und Michael Williams.

Court. Bruder John Bates, ist das nicht
der Morgen, der dort anbricht?

Bates. Ich glaube, ja; aber wir haben's
eben nicht Ursach, nach dem Anbruch des Tages
zu verlangen.

Williams. Wir sehn dort wohl den Anfang
dieses Tages; aber das Ende davon werden wir,
glaub' ich, wohl nicht sehen. — Wer da?

K. Heinrich. Gut Freund.

Williams. Unter welchem Hauptmann steht
Ihr?

K. Heinrich. Unter Sir Thomas Erpingham.

Williams. Ein guter alter Kriegsheld, und ein sehr liebreicher Herr. Sagt mir doch, wie denkt er über unsre itzigen Umstände?

K. Heinrich. Wie man denkt, wenn man im Schiffbruch auf eine Sandbank geworfen ist, und erwarten muß, von der nächsten Fluth herunter gespült zu werden.

Bates. Hat er nicht seine Gedanken dem Könige gesagt?

K. Heinrich. Nein; es wär' auch nicht rathsam, daß er das thäte. Denn, unter uns gesagt, ich glaube, der König ist eben so wohl ein Mensch, als ich. Die Viole riecht ihm eben so, wie sie mir riecht; das Element sieht für ihn eben so aus, wie für mich; er hat eben solche Sinne, wie andre Menschen. Seine königliche Pracht beyseite gesetzt, sieht er in seiner Blöße nur wie ein Mensch aus, und wenn gleich seine Neigungen höher hinaus gehn, als die unsrigen, so fallen sie doch, wenn sie fallen, auf die Dinge eben so herab, wie die unsrigen. Wenn er also Ursache sieht, sich zu fürchten, wie wir thun, so ist seine Furcht ganz gewiß von eben der Art, wie die unsrige. Aber wahrlich, keiner soll' ihm

billig nur den geringsten Schein von Furcht beybringen, damit er sich's hernach nicht merken
lasse, und so die ganze Armee muthlos mache.

Bates. Er mag äusserlich so herzhaft thun,
als er will; so glaub ich doch, so kalt auch die
Nacht ist, er wünschte sich lieber bis an den Hals
in die Themse; und ich wollt' auch, er wär es,
und ich bey ihm, auf alle Gefahr; so wären wir
doch hier aus dem Spiel.

K. Heinrich. Wahrhaftig, ich rede von dem
Könige, wie mir's ums Herz ist; ich glaube, er
wünscht sich nirgends anders hin, als wo er ist.

Bates. So wollt' ich er wär' allein hier!
Dann würd' er gewiß wieder ausgelöst, und
manches armen Mannes Leben geschont werden.

K. Heinrich. Ich wollte wohl sagen, Ihr
gönnt ihm noch zu viel Gutes, um zu wünschen,
daß er hier alleine wäre. Ihr sagt das nur, um
andern Leuten auf die Zähne zu fühlen. Mich
dünkt, ich könnte sonst nirgends so vergnügt sterben, als in des Königs Gesellschaft; denn seine
Sache ist gerecht, und sein Streit macht ihm
Ehre.

Williams. Das ist mehr, als wir wissen.

Bates. Freylich; oder mehr, als uns angeht. Wir wissen genug, wenn wir wissen, daß wir des Königs Unterthanen sind; ist seine Sache schlecht, so entlediget uns der Gehorsam gegen den König unsrer Schuld daran.

Williams. Aber wenn seine Sache nicht gut ist, so hat der König selbst eine schwere Verantwortung, wenn einmal alle die Beine und Arme und Köpfe, die in einer Schlacht abgehauen sind, am jüngsten Tage wieder zusammenkommen, und alle rufen: „Wir sind an dem und dem Ort gestorben!„ einige im Fluchen, einige im Schreyen nach einem Wundarzt; andre im Schreyen über ihre Weiber, die sie arm hinterliessen, andre über die Schulden, die sie noch hatten, andre über ihre hülflos zurückgebliebnen Kinder. Ich fürchte, nur wenige von denen sterben gut, die in einer Schlacht sterben; denn wie können sie irgend eine liebreiche Anstalt machen, wenn sie mit nichts zu thun haben, als mit Blut? Wenn nun diese Leute nicht gut sterben, so wird das eine häßliche Sache für den König werden, der sie dazu brachte; denn es wäre doch gegen alle Pflicht

eines Unterthanen, wenn man ihm nicht gehor-
chen wollte.

K. Heinrich. Also, wenn ein Sohn, den
sein Vater der Kaufmannschaft wegen in die
Fremde schickt, in seinen Sünden auf der See
verunglückt, so soll die Schuld seiner Untugen-
den, nach eurer Meynung, auf den Vater fallen, der ihn wegschickte? Oder wenn ein Bedienter auf seines Herrn Befehl eine Summe
Geldes fortbringt, unterwegs von Räubern an-
gefallen wird, und in vielen unversöhnten Gott-
losigkeiten stirbt, so werdet ihr wohl den Herrn,
der ihn zu seinen Geschäften brauchte, für den
Urheber der Verdammniß des Bedienten halten?—
Aber das ist nicht; der König ist nicht verbunden, jedes besondre Ende seiner Soldaten zu verantworten, so wenig, wie der Vater den Tod
seines Sohns, oder der Herr seines Bedienten;
denn sie verlangen nicht ihren Tod, wenn sie
gleich ihre Dienste verlangen. Ausserdem giebt
es keinen König, der seine Sache, sie sey noch
so untadelhaft, so bald sie mit dem Schwert
ausgemacht wird, mit lauter schuldlosen Soldaten ausfechten kann. Einige von ihnen haben

vielleicht die Schuld eines vorſetzlichen und ſchon verabredeten Mordes auf ſich; einige haben vielleicht Mädchen auf eine meyneidige Art betrogen; andre, welche den Krieg bloß zu ihrem Bollwerke brauchen, haben vorher die Ruhe des Landes durch Diebſtahl und Raub geſtört. Wenn nun alle dieſe Leute das Geſetz vereitelt, und die natürlichen Strafen vermieden haben, ſo können ſie zwar Menſchen entlaufen, aber ſie haben keine Flügel, um dem Angeſichte Gottes zu entfliehen. Der Krieg iſt ſein Büttel; der Krieg iſt ſein Rächer; und Leute, die vorhin des Königs Geſetze übertraten, werden folglich itzt in dem Streite des Königs dafür geſtraft. Wo ſie den Tod fürchteten, da trugen ſie ihr Leben davon; und wo ſie ſicher zu ſeyn hoffen, da kommen ſie um. Wenn ſie alſo unvorbereitet ſterben, ſo iſt der König eben ſo wenig an ihrer Verdammniß Schuld, als er vorhin an den Gottloſigkeiten Schuld war, für welche ſie nun geſtraft werden. Jedes Unterthanen Pflicht gehört dem König; aber jedes Unterthanen Seele gehört ihm ſelbſt. Deswegen ſollte jeder Soldat im Kriege es machen, wie jeder Kranke auf ſeinem Bette; ſollte

jeden Flecken aus seinem Gewissen waschen; und
stirbt er dann, so ist ihm der Tod ein Gewinn;
oder stirbt er nicht, so ward die Zeit allemal
glücklich verloren, worin er diese gute Vorberei-
tung gewann; und wenn er so davon käme, so
könnt' er ohne Sünde glauben, Gott, dem er sich
so willig ergeben hatte, lasse ihn die Schlacht
überleben, um seine Grösse zu erkennen, und
andre zu lehren, wie sie sich vorbereiten sollen.

Williams. Allerdings, wer in Sünden stirbt,
dessen Sünde kömmt auf seinen Kopf; der König hat sie nicht zu verantworten.

Bates. Ich verlange nicht, daß er die meinige verantworten soll; und denke doch herzhaft
für ihn zu fechten.

K. Heinrich. Ich habe selbst den König sagen gehört, er wolle nicht wieder ausgelöset seyn.

Williams. Ja, das sagte er wohl, damit
wir desto muthiger fechten möchten; aber, wenn
uns die Gurgeln abgeschnitten sind, so kann
man ihn wohl auslösen, und wir sind damit um
nichts gebessert.

K. Heinrich. Wenn ich das erlebe, so will
ich mich nie wieder auf sein Wort verlassen.

Williams. Das ist mir auch was rechtes! — Das kömmt mir gerade vor, als wenn man einen Schuß aus einem lahmen Gewehr für gefährlich halten wollte, wenn ich von dem armseligen Unwillen eines Privatmanns gegen seinen König höre! — Eben so leicht könntet Ihr die Sonne dadurch in Eis verwandeln, daß Ihr sie mit einer Pfauenfeder fächelt. Ihr wollt Euch nie wieder auf sein Wort verlassen! — Geht doch, das war dumm geredet.

K. Heinrich. Euer Verweis ist ein wenig zu derbe; ich würde böse auf Euch werden, wenn's itzt Zeit dazu wäre.

Williams. Wir wollen's mit einander ausmachen, wenn Ihr am Leben bleibt.

K. Heinrich. Ich bin's zufrieden.

Williams. Woran soll ich dich wieder kennen?

K. Heinrich. Gieb mir was zum Unterpfande; das will ich an meiner Mütze tragen; und wenn du dir getraust, es jemals wieder zu erkennen, so will ich den Handel mit dir ausmachen.

Williams. Hier hast du meinen Handschuh; gieb mir auch einen.

K. Heinrich. Da.

Williams. Den will ich auch an meiner Mütze tragen. Wenn du übermorgen zu mir kömmst, und sagst: Das ist mein Handschuh; mein Seel! so geb' ich dir eine Maulschelle.

K. Heinrich. Wenn ich das erlebe, so werd' ich dich darauf herausfodern.

Williams. Du wirst dich eben so gern wollen hängen lassen.

K. Heinrich. Ich thu es gewiß, und fänd' ich dich auch in des Königs Gesellschaft.

Williams. Halt Wort, und lebe wohl.

Bates. Vertragt euch, ihr Gecken von Engländern, vertragt euch; wir haben der Französischen Händel genug; wenn wir die nur erst abzuthun wüßten!

K. Heinrich Wahrhaftig, die Franzosen können zwanzig französische Kronen gegen eine wetten, daß sie uns schlagen werden; denn sie tragen sie auf ihren Schultern. *) Aber es ist

---

*) Dieser Gedanke, fast zu niedrig für einen König, ist schon oben erklärt; er bezieht sich nämlich auf die venerische Krankheit. Johnson.

von den Engländern keine Verrätherey, französische Kronen zu beschneiden; und morgen wird
der König selbst ein Kipper und Wipper seyn.
(Die Soldaten gehn ab.) Auf den König! *) —
Laßt uns unser Leben, unsre Seelen, unsre
Schulden, unsre bekümmerten Weiber, unsre
Kinder und unsre Sünden auf den König legen! — Wir müssen alles tragen! — O har-
tes Schicksal! Du Zwillingsgeburt der Grösse,
die sich den Reden eines jeden Narren Preis
geben muß, der nichts weiter fühlen kann, als
seinen eignen Schmerz! Wie unendlich viel Ruhe
des Herzens müssen Könige aufgeben, deren Privatleute geniessen! und was haben Könige, das
Privatleute nicht haben, als Cärimoniel — allgemeines Cärimoniel? — Und was bist du denn,
du Abgott Cärimoniel? Was für eine Art von

---

*) Es ist etwas sehr feyerliches und rührendes in
diesem Selbstgespräche, in welches der König sogleich
ausbricht, so bald er allein ist. Etwas ähnliches muß,
bey geringern Anlässen, jedes Herz empfunden haben.
Nachdenken und Ernst dringen auf die Seele zu, wenn
man sich von einer muntern Gesellschaft trennt, besonders dann, wenn man gezwungen und wider seinen
Willen munter gewesen ist. Johnson.

Gottheit biſt du, die du mehr ſterbliches Unge-
mach auszuſtehen haſt, als deine Diener? —
Was haſt du für Einkünfte? was für Vorthei-
le? — O Cärimoniel! zeige mir nur deinen
Werth? Worin beſteht dein wahres Weſen,
Verehrung? Biſt du etwas anders, als Rang,
Vorzug und Würde, die bey andern Ehrerbietung und Furcht erregt? Und darin biſt du weniger glücklich, daß du gefürchtet wirſt, als ſie,
daß ſie dich fürchten. Was trinkſt du oft, ſtatt
ſüſſer Opfertränke, als vergiftete Schmeicheley?
O! ſey einmal krank, königliche Gröſſe, und
laß dein Cärimoniel dich heilen! glaubſt du,
das heiſſe Fieber werde ſich durch Titel, welche
die Schmeicheley dir zubläſt, wegjagen laſſen?
Wird es Verbeugungen und niedrigen Fußfällen
Platz machen? Kannſt du, wenn du über das
Knie des Bettlers Herr biſt, auch über die Ge-
ſundheit dieſes Knies Herr ſeyn? Nein, du ſtol-
zer Traum, der ſo liſtig mit des Königs Ruhe
ſpielt, ich bin ein König, der ich dich für das
erkenne, was du biſt; und ich weiß, es iſt nicht
die Salbung, der Scepter, der Reichsapfel,
das Schwert, der Regimentsſtab, die Krone,

das mit Gold und Perlen durchwirkte Gewand,
nicht der strotzende Titel, der vor des Königs
Namen hergeht, nicht der Thron, worauf er
sitzt, noch die ströhmende Fluth des Pomps,
der an die hohen Ufer der Welt schlägt; nein,
alles das, du blendend glänzendes Cärimoniel,
alles das, wenn es in das Bette der Majestät
gelegt wird, kann nicht so gesund schlafen, als
der unglückliche Sklav, der mit vollem Leibe
und leerer Seele zur Ruhe geht, vom sauer erworbnen Brode gesättigt; der niemals die gräß-
liche Nacht, die Tochter der Hölle, sieht;
sondern vom Morgen bis zum Abend, wie ein
Tagelöhner, beständig vor den Augen des Phöbus schwitzt, und die ganze Nacht in Elysium
schläft, den folgenden Tag gleich nach der Dämmerung aufsteht, dem Hyperion *) auf sein Pferd
hilft, und so dem immer fortlaufenden Jahre,
mit nützlicher Arbeit, zu seinem Grabe folgt.
Und, das bloße Cärimoniel ausgenommen, hat
solch ein Elender, der die Tage mit Arbeit, und
die Nächte mit Schlaf hinbringt, Vorzug und

---

*) Jyperion, einer der Titanen, wird auch von
den alten Dichtern oft für die Sonne gesetzt.

Vortheil vor einem Könige. Der Sklav, ein Mitglied der Vaterländischen Ruhe, genießt ihrer; aber er weiß es lange nicht, wie viel Wachsamkeit es den König kostet, die Ruhe zu erhalten, dem die schwere Sorge fürs gemeine Beste alle seine Stunden hinweg nimmt.

(Erpingham kömmt.)

Erpingham. Mein König, Eure Edelleute, auf Eure Abwesenheit eifersüchtig, suchen Euch im ganzen Lager auf.

K. Heinrich Guter alter Ritter, versamm-le sie alle bey meinem Gezelt; ich will noch vor dir da seyn.

Erpingham. Ich werd' es thun, mein Kö-nig.

(Er geht ab.)

K. Heinrich. O Gott der Schlachten! stäh-le du die Herzen meiner Soldaten! erfülle sie nicht mit Furcht; benimm ihnen itzt alle Lust zu zählen, damit ihnen die starke Anzahl der Feinde nicht allen Muth entreisse! — Nicht heute, o Gott! o! nicht heute gedenke der Sün-de, die mein Vater that, als er die Krone an sich riß! Ich habe Richards Leichnam aufs neue

begraben, habe mehr reuige Thränen darüber
vergossen, als gewaltsame Blutstropfen aus ihm
geflossen sind! Fünfhundert Arme hab' ich im
jährlichen Sold, die zweymal des Tages ihre
welken Hände zum Himmel aufheben, und ihn
um Erlassung der Blutschuld anstehen. Auch
hab' ich zwey Kapellen aufgebaut, wo die ernsten und festlichen Priester immerfort für Richards Seele Messe singen. Ich will noch mehr
thun; obgleich alles, was ich thun kann, von
keinem Werth ist, indem meine Busse doch noch
immer hinter drein kommen, und um Gnade
bitten muß.

(Gloucester kömmt.)

Gloucester. Mein König!

K. Heinrich. Meines Bruders Gloucester's
Stimme? — Ich weiß, was du willst; ich geh
gleich mit dir — Die Schlacht, meine Freunde,
und alles wartet auf mich.

(Sie gehn ab.)

X X

Zweyter Auftritt.

Das Französische Lager.

Der Dauphin. Orleans. Rambures.
Beaumont.

Orleans. Die Sonne vergoldet unsre Rüstung; auf, ihr Herren!

Dauphin. Montéz á cheval — Mein Pferd, valet! lacquay! — ha!

Orleans. Ein edler Muth!

Dauphin. Via! — les eaux & la terre!

Orleans. Rien plus! l'air & le feu —

Dauphin. Ciel! Vetter Orleans — (Der Connetable kömmt.) Nun, Herr Connetable?

Connetable. Hört, wie unsre Rosse der Schlacht entgegen wiehern!

Dauphin. Besteigt sie, und spornt sie dergestalt, daß ihr heisses Blut den Engländern in die Augen sprütze, und sie mit überflüßigem Muth erschrecke — Ha! —

Rambures. Wie? sollen sie unser Pferde Blut weinen? — Wie werden wir denn ihre eignen Thränen sehen können?

(Es kömmt ein Bote.)

Bote.

Bote. Die Engländer stehen in Schlachtordnung, ihr Edeln von Frankreich.

Connetable. Zu Pferde, ihr wackern Prinzen! stracks zu Pferde! Ihr dürft jene arme und verhungerte Schaar nur ansehen, und euer bloßer Anblick wird schon ihre Seelen wegsaugen, und nur die Schalen und Schoten von Menschen werden zurück bleiben. Es ist nicht Arbeit genug für alle unsre Hände da; kaum Blut genug in allen ihren kranken Adern, um jedem entblösten Säbel einen Flecken zu geben, den unsre wackern Franzosen heute ziehen, und aus Mangel an Feinden wieder einstecken werden. Wir dürfen sie nur anhauchen; schon der Dunst unsrer Tapferkeit wird sie zu Boden schlagen. Es ist völlig ausgemacht, ihr Herren, daß unsre Bedienten und Bauren, die mit unbrauchbarer Geschäftigkeit um unser Schlachtfeld umher schwärmen, so hinreichend wären, dieß Feld von einem so unbedeutenden Feinde zu reinigen, wenn wir uns auch auf dieses Gebirge hier müßig hinstellen, und zusehen wollten; aber das leidet unsre Ehre nicht. Was sollen wir machen? — Laßt uns ein ganz klein, klein wenig thun, so ist aller gethan. Laßt also die Trompeten zum Angriff und zur Schlacht blasen; denn unsre Annäherung wird ihnen eine solche Furcht einjagen, *) daß sie niederfallen, und sich ergeben werden.

(Grandpree kömmt.)

Grandpree. Warum säumt ihr so lange, ihr Edeln von Frankreich? Jene Leichname von Insulanern, die nichts als Haut und Knochen sind, geben einen sehr schlechten Schmuck des vom Morgen begrüßten Feldes ab. Ihre zerlumpten Fahnen flattern armselig umher, und unsre Luft schüttelt sie voller Verachtung. Der stammfeste Mars scheint in ihrem Bettelheer bankrot geworden zu seyn, und guckt ganz matt durch ein rostiges Visier hervor. Die Reuter sitzen wie festgemachte Leuchter auf ihren Pferden, mit Fackelstöcken in der Hand; **) und ihre

---

*) Der Ausdruck des Originals: *To dare the feld*, ist von der Falkenjagd hergenommen, wenn nämlich der Falke oben in der Luft die Vögel unter sich so erschreckt, daß sie nicht in die Höhe fliegen mögen, und oft mit der Hand gegriffen werden können.

**) Man hatte damals eine Art von Leuchtern, welche menschliche Figuren vorstellten, und die Pfeifen für die Lichter in ihren ausgestreckten Händen hielten.

Steevens.

armseligen Mähren hängen die Köpfe nieder, Haut und Hüften schlottern an ihnen; zähe Feuchtigkeit klebt an ihren blassen todten Augen herunter; in ihren bleichen, halb-erstorbnen Mäulern liegt das Gebiß, vom zerkäuten Grase beschmutzt, still und unbewegt; und ihre Erben, die schelmischen Raben, fliegen, voll ungeduldiger Erwartung ihres Todes, über ihnen: Die Beschreibung kann keine schicklichen Worte finden, eine solche Schlachtordnung nach dem Leben zu schildern, die selbst in ihrem Leben leblos zu seyn scheint.

Connetable. Sie haben schon ihre Seelen Gott befohlen, und erwarten den Tod.

Dauphin. Wollen wir ihnen lieber erst was zu essen, und neue Kleider, und Futter für ihre hungerigen Pferde zuschicken, und hernach mit ihnen fechten?

Connetable. Ich warte nur auf meine Standarte. — Auf! ins Feld! — Ich will den Zierrath von einer Trompete nehmen, und es in der Geschwindigkeit statt der Standarte brauchen. — Kommt, kommt, fort! — Die Sonne

ſteht ſchon hoch; wir vertändeln hier ſonſt den
ganzen Tag.   (Sie gehn ab.)

Dritter Auftritt.

Das Engliſche Lager.

Glouceſter, Bedford, Exeter, Erpingham
mit dem ganzen Heer. Salisbury,
und Weſtmorland.

Glouceſter. Wo iſt der König?

Bedford. Der König iſt ſelbſt hingeritten, um
die Schlachtordnung in Augenſchein zu nehmen.

Weſtmorland. Von wehrhaften Leuten haben ſie volle ſechszig tauſend Mann.

Exeter. Das ſind fünfe gegen Einen; und
noch dazu ſind es lauter friſche Leute.

Salisbury. Gottes Hand ſey mit uns! Es
iſt eine fürchterliche Ungleichheit! — Gott ſey
mit euch allen, ihr Prinzen; ich geh auf meinen
Poſten. Sollten wir einander nicht eher, als im
Himmel wieder ſehen, ſo ſag ich Euch mein
edler Lord von Bedford, mein theurer Lord
Glouceſter, und mein guter Lord Exeter, und
mein lieber Vetter, euch allen, ihr Krieger,
frohes Lebewohl.

Bedford. Leb wohl, guter Saltsbury; das Glück gehe mit dir.

Exeter. (zu Saltsbury.) Leb wohl, theurer Lord; ficht heute recht tapfer. Wiewohl ich thue dir Unrecht, daß ich dich erst dazu ermahne; denn du bist der Ausbund wahrer Tapferkeit.

(Saltsbury geht ab.)

Bedford. Er ist eben so herzhaft, als menschenfreundlich; in beyden fürstlich.

(König Heinrich kömmt.)

Westmorland. O! daß wir doch itzt nur eine zehn tausend von den Leuten in England hier hätten, die heute nicht arbeiten!

K. Heinrich. Wer ist es, der das wünschet? — Mein Vetter Westmorland? — Nein, mein werther Vetter, sind wir zum Tode bestimmt, so sind unser genug, um unserm Vaterlande einen Verlust zu verursachen; und sollen wir leben, so ist unsre Ehre desto grösser, je geringer unsre Mannzahl ist. Um Gottes willen! wünsche nicht, daß ein einziger Mann mehr hier wäre! Beym Himmel! ich bin nicht gierig nach Golde, noch darüber bekümmert, wer auf meine Kosten ernährt wird; es kränkt mich nicht, wenn Leute meine Kleider tragen; bey dergleichen äusserlichen Dingen verweilen sich meine Wünsche nicht. Aber; wenn es Sünde ist, auf die Ehre habsüchtig zu seyn, so bin ich der gröste Sünder auf der Welt. Nein, wahrlich, mein Vetter! wünsche keinen einzigen Mann aus England hieher. Bey Gott! ich möchte nicht eine so grosse Ehre verlieren, als ein einziger Mann mehr, wie mich dünkt, mir entziehen würde; um alles in der Welt möcht' ichs nicht! — O! wünsche keinen einzigen mehr; lieber mach es, Westmorland, durch mein ganzes Heer kund, daß derjenige, der keine Lust hier zu fechten hat, davon gehen könne; man soll ihm seinen Paß ausfertigen, und Reisegeld oben drein geben. Wir möchten nicht gern in der Gesellschaft eines Mannes sterben, der sich davor fürchtet, in unsrer Gesellschaft zu sterben. Dieser Tag heißt Krispians Fest; wer diesen Tag überlebt, und glücklich nach Hause kömmt, wird auf die Zähen tretten, wenn dieser Tag genännt wird, und bey dem Namen Krispian auffahren. Wer diesen Tag wieder erlebt, und ein alter Mann wird, der wird jährlich den

Abend vorher seinen Freunden ein Mahl geben,
und sagen: Morgen ist St. Krispian. Dann
wird er seinen Aermel aufstreifen, und seine
Narben zeigen. Alte Leute vergessen viel; aber
nicht alles werden sie vergessen, sondern sich
mit Zusätzen daran erinnern, was sie an dem
Tage für Thaten gethan haben. Dann werden
unsre Namen, ihrem Munde so geläufig, wie
häusliche Wörter, König Heinrich, Bedford
und Exeter, Warwick und Talbot, Salisbury
und Gloucester, bey ihren fliessenden Bechern als
neu erwähnt werden. Diese Geschichte wird
der gute Mann seinem Sohn erzählen, und
Krispin Krispian *) wird von heute an bis zum

---

*) Die Schlacht bey Agincourt geschah den 25. Okto-
ber, am St. Krispins Tage, dessen Legende folgende
ist: Krispinus und Krispianus waren zwey Brüder aus
Rom gebürtig; von da giengen sie nach Soissons in
Frankreich, um das Jahr 303, in der Absicht, die
christliche Religion auszubreiten. Um andern nicht wegen ihres Unterhalts lästig zu seyn, trieben sie das
Schusterhandwerk; allein der Statthalter zu Soissons
erfuhr, daß sie Christen waren, und ließ sie enthaup-
ten. Von dieser Zeit an machten die Schuster sie zu
ihren Schutzheiligen — Grey.

Ende der Welt niemals gefeyert werden, ohne daß man an uns dabey gedenkt; an uns wenige, an uns glückliche Wenige, an unsere Bruderschaar. Denn der, welcher heute sein Blut mit mir vergießt, soll mein Bruder seyn; er sey noch so geringe, dieser Tag soll seinen Stand adeln. *) Und die Edelleute in England, die itzt noch im Bette liegen, werden sich selbst dafür verwünschen, daß sie nicht hier waren, und sich nicht viel aus ihrer Mannheit machen, wenn einer spricht, der mit uns am St Crispins Tage gefochten hat.

(Salisbury kömmt.)

Salisbury. Mein gnädigster König, macht so eilig, wie Ihr könnt; die Franzosen stehen schon in ganz stattlicher Schlachtordnung, und werden uns sogleich angreifen.

---

*) König Heinrich V. verbot, daß Niemand geadelt werden sollte, als wer durchs Erbrecht, oder besondre Gnade ein Recht dazu hätte, diejenigen ausgenommen, die mit ihm der Schlacht bey Agincourt beygewohnt hatten; und ich glaube, diese letztern hatten auch den ersten Rang bey allen Gastmahlen und öffentlichen Zusammenkünften. Tollet.

K. Heinrich. Alles ist gefaßt, wenn's unsre Seelen sind.

Westmorland. Der müsse umkommen, dessen Seele itzt wankend ist!

K. Heinrich. Du wünschest itzt nicht eine Verstärkung von England aus, Vetter?

Westmorland. Behüte Gott, mein König — Ich wollt', Ihr und ich allein möchten ohne weitre Hülfe diese Schlacht ausfechten!

K. Heinrich. Sieh, nun hast du fünf tausend Mann *) weggewünscht; und das gefällt mir besser, als Einen herzuwünschen — Ihr wißt eure Plätze. Gott sey mit euch allen!

(Man bläst zur Schlacht. Montjoy kömmt.)

Montjoy. Ich komme noch einmal, um dich zu fragen, König Heinrich, ob du itzt Vorschläge wegen deiner Auslösung thun willst, ehe dein nur gar zu gewisser Fall erfolgt. Denn wahrlich, du bist dem Abgrunde so nahe, daß er dich nothwendig verschlingen muß. Ausser-

---

*) Vorhin wurde gesagt, die Franzosen wären sechzig tausend Mann stark, und fünf gegen Einen; nach des Königs Angabe wären sie zwölf gegen Einen. Johnson.

dem laͤßt dich der Connetable aus besondrer Gnade bitten, daß du deine Soldaten erinnern moͤ-
gest, ihre Suͤnden zu bereuen; damit ihre Seelen in Ruhe und Frieden von diesem Schlachtfelde hinwegfahrten moͤgen, wo die Leiber der
armen ungluͤcklichen werden liegen und verfaulen
muͤssen.

K. Heinrich. Wer hat dich dießmal abgeschickt?

Montjoy. Der Connetable von Frankreich.

K. Heinrich. Bring' ihm nur meine vorige Antwort wieder zuruͤck. Laß sie mich erst voͤl-
lig zu Grunde richten, und dann meine Gebeine verkaufen — Grosser Gott! warum muͤssen
sie armer Leute so grausam spotten! — Jener,
der einmal die Haut des Loͤwen schon verkaufte,
da der Loͤwe noch lebte, wurde getoͤdtet, da er
ihm nachjagte; und manche von unsern Leibern
werden ganz gewiß in ihrem Vaterlande begraben werden, und auf ihren Graͤbern wird ganz
gewiß ein ehernes Denkmal die Thaten dieses
Tages melden. Auch diejenigen, welche ihre
tapfern Gebeine in Frankreich lassen, werden
wie Maͤnner sterben, und, wenn sie gleich hier

auf einem Miste begraben werden; sich dennoch
berühmt machen; denn auch da wird die Sonne sie grüssen, ihren empordampfenden Ruhm
zum Himmel hinan ziehen, und nur ihre grö-
bern irdischen Theile zurücklassen, um mit ihren
Ausdünstungen eure Luft zu füllen, und eine
Seuche in Frankreich zu erzeugen. Seht dann
eine zurückprallende Tapferkeit der Engländer;
die noch im Tode, gleich der grasenden Kugel
des Geschützes, in ein zweytes Unheil ausbricht,
und durch ihren Rückfall aufs neue tödtet! —
Ich will einmal stolz reden: Sage dem Connetable, wir sind nur Soldaten für die Werkel-
tage; unsre reichen Kleider, und unsre goldne
Verbrämung sind von den Märschen im Regen-
wetter durch das beschwerliche Feld ganz beschmutzt. Es ist kein Stückchen von einer Feder in unserm Heer — ein hinlänglicher Beweis,
wie mich dünkt, daß wir nicht davon fliegen
werden! — und die Zeit hat uns bis zur Un-
sauberkeit abgenutzt. Aber, beym Himmel! unsre Herzen sind in ihrem vollen Putz; und meine armen Soldaten sagen mir, sie werden noch
vor Abend bessere Kleider anhaben, oder sie wer-

ben den französischen Soldaten ihre schönen
neuen Kleider über die Köpfe reissen, und sie
aus dem Dienste jagen. Wenn sie das thun —
wie sie, wenn Gott will, thun werden — so
wird mein Lösegeld bald beygetrieben seyn.
Spare deine Mühe, Herold! komm nicht weiter des Lösegelds wegen, mein lieber Herold;
sie sollen, das schwör' ich, kein anderes haben,
als diese meine Glieder; und wenn sie die bekommen, so wie ich sie ihnen lassen werde, so wird
ihnen das wenig helfen. Sage das dem Connetable.

Montjoy. Das werd' ich thun, König
Heinrich; leb' also wohl; du wirst niemals ei-
nen Herold wieder zu hören bekommen.
(Er geht ab.)

K. Heinrich. Ich fürchte, du kömmst noch
einmal des Lösegelds wegen zu mir.
(Es kömmt der Herzog von York.)

York. Mein König, ich bitte dich demüthigst auf meinen Knien um die Anführung des
Vortrabs.

K. Heinrich. Uebernimm sie, tapfrer York —

Ihr ziehet hin, ihr Soldaten — und du, o Gott
lenk' die Schlacht nach deinem heil'gen Willen!

(Sie gehn ab)

Vierter Auftritt.

Das Schlachtfeld.

Feldgeschrey. Ausfälle. Pistol. Ein französischer Soldat. Der Edelknabe.

Pistol. Ergieb dich, du Hund!

Franzos. Je pense, que vous estes le
gentilhomme de bonne qualité.

Pistol. Qualität nennst du mich? — Sage
mir deine Qualität; bist du ein Edelmann? wie
ist dein Name? sag' an!

Franzos. O seigneur Dieu!

Pistol. O! Signor Dew ist wohl ein Edelmann.

Vernimm mich, Signor Dew, und mer-
ke dirs:

O Signor Dew, du stirbst von meinem
Degen,

Wenn du, Signor, mir nicht ein großes
Lösgeld

bezahlst.

Franzos.   O! prennez misericorde! ayez
pitié de moy!

Pistol.   Moy *) ist nicht genug; ich fodre
                    vierzig Moys;

Denn ich hau dir die Gurgel ab, da soll

Dein Blut in rothen Tropfen fliessen.

Franzos.   Est - il impossible d'eschapper la
force de ton bras?

Pistol.   *Brass* ist ja Kupfer — du verwünsch-
                    ter Geisbock,

Beutst du mir Kupfer?

Franzos.   O! pardonnez moy!

Pistol.   Das läßt sich hören! — Eine Ton-
                    ne Moys!

Komm, Edelknabe, frage diesen Kerl

Doch auf französisch, wie er sich nennt.

Edelknabe.   Escoutez, comment estes vous
appellé?

Franzos.   Monsieur le Fer.

Edelknabe.   Er sagt, sein Nam' ist Herr Fer.

Pistol.   Herr Ferk? — Ich will' ihn befer-
keln! — Sag' ihm das auf französisch.

---

*) Moys ist eine Münze; daher moi d'or. Johnson.

Edelknabe. Ich weiß nicht, wie das im französischen heißt.

Pistol. Laß ihn sich Gott befehlen, denn ich schneid'

Ihm gleich die Gurgel ab.

Franzos. Que dit-il, Monsieur!

Edelknabe. Il me commande de vous dire, que vous vous teniez prest; car ce soldat icy est disposé tout à cette heure de couper vostre gorge.

Pistol. Ja, *couper gorge! par ma foy,* du Schurke,

Wenn du nicht Kronen, tücht'ge Kronen zahlst;

Sonst soll dieß Schwerd dich gleich zerstücken.

Franzos. O! je vous supplie pour l'amour de Dieu, de me pardonner! Je suis gentilhomme de bonne maison, gardez ma vie, & je vous donneray deux cents escus.

Pistol. Was sagt er?

Edelknabe. Er bittet Euch, ihm das Leben zu schenken; er ist ein Edelmann von gutem

Hause, und will Euch zum Lösegeld zwey hundert Kronen geben.

Piſtol. Sag' ihm, ich werde meinen Eifer ſtillen,
Und will die Kronen nehmen.

Franzos. Petit Monſieur, que dit - il?

Edelknabe. Encore qu'il eſt contre ſon jurament, de pardonner aucun priſonnier, neantmoins pour les eſcus que vous l'avez promettez, il eſt content de vous donner la liberté, le franchiſement.

Franzos. Sur mes genoux je vous donne mille remercimens, & je m'eſtime heureux que je ſuis tombé entre les mains d'un chevalier, je penſe, le plus brave, valiant, & très eſtimé Seigneur d'Angleterre.

Piſtol. Erkläre mir das, Burſche.

Edelknabe. Er ſagt Euch auf ſeinen Knien tauſend Dank, und ſchätzt ſich glücklich, daß er in die Hände eines Mannes gefallen iſt, den er für den bravſten, tapferſten und trefflichſten Herrn in ganz England hält.

Piſtol.

Pistol. So wahr ich leb'! ich will barm-
herzig seyn.

... Komm, mit mir, Hund.

Edelmann. Suivez le grand capitaine —
(Pistol ... gehet ab.) Hab' ich doch
nie eine so volltönende Stimme aus einem so
leeren Herzen hervorgehen hören! Aber das
Sprichwort ist wohl wahr.: Ein leerer Krug
hat den stärksten Klang. Bardolph und Nym
waren weit herzhafter, als dieser brüllende Teufel in der alten Komödie; *) Jedermann kan
seine Nägel mit einem hölzernen Degen abschneiden; **) und doch sind sie beyde gehängt; das

---

*) Vielleicht eine Anspielung auf das alte Schau-
spiel, Heinrich V, in welchem eine Person vorkömmt,
die Derick heißt, der mit einem gefangenen Franzö-
sen eben so verfährt, wie hier Pistol. Das erstemal
da Derick auf die Bühne kommt, brüllt er, und sucht
das ganze Stück hindurch. Steevens.

**) Dr. Johnson bemerkt zwar, daß in den alten Pos-
senspielen, die Person welche *The Vice* hieß (s. davon im
folgenden Bande den Anhang zu Richard III.) gegen
den Teufel mit einem hölzernen Degen zu fechten
pflegte; indeß bleibt mir diese Redensart doch noch
unverständlich; und es muß darinn wohl noch eine
andere Anspielung liegen.

K

würde diesem auch geschehen, wenn er Herz genug hätte, zu stehlen. Ich muß bey dem Troß und der Bagage unsers Lagers bleiben; die Franzosen könnten eine herrliche Beute an uns haben, wenn sie es wüßten; denn es ist weiter keine Wache dabey, als lauter junge Bürsche.

(Geht ab.)

Fünfter Auftritt.

Ein anderer Theil des Schlachtfeldes.

Der Connetable. Orleans. Bourbon. Dauphin. Rambures.

Connetable. O diable!

Orleans. O Seigneur! le jour est perdu, tout est perdu!

Dauphin. Mort de ma vie! alles ist in Verwirrung, alles! — Vorwurf und ewig währende Schande sitzen spottend auf unsern Federbüschen. (Ein kurzes Feldgeschrey.) O mechante fortune! — Lauft nicht davon.

Connetable. Alle unsre Glieder sind ja zerrissen.

Dauphin. O! daurender Schimpf! —

Wir wollen uns selbst ermorden! — Sind das die Elenden, um die wir würfelten.

Orleans. Ist das der König, den wir um sein Lösegeld befragen liessen?

Bourbon. Schande! ewige Schande! nichts, als Schande! Laßt uns gleich sterben! — Noch einmal wieder zurück! — Und wer itzt mir nicht folgen will, der gehe fort, und hüte, mit der Mütze in der Hand, gleich einem niederträchtigen Kuppler, die Stubenthüre, wenn seine schönste Tochter von einem schlechten Kerl, der nicht vornehmer ist, als mein Hund, entehrt wird.

Connetable. Die Unordnung, die uns aus einander gebracht hat, macht uns itzt zu Freunden! — Laßt uns schaarenweise hingehn, und unser Leben den Engländern darbieten, oder laßt uns rühmlich sterben.

Orleans. Unser sind genug, die wir auf dem Schlachtfelde noch leben, um die Engländer ins Gedränge zu bringen, wenn nur irgend eine Ordnung zu erhalten stünde.

Bourbon. Der Henker hole itzt die Ordnung! — Ich will mit ins Getümmel. Mag

doch das Leben kurz währen! sonst daurte die
Schande gar zu lange!

(Sie gehn ab.)

Sechster Auftritt.

Feldgeschrey. König Heinrich, und sein
Gefolge, mit Gefangenen.

K. Heinrich. Wir haben uns gut gehalten,
tapfre Landsleute; aber alles ist noch nicht gethan, die Franzosen behaupten noch das Feld.

Exeter. Der Herzog von York empfiehlt
sich Eurer Majestät.

K. Heinrich. Lebt er noch, lieber Oheim?
Dreymal in dieser Stunde sah ich ihn zu Boden
liegen, dreymal wieder aufstehen, und fechten,
vom Helme bis zum Sporn mit lauter Blut
bedeckt.

Exeter. In diesem Schmucke liegt er, der
brave Soldat, und ziert die Ebne. An seiner
blutigen Seite liegt der Mitgenosse seiner ehrenvollen Wunden, der edle Graf von Suffolk,
gleichfalls. Suffolk starb zuerst, und York, ganz

zerhauen, kömmt zu ihm hin, wo er in seinem
Blute liegt, faßt ihn beym Bart, küßt seine
Wunden, die auf seinem Gesichte weit offen
standen, und ruft laut: „Warte, mein Vetter
Suffolk! meine Seele soll der deinigen, nach
dem Himmel zu, Gesellschaft leisten; warte,
theure Seele, nach der meinigen, und dann
eil’ an ihrer Seite empor, wie wir auf diesem
glorreichen und muthig behaupteten Schlachtfelde einander in unsrer Ritterschaft immer zur
Seite waren!„ — Bey diesen Worten kam ich
und hob ihn auf. Er lächelte mir ins Gesicht,
reichte mir seine Hand, und sagte mit einem
schwachen Druck: „Theurer Mylord, empfiehl
mich meinem Könige.„ — Drauf wandte er
sich um, warf seinen verwundeten Arm über
Suffolks Hals, und küßte seine Lippen; und so
versiegelte er, als ein Vertrauter des Todes, mit
Blut das Vermächtniß einer Freundschaft, die
das edelste Ende nahm. Die angenehme und
anständige Art, mit der ers that, zwang mir
Thränen ab, die ich gerne zurück halten
wollte; aber ich war nicht Manns genug dazu; alle Weichlichkeit meiner Mutter trat mir

in die Augen, und überlieferte mich den Thränen. *)

K. Heinrich. Ich tadle Euch nicht; denn,
indem ich dieß höre, muß ich meinen schon däm-
mernden **) Augen Gewalt anthun, oder sie
brechen auch in Thränen aus. (Feldgeschrey.)
Aber hört! Was ist das wieder für ein neuer
Lärmen? Die Franzosen haben ihre zerstreuten
Leute wieder zusammen gebracht; jeder Soldat
tödte also seine Gefangenen; laßt das durchgehends befehlen.

(Sie gehn ab.)

XX

---

*) Im Englischen:
 But all my mother came into mine eyes,
 And gave me up to tears.
Milton hat, wie Steevens bemerkt, diesen Gedan-
ken offenbar kopirt, Par. Lost, B. XI.
 — — Compassion quell'd
 His best of man, and gave him up to tears.

**) Dieß Beywort gab dem Dichter seine Beobach-
tung der Natur an die Hand; denn unmittelbar vor
dem Ausbruch der Thränen werden die Augen trübe,
und wie kenebelt. Warburton.

Siebenter Auftritt.

Das Feldgeschrey währt fort; hernach kömmt
Fluellen und Gower.

Fluellen. Die jungen Bursche und den Troß
zu tödten! das ist gerade wider alle Kriegsgesetze!
Das ist wahrlich eine solche Erzschelmerey, als
jemals aufkommen kann; sagt nur einmal auf
Euer Gewissen, ist es das nicht?

Gower. Es ist ganz gewiß, keiner von den
Burschen ist am Leben geblieben, und die zaghaften Schurken, die aus der Schlacht weglie-
fen, haben sie niedergemetzelt. Ueberdas haben
sie alles verbrannt oder weggenommen, was in
des Königs Zelte war; und daher hat der König
wohl Recht gehabt den Befehl zu geben, daß jeder Soldat seinem Gefangnen die Gurgel abschneiden soll. O! es ist ein wackrer König!

Fluellen. Freylich, er wurde auch zu Monmouth geboren. Capitain Gower, wie hieß doch
die Stadt, wo Alexander der Dicke geboren
ward?

Gower. Alexander der Große.

Fluellen. Ach! sagt mir, ist nicht dick, groß?

Der Dicke oder der Groſſe, oder der Mächtig, oder der Ungeheure, oder der Großmüthige, das iſt alles gleichviel, nur die Redensarten ſind etwas verſchieden.

Gower. Ich glaube, Alexander der Groſſe wurde in Macedonien geboren; ſein Vater hieß König Philipp von Macedonien, wenn mir recht iſt.

Fluellen. Ich denk', es war in Macedonien, wo Alexander geboren wurde. Glaubt mir, Capitain, wenn Ihr in die Landkarte ſeht, und Monmouth und Macedonien mit einander vergleicht, ſo werdet Ihr finden, ſeht Ihr, daß die Lage von beyden die nämliche iſt. Es iſt ein Fluß in Macedonien; es iſt gleichfalls ein Fluß bey Monmouth; der bey Monmouth heißt Wye; aber das weiß ich nun gerade nicht mehr im Kopfe, was der andre Fluß für einen Namen hat; doch das iſt alles eins; ſie ſind einander ſo gleich, als meine Finger meinen Fingern ſind, und in beyden giebts Lächſe. Wenn Ihr Alexanders Leben genau durchgeht, ſo iſt Heinrich von Monmouth's Leben allemal eben ſo rühmlich geweſen; denn es giebt Figuren in allen Dingen. Alexander — das weiß Gott, und das wißt Ihr — hat in seinem Zorn, und in seiner Wuth, und in seinem Grimm, und in seinem Eifer, und in seinem Unmuth, und in seinem Unwillen, und in seiner Bosheit, und da er zugleich ein wenig im Kopfe hatte, da er toll und voll war, seht Ihr, seinen besten Freund Klitus umgebracht.

Gower. Darin ist ihm unser König doch nicht gleich; er hat niemals einen von seinen Freunden umgebracht.

Fluellen. Das ist nicht hübsch, seht Ihr, daß Ihr mir die Worte aus dem Munde nehmt, eh ich noch fertig und zu Ende bin. Ich spreche bloß in Figuren und in Vergleichungen. So, wie Alexander seinen Freund Klitus umbrachte, indem er toll und voll war; eben so jagte Heinrich Monmouth, da er ganz nüchtern und bey vollem Verstande war, den fetten Ritter, mit dem grossen, dicken Brustwams, von sich. Er war voller Spässe und Schwänke, und Spöttereyen. Ich habe seinen Namen vergessen.

Gower. Sir John Falstaff.

Fluellen. Ganz recht. Glaubt mir, es sind ganz brave Leute zu Monmouth geboren.

Gower. Da kömmt Seine Majeſtät.

Feldgeſchrey. König Heinrich, mit Bourbon, und andern Gefangnen. Lords und Gefolge. Trompeten.

K. Heinrich. Ich bin noch nicht aufgebracht geweſen, ſeitdem ich nach Frankreich kam, als dieſen Augenblick. Nimm eine Trompete, Herold, und reite zu der Reuterey auf jener Anhöhe. Wenn ſie mit uns fechten wollen, ſo laß ſie hernieder kommen, ich kann ſie nicht ohne Unwillen dort ſehen; wollen ſie das nicht, ſo wollen wir zu ihnen kommen, und ſie ſo ſchnell forttreiben, wie Steine aus den Schleudern der alten Aſſyrer. Auſſerdem wollen wir denen, die in unſrer Gewalt ſind, die Gurgel abſchneiden *); und kein einziger von denen, die wir

---

*) Dr. Johnſon glaubt, der König drohe hier etwas, das ſchon vollzogen iſt, und vermuthet daher, es ſey hier eine Verſetzung vorgegangen. Vielleicht aber ſind hier neue Gefangne gemeynt, denen der König das Schickſal der erſten beſtimmt.

noch gefangen bekommen, soll von uns begna‐
digt werden — Geh, und sag' ihnen das.

(Montjoy kömmt.)

Exeter. Da kömmt der Herold der Franzo‐
sen, mein König.

Gloucester. Sein Blick ist demüthiger, als
gewöhnlich.

K. Heinrich. Nun, was will denn dieser
Herold? — Weißt du nicht, daß ich diese meine
Gebeine zum Lösegeld bestimmt habe? Kömmst
du schon wieder des Lösegelds wegen?

Montjoy. Nein, grosser König; ich komme,
dich um die gnädigste Erlaubniß zu bitten, daß
wir über dieß blutige Schlachtfeld gehen dürfen,
um eine Liste von unsern Todten zu machen, und
sie dann zu begraben; und unsern Adel von den
Gemeinen auszusondern. Denn leider! liegen
viele von unsern Prinzen im Blute, schlechter
Soldaten ertränkt, und unsre Gemeinen benez‐
zen hinwiederum ihre unedeln Glieder mit dem
Blute der Prinzen, indeß ihre verwundeten Rosse
bis an die Schenkel im Blute waten, und mit
wilder Wuth ihre bewaffneten Fersen auf ihre
todten Herren zu schlagen, und sie so zweymal

tödten.   O! gebt uns die Erlaubniß, grosser König, das Schlachtfeld ungestört zu besichtigen,
und ihre todten Körper zu beerdigen.

K. Heinrich.   Ich gestehe dir aufrichtig, Herold, noch weiß ich nicht, ob der Sieg unser ist,
oder nicht; denn viele von eurer Reuterey strei-
fen und galoppiren noch auf dem Felde herum.

Montjoy.   Der Sieg ist Euer.

K. Heinrich.   Gott, und nicht unsre Stärke,
sey dafür gepriesen! — Wie heißt jene Burg,
die dort in der Nähe liegt?

Montjoy.   Sie heißt Agincourt.

K. Heinrich.   So soll dieß die Schlacht bey
Agincourt heissen, die am Tage Krispins und
Krispians vorfiel.

Fluellen. Euer Großvater ruhmwürdigen An-
denkens, mit Eurer Majestät Erlaubniß, und
Euer grosser Oheim Eduard der Schwarze, Prinz
von Wallis, haben, wie ich in den Chroniken
gelesen habe, hier in Frankreich eine sehr herrliche Schlacht geliefert.

K. Heinrich.   Das haben sie Fluellen.

Fluellen. Eure Majestät haben ganz recht.
Wenn Eure Majestät sich noch daran erinnern,

so hielten die Walliser sich sehr gut in einem Garten, wo Lauch wuchs, und trugen Lauch auf
ihren Monmouth's Mützen, welches, wie Eure
Majestät wissen, noch bis auf diesen Tag ein
rühmliches Feldzeichen bey ihnen ist; und ich
glaube, Eure Majestät verschmähen selbst die
Mode nicht, am St. Davids Tage Lauch am
Hute zu tragen.

K. Heinrich. Ich trag' es als ein denkwürdiges Ehrenzeichen, denn ich bin ein Walliser,
wie Ihr wißt, mein lieber Landsmann.

Fluellen. Alles Wasser im Wye kann Eurer
Majestät Wallisisches Blut nicht aus Eurem Leibe
wegwaschen, das versichr' ich Euch. Gott segne
und erhalt' es so lange, als es ihm und Eurer
Majestät gefällt.

K. Heinrich. Ich danke dir, mein lieber
Landsmann.

Fluellen. Mein Seel'! ich bin Eurer Majestät Landsmann, und darum hat sich weiter Niemand zu bekümmern; ich werd' es aller Welt
gestehen; ich darf mich, Gott sey Dank, Eurer
Majestät nicht schämen, so lange Eure Majestät
ein ehrlicher Mann bin,

K. Heinrich. Gott laß mich's immer bleiben! (Williams kömmt.) Unsre Herolde können mit ihm gehen. (Die Herolde, und Montjoy gehen ab.) Bringt mir genaue Nachricht, wie viele auf bebden Seiten geblieben sind — Ruft den Soldaten dort zu mir.

Exeter. Soldat, Ihr sollt zum König kommen.

K. Heinrich. Soldat, warum hast du den Handschuh da an der Mütze?

Williams. Eure Majestät halte zu Gnaden, es ist das Unterpfand von einem, mit dem ich mich schlagen muß, wenn er noch lebt.

K. Heinrich. Ein Engländer?

Williams. Erlaub' Eure Majestät, ein Schurke, der diese Nacht Händel mit mir anfieng. Wenn er noch lebt, und sich untersteht, mir diesen Handschuh abzufodern, so hab' ich geschworen, ihm eine Maulschelle zu geben. Oder, wenn ich meinen Handschuh an seiner Mütze gewahr werde — den er mir, so wahr er ein braver Soldat wäre, zu tragen schwur, wenn er beym Leben bliebe — so werd' ich ihm denselben kühn herunter schlagen.

K. Heinrich. Was meynt Ihr, Capitain Fluellen, ist dieser Soldat verbunden, seinen Eid zu halten?

Fluellen. Er wäre sonst ein Lumpenkerl und ein Schurke, mit Eurer Majestät Erlaubniß, das halt' ich dafür.

K. Heinrich. Vielleicht ist aber sein Feind ein Edelmann von hohem Range, der sich gegen einen so geringen Kerl nicht zu stellen braucht.

Fluellen. Und wenn er von so altem Adel wäre, wie der Teufel, wie Luzifer und Beelzebub selbst, so ist er doch schuldig, sieht Eure Majestät, seinen Schwur und seinen Eid zu halten. Hält er ihn nicht, seht Ihr, so ist seine Ehre solch eine niederträchtige Meze, wie je auf Gottes Grund und Boden trat; auf mein Gewissen!

K. Heinrich. So halte deinen Schwur, Freund, wenn du den Kerl antriffst.

Williams. Das werd' ich, mein gnädigster König, so wahr ich lebe!

K. Heinrich. Unter wem dienst du?

Williams. Unterm Hauptmann Gower, mein gnädigster König.

Fluellen. Gower ist ein guter Hauptmann,

und hatte gute Kenntniß und Gelehrsamkeit im Kriegsweſen.

K. Heinrich. Ruf ihn zu mir hieher, Soldat.

Williams. Sehr wohl, mein gnädigſter König.   (Er geht ab.)

K. Heinrich. Da, Fluellen, trage du dieß Andenken von mir, und ſtecke es an deine Mütze. Als Alençon und ich mit einander fochten, riß ich dieſen Handſchuh von ſeinem Helm; wenn ihn einer zurückfodert, ſo iſt er ein Freund Alençon's, und ein Feind unſrer Perſon. Wenn du ſo einen antriffſt, ſo nimm ihn feſt, wenn du mich lieb haſt.

Fluellen. Eure Majeſtät erweiſt mir ſo viel Ehre, als ein Unterthan ſich nur immer wünſchen kann. Ich möchte wohl den Mann ſehen, der nur zwey Beine hat, und mich wegen dieſes Handſchuhs zur Rede ſtellen wollte; wahrhaftig, ich möcht ihn wohl einmal ſehen, wenn's Gottes gnädiger Wille wäre, daß ich ihn zu ſehen kriegte!

K. Heinrich. Kennſt du Gower?

Fluel.

Fluellen. Er ist mein werther Freund, wenn's Eure Majestät erlauben will.

K. Heinrich. O! such ihn doch auf, und bring ihn in mein Zelt.

Fluellen. Ich will ihn holen.

(Geht ab.)

K. Heinrich. Mylord Warwick, und mein Bruder Glo'ster, folgt Fluellen auf dem Fuße nach. Der Handschuh, den ich ihm geschenkt habe, kann ihm vielleicht eine Maulschelle zuziehen. Er gehört dem Soldaten; unsrer Abrede gemäß, sollt' ich ihn selbst tragen. Folg' ihm, lieber Vetter Warwick. Wenn der Soldat ihn schlägt — und ich schliesse aus seinem trotzigen Betragen, daß er Wort halten wird — so könnte ein plötzliches Unheil daraus entstehen. Denn ich weiß, daß Fluellen tapfer, und jachzornig ist, und Feuer fängt, wie Schießpulver; er läßt keinen Augenblick einen Schimpf auf sich sitzen. Geht ihm nach, und verhütet, daß sie einander nichts zu Leide thun. Kommt Ihr mit uns, Oheim Exeter.

(Sie gehn ab.)

L

Achter Auftritt.

Vor König Heinrichs Gezelte.

Gower. Williams.

Williams. Ganz gewiß, Hauptmann, ruft er Euch, um Euch zum Ritter zu machen.

(Fluellen kömmt.)

Fluellen. In Gottes des Herrn Namen, Hauptmann, geht doch gleich zum Könige; vielleicht ist mehr Glück für Euch im Werke, als Ihr Euch träumen laßt.

Williams. Herr, wißt Ihr von diesem Handschuh?

Fluellen. Ob ich von dem Handschuh weiß! — Ich weiß, der Handschuh ist ein Handschuh.

Williams. Ich kenne diesen hier, und so fodr' ich ihn wieder. (Er schlägt ihn.)

Fluellen. Element! ein Erzverräther, so arg, wie einer in der ganzen Welt, in Frankreich oder in England.

Gower. Was heißt das? — Ihr Schurken, Ihr!

Williams. Glaubt Ihr denn, ich werde meinen Eid brechen?

Fluellen. Geht nur fort, Hauptmann Gower, ich will die Verrätherey schön bezahlen, wie sichs gehört, das versichr' ich Euch.

Williams. Ich bin kein Verräther.

Fluellen. Das lügst du in deinen Hals hinein. Ich befehl' Euch in Seiner Majestät Namen, nehmt Ihn fest; er ist ein Freund des Herzogs von Alenson.

(Warwick und Gloucester kommen.)

Warwick. Was ist? was giebts hier?

Fluellen. Mylord von Warwick, hier ist Gott sey Lob und Dank, eine abscheuliche Verrätherey ans Licht gekommen, seht Ihr, so abscheulich, wie sie nur immer seyn kann. Da kömmt Seine Majestät.

König Heinrich. Exeter.

K. Heinrich. Nun, was giebts hier?

Fluellen. Mein König, hier ist ein Schurke und ein Verräther, der, sieht Eure Majestät, den Handschuh weggerissen hat, den Eure Majestät von Alenson's Helm nahmt.

Williams. Mein gnädigster König, der Handschuh gehörte mir; dieß ist der zweyte dazu; und der mit dem ich ihn auswechselte, versprach mir, ihn an seiner Mütze zu tragen. Ich versprach ihm eine Maulschelle, wenn er's thäte. Ich fand diesen Mann hier mit meinem Handschuh an seiner Mütze, und da hab' ich redlich Wort gehalten.

Fluellen. Eure Majestät hört itzt — mit Eurer Majestät hoher Erlaubniß — was für ein durchtriebener, schlingelhafter, bettelhafter, lausichter Schurke es ist. Ich hoffe, Eure Majestät wird mirs bezeugen, und bekräftigen, und beglaubigen, daß dieß Alençon's Handschuh ist, den Eure Majestät mir gegeben hat. Ists nicht an dem?

K. Heinrich. Gieb mir deinen Handschuh, Soldat; sieh, hier ist der, der dazu gehört. Ich war es eigentlich, dem du eine Maulschelle versprachst; du brauchtest da sehr harte Reden gegen mich.

Fluellen. Mit Eurer Majestät Erlaubniß, laß seinen Hals dafür büssen, wenn noch irgend ein martialisches Gesetz in der Welt ist.

K. Heinrich. Wie kanst du mir Genugthuung geben?

Williams. Alle Beleidigungen, mein gnädigster König, kommen aus dem Herzen; auf

rem meinigen kam niemals eine, die Eure Majestät beleidigen konnte.

K. Heinrich. Du hast uns selbst gemißhandelt.

Williams. Eure Majestät sah nicht aus,
wie Ihr selbst; Ihr kamt mir vor, wie ein gemeiner Mann; das machte die Nacht, Eure
Kleidung, und Eure Herablassung; und was
Eure Majestät unter dieser Gestalt erlitten hat,
das bitt ich Euch für Eure, und nicht für meine Schuld zu halten; denn wärt Ihr das gewesen, wofür ich Euch hielt, so begieng ich keinen Fehler; darum bitt' ich Eure Majestät, mir
zu verzeihen.

K. Heinrich. Da, Oheim Exeter, füllt diesen Handschuh mit Thalern, und gebt ihn diesem Menschen — — Nimm ihn hin, Kamerad,
und trag ihn als ein Ehrenzeichen an deiner
Mütze, bis ich ihn dir abfodre — Gebt ihm das
Geld — und Ihr, Capitain, müßt nothwendig
gut Freund mit ihm werden.

Fluellen. So wahr die Sonne am Himmel
steht, der Kerl hat Feuer genug im Leibe! —
Seht, da habt Ihr zwölf Pfennige; seyd fromm
und ordentlich, und enthaltet Euch des Zan-

kens und Haderns, des Streitens und der Zwiespalt; das wird besser für Euch seyn, ich versichr' es Euch.

Williams. Ich mag Euer Geld nicht.

Fluellen. Es geschieht aus gutem Willen,
und Ihr könnt es immer brauchen, Eure Schuhe
flicken zu lassen. Kommt, warum wollt Ihr so
blöde seyn? Eure Schuhe sind nicht so recht im
Stande. Es ist ein guter Schilling, ich steh
Euch dafür, oder ich will ihn Euch wechseln.

(Der Herold kömmt.)

K. Heinrich. Nun, Herold; sind die Todten gezählt?

Herold. Hier ist die Liste der erschlagenen
Franzosen.

K. Heinrich. Was für Gefangene von vornehmen Stande haben wir bekommen, Oheim?

Exeter. Karl, Herzog von Orleans, des
Königs Neffen; Johann, Herzog von Burgund,
und Graf Bouciqualt; von andern Grafen, Freyherrn, Rittern, und Edelleuten, volle funfzehnhundert, ausser den gemeinen Soldaten.

K. Heinrich. Auf dieser Liste stehn zehn tausend Mann, die auf dem Felde erschlagen lie-

gen, unter denselben befinden sich hundert sechs
und zwanzig Prinzen und Vornehme vom ältesten
Adel; dazu kommen an Rittern, Edelleuten und
andern Personen vom Range, acht tausend und
vierhundert; wovon fünfhundert erst gestern zu
Rittern gemacht worden; es sind also unter diesen zehn tausend, die sie verloren haben, nur
sechzehn hundert Gemeine; die übrigen sind
lauter Prinzen, Grafen, Freyherrn, Ritter,
Edelleute, und Vornehme von Rang und edler
Geburt. Die Namen der ersten Adlichen, die
geblieben sind: Charles D'Abret, Connetable
von Frankreich, Jacques von Châtillon, Admi-
ral von Frankreich, der Feldzeugmeister, Graf
Rambures; der Großmeister von Frankreich,
der tapfre Ritter Guischard Dauphin; Johann,
Herzog von Alenson; Anton, Herzog von Brabant; der Bruder des Herzogs von Burgund;
und Eduard Herzog von Bar. Von Grafen:
Grandpree und Roußi, Fauconberg und Foix,
Beaumont und Marle, Vaudemont und Lestrale. ... Das war eine königliche Gesellschaft zum
Tode! — Wo ist die Liste der Englischen Todten?

Exeter. Eduard, Herzog von York, der

Graf von Suffolk, Sir Richard Ketley, David
Gam Esquire; sonst keiner vom Range; und in
allen nur fünf und zwanzig.

K. Heinrich. O Gott! hier war dein Arm
nicht uns, sondern deinem Arm verdanken wir
alles. Wenn hat man jemals, ohne alle Kriegslist, beym wirklichen Angriff, und in einer förm-
lichen Schlacht von einem so grossen Verlust auf
der Einen, und einem so kleinen Verlust auf
der andern Seite gehört? — Dir allein gebührt
der Ruhm davon, o Gott; nimm ihn von uns an!

Exeter. Es ist ein wahres Wunder.

K. Heinrich. Kommt, laßt uns im feyerlichen Aufzug ins Dorf gehen, und laßt es bey
Lebensstrafe durchs ganze Heer verbieten, mit
diesem Siege groß zu thun, und Gott die Ehre
zu entziehen, die ihm allein gehört.

Fluellen. Ist es denn nicht billig, mit Eurer Majestät Erlaubniß, zu sagen, wie viele
Feinde geblieben sind?

K. Heinrich. O ja, Capitain, aber mit
dem Geständnisse, daß Gott für uns kämpfte.

Fluellen. Ja, so wahr ich ehrlich bin, er
hat Großes an uns gethan.

K. Heinrich. Laßt uns Gott feyerlich dafür
danken; man stimme das *Non nobis* *) und das
Te Deum an! — Die Todten sollen anständig
beerdigt werden; und dann nach Calais; und
darauf nach Engländ, wohin noch niemals glück-
lichere Leute aus Frankreich kamen.

(Sie gehn ab.)

Fünfter Aufzug.
Der Chor.

Vergönnt, daß ich, die nicht die Chronick lasen,
Hier unterrichte; die sie lasen, bitt' ich
Es zu vergehn, wenn Zeit, und Zahl, und Lauf
Der Dinge nicht so zutrift, wie sie waren.
Wir können nicht nach ihrer Grösse, nicht
Dem Leben nach, sie zeigen. Nach Calais
Geht jetzt der König; geht mit ihm dahin,

*) Der König ließ, wie die Chronick meldet, den
Psalm. *In exitu Israel de Aegypto* nach dem Siege an-
stimmen, in welchem nach der Vulgate, der Psalm:
Non nobis Domine &c. (Nicht uns Herr, nicht uns 2c.)
mit enthalten ist. Pope.

Und wenn ihr nun ihn dort gesehn, tragt ihn
Die See hinüber mit geflügelten
Gedanken. Seht, wie Englands Küste dort
Mit Mann und Weib und Kind die Fluthen
                              dämmt,
Die mit Geschrey und Jubel das Getöse
Der lauten See betäuben, die als Herold *)
Dem König vorläuft, und den Weg ihm bahnt.
Dort laßt ihn landen, und dann seht ihn stattlich
Nach London ziehn. Gedanken sind so schnell,
Daß ihr schon itzt ihn auf der schwarzen Haide
Euch denken könnt, wo seine Lords ihn bitten,
Daß er vor sich, die Stadt hindurch, doch seinen
Durchstoßnen Helm, und sein zerbognes Schwert
Hertragen lasse; doch er schlägt es aus,
Von Eitelkeit und Stolz und Selbstruhm frey.
Der Siegeszeichen, der Trophä'n, des Prunks
Entäußert er sich ganz, und giebt sie Gott nur.
Itzt seht, in des Gedankens schneller Werkstatt,
Wie London seine Bürger ausgießt, wie

---

*) Im Englischen: *a wiffler*; der Name eines Stadt-
dieners, der bey öffentlichen Feyerlichkeiten vorangeht.
Das Wort scheint aus dem Französischen *huiffier* entstanden zu seyn. Hanmer.

Der Mayor und alle seine Brüder, feyerlich
Gekleidet, gleich den Röm'schen Senatoren,
Mit der Plebejer Schwärmen hinter sich,
Herausgehn, ihrem siegerfüllten Cäsar
Entgegen; so wie jüngst, zwar nicht ein König,
Doch ein nicht minder treu geliebter Feldherr *)
Der besten Königinn — Glück ihm und Heil! —
Empfangen ward, als er aus Irland kam,
Und, auf dem Schwert gespießt, den Aufruhr
                              trug.

Wie viele giengen nicht zur ruh'gen Stadt
Hinaus, um ihn zu grüssen! — Noch weit mehr,
Und mit mehr Ursach noch, empfiengen Heinrich.
In London bleib' er itzt; denn Frankreichs Klage
Fleht ihn, zu bleiben; und der Kaiser kömmt
Zu Frankreichs Besten, Frieden unter beyden
Zu stiften.   Was noch sonst geschah, das laßt
Uns übergehn, bis Heinrich wieder hin

---

*) Im Englischen ein Wortspiel: as by a *low*, but
loving likelihood.   Den Grafen von Essex, der hier
gemeynt wird, wollte der Dichter nicht schlechthin mit
dem Könige vergleichen, aus Besorgniß, die übrigen
Hofleute, oder vielleicht die Königinn Elisabeth selbst,
dadurch zu beleidigen.   Johnson.

Nach Frankreich geht; dahin begleitet ihn.
Den Zwischenraum hab' ich itzt selbst gespielt,
Und sag' euch: Nun ist er vorbey. Verzeiht
Die Abkürzung, und laßt gleich eure Augen
Zurück nach Frankreich den Gedanken folgen.

(Geht ab.)

Erster Auftritt. *)

Das Englische Lager in Frankreich.

Fluellen. Gower.

Gower. Ja, das ist recht — Aber warum tragt Ihr heute Lauch an der Mütze? St. Davids Tag ist schon vorbey.

Fluellen. Alle Dinge haben ihre Ursachen und Gelegenheiten, weswegen und warum sie geschehen. Ich will's Euch im Vertrauen sagen, Hauptmann Gower. Der vertrackte, liederliche, armselige, lausichte, prahlhafte Schur-

---

*) Dieser Auftritt sollte, meiner Meynung nach, billig den vierten Aufzug beschliessen. In dem gegenwärtigen ist kein Englisches Lager mehr, und die ganze Zänkerey fiel offenbar vor, ehe die Armee nach England zurückgieng, und nicht nach der langen Zwischenzeit, die der Chor ausgefüllt hat. Johnson.

te, den Ihr und alle Welt als einen schlechten
Kerl ohne alle Verdienste kennt, kam gestern zu
mir, seht Ihr, brachte mir Brodt und Saltz,
und hieß mich mein Lauch essen. Es war an
einem Orte, wo ich keine Händel mit ihm an-
fangen konnte; aber ich will so dreiste seyn, und
es so lange an meiner Mütze tragen, bis ich ihn
einmal wieder zu sehn kriege, und dann will ich
ihm ein wenig merken lassen, wie mirs ums
Herz ist.   (Pistol kömmt.)

Gower. Ha! da kömmt er eben her, auf-
gedunsen, wie ein welscher Hahn.

Fluellen. Was geht mich sein Aufdunsen
und seine welschen Hähne an? — Gott grüß
Euch, Fähndrich Pistol; Ihr schäbichter, lausichter Schurke, Gott grüß Euch.

Pistol. Ha! bist du toll? verlangt, dich
                              schlechter Mensch,

Daß ich der Parze Lebensspinnerey

An dir zerreisse? — Fort! — mir wird
                              ganz übel,

Beym Lauchgeruch.

Fluellen. Ich bitt' Euch herzlich, schäbichter, lausichter Schurke, auf mein Verlangen,

und auf mein Ersuchen, und auf mein Bitten,
seht Ihr, dieß Lauch zu essen; weil Ihr, seht
Ihr, es nicht leiden könnt, weil Eure Neigungen, Euer Appetit, und Eure Verdauung sich
nicht damit vertragen können, so bitt' ich Euch,
es zu essen.

Pistol.

    Nicht um Cadwallader, und seine Ziegen.

Fluellen. (indem er ihm eine Maulschelle giebt.)
Da habt Ihr eine Ziege. — Wollt Ihr so gut
seyn, Lumpenkerl, und sie verzehren?

Pistol.

    Verworfner Trojaner! du sollst sterben.

Fluellen. Ganz gewiß, Lumpenkerl, wenn's
Gottes Wille ist. Indeß bitt' ich Euch, zu leben, und Eure Lebensmittel zu verzehren. Seht,
da ist auch die Brühe dazu. (Er schlägt ihn abermals.) — Ihr hießt mich gestern einen Bergjun-
ker; aber ich will Euch heute zum Junker vom
niedern Range *) machen. So eßt doch; könnt

---

*) Dieß zielt auf einen alten Roman in Versen,
der vor Alters unter den Engländern sehr bekannt war,
betitelt: The Squire of low Degree. „Der Junker vom niedern Range. S. Reliques of anc. poe-
try, Vol. III. p. 30. — Percy.

Ihr Euch über Lauch lustig machen, so könnt
Ihr auch Lauch essen.

Gower. Genug, Capitain; Ihr habt ihn
ganz betäubt.

Fluellen. Ich sage, er soll mein Lauch essen,
oder ich prügle ihn vier Tage lang. Beißt doch
an; es ist gut für Eure frische Wunde, und für
Euren blutigen Hahnenkamm.

Pistol. Muß ich anbeissen?

Fluellen. Ja freylich, und ohne allen Zweifel, und ohne allen Streit, und ohne alle Bedenklichkeit.

Pistol. Bey diesem Lauch! ich will mich
                              schrecklich rächen!
Ich eß', und eß', und schwöre ..

Fluellen. Eßt nur zu. Wollt Ihr auch noch
mehr Brühe zu Eurem Lauch haben? Es ist nicht
Lauch genug da, um dabey zu schwören.

Pistol ...

Laß deinen Prügel ruhn; du siehst, ich eße.

Fluellen. Wohl bekomm's dir, du Lumpenkerl, wohl bekomm's dir. Ha! wirf ja nichts
weg davon; die Haut ist gut für deinen zerbroch'-
nen Hahnenkamm. Wenn Ihr künftig wieder

Gelegenheit habt, Lauch zu sehen, so spottet
doch darüber, ich bitt' Euch, darum. Damit
ist genug.

Pistol. Gut.

Fluellen. Freylich, Lauch ist gut. Seht,
da habt Ihr ein Grot, Euren Kopf wieder heilen zu lassen.

Pistol. Mir ein Grot!

Fluellen. Ja, wahrhaftig, im ganzen Ernst,
Ihr müßt es nehmen, oder ich habe noch ein
Stück Lauch in der Tasche, das Ihr essen sollt.

Pistol.

Ich nehm' es an zum Unterpfand der Rache.

Fluellen. Bin ich Euch was schuldig, so will
ich Euch in Prügeln bezahlen; Ihr sollt ein Holz-
mäckler seyn, und nichts als Prügel von mir
erhandeln. Gott sey mit Euch, und erhalt'
Euch, und heil' Euch den Kopf.

(Er geht ab.)

Pistol.

Die ganze Hölle soll dafür sich regen!

Gower. Geht, geht; Ihr seyd eine groß-
sprecherische feige Memme. Wollt Ihr über eine alte Gewohnheit spotten, die bey einer ehren-

vollen

vollen Gelegenheit eingeführt ist, über etwas,
das als ein denkwürdiges Siegeszeichen vormal-
ger Tapferkeit getragen wird; und traut Euch
doch nicht, ein einziges von Euren Worten mit
der That zu beweisen? Ich hab' Euch diesen Offizier zwey oder dreymal zerren und necken sehen.
Ihr glaubtet, weil er kein ganz reines Englisch
sprechen kann, so wisse er auch keinen Englischen
Prügel zu handhaben; Ihr seht nun, daß es
nicht so ist; und in Zukunft laßt eine Wallisische
Züchtigung Euch ein gutes Englisches Verhalten
lehren.   Lebt wohl.

(Geht ab.)

Pistol.

    Will denn das Glück an mir zum Ritter
               werden?
    Man meldet mir, mein Lehnchen sey in
               Frankreich
    Im Krankenhaus gestorben; und so ist
    Mein Rendesvous mir völlig abgeschnit-
               ten.
    Ich werd' allmählich alt, und alle Ehr'
    Ist schon von meinen Gliedern abgeprü-
               gelt.

Ha! Kuppler will ich werden, und ein
                              wenig
Mich auf den Raub, aufs Beutelschnei-
                              den legen.
Nach England stehl' ich mich; dort will
                              ich stehlen,
Und Pflaster hier für diese Wunden su-
                              chen,
Und schwören, daß ich sie im Krieg'
                              erhielt. *)
                              (Geht ab.)

____

*) Die komischen Scenen in den Schauspielen Hein-
rich IV und V sind nun zu Ende, und alle komischen
Personen ihrer Dienste entlassen. Falstaff und Frau
Quickly sind todt; Nym und Bardolph sind gehan-
gen; Gadshill verlor sich gleich nach dem Strassen-
raube; Poins und Peto sind hernach verschwunden,
man weiß nicht wie; und Pistol verliert sich nun in
unbekannte Dunkelheit. Ich glaube, jeder Leser be-
daurt ihren Abschied. Johnson.

Zweyter Auftritt.

Der Französische Hof, zu Trois in Champagne.

K. Heinrich, Exeter, Bedford, Warwick, und andre Lords, kommen zu Einer Thür herein; zur andern: Der König von Frankreich, Königinn Isabelle, Prinzeßinn Catharine, der Herzog von Burgund, und andre Franzosen.

K. Heinrich. Friede sey mit dieser Zusammenkunft, die des Friedens wegen angestellt wird! Glück und Gesundheit unserm Bruder von Frankreich, und unsrer Schwester, der Königinn! Freude und gute Wünsche unsrer schönen Nichte, der Prinzeßinn Katharine! Auch grüß' ich dich, edler Herzog von Burgund, als einen Verwandten, und einen Zweig dieses königlichen Stamms, der diese große Versammlung zu Stande gebracht hat! — Und Heil euch allen, ihr Prinzen und Edeln von Frankreich!

König von Frankreich. Wir sind sehr erfreut, Euer Antlitz zu sehen, würdigster Bruder von England; seyd willkommen! Auch ihr seyd es, ihr Englischen Prinzen, samt und sonders.

Königinn. So glücklich, mein theurer Bruder von England, müsse der Erfolg dieses guten Tages und dieser freundschaftlichen Zusammenkunft seyn, als wir itzt erfreut sind, Eure Augen zu sehen; Euere Augen, die bisher gegen die Franzosen, die auf sie zutrafen, die tödtlichen Augäpfel mördrischer Basilisken in sich enthielten. Wir haben die Hoffnung, daß sich das Gift dieser Blicke verloren habe, und daß dieser Tag allen Kummer und Hader in Liebe verwandeln werde.

K. Heinrich. Um diesen Wunsch zu dem Meinigen zu machen, bin ich hier.

Königinn. Ihr Englischen Prinzen alle, seyd von mir gegrüßt.

Burgund. Ich entbiet' euch beyden mit gleicher Ergebenheit meine Dienste, ihr grossen Könige von Frankreich und England. Daß ich allen meinen Verstand, alle meine Mühe und Bestreben daran gewandt habe, eure Majestäten zu dieser nahen und königlichen Zusammenkunft zu bewegen, das könnt ihr mir beyderseits bezeugen. Da ich nun also so viel über euch vermocht habe, daß ihr euch itzt von Angesicht, und

Ein königliches Auge gegen das andre gekehrt,
einander seht, so sey es mir gnädigst vergönnt,
hier vor euch die Frage zu thun, was für ein
Hinderniß, oder welche Schwierigkeit noch vor-
handen ist, warum der nackte, arme und abge-
härmte Friede, dieser theure Pflegvater der Kün-
ste, des Ueberflusses, und der Freude, in diesem
besten Garten der Welt, unserm fruchtbaren
Frankreich, sein liebreiches Angesicht nicht zeigen
soll? — Leider! Er ist aus Frankreich zu lange
verbannt gewesen; und der ganze Vorrath dieses Landes liegt in aufgethürmten Haufen, und
kömmt durch seine eigne Fruchtbarkeit um. Der
Weinstock, dieser frohe Wohlthäter des Herzens,
stirbt, weil er nicht beschnitten wird; die Hecken,
die sonst eben und gerade waren, sehn nun aus,
wie Gefangne, wild mit Haar überwachsen, und
schiessen unordentliche Zweige hervor. Auf den
brachliegenden Feldern wurzelt Unkraut, Schierling und üppiges Erdrauch; indeß das Pflugei-
sen verrostet, welches dergleichen wilden Wuchs
ausrotten sollte. Die ebne Wiese, worauf sonst
die bunte Primel, die Pimpernelle, und der grüne
Klee wuchs, vermißt die Sichel, ist sich selbst

überlaſſen, wird vom Müßiggange geſchwängert,
und gebiert nichts, als verhaßten wilden Ampfer,
rauhe Diſteln, Schierling, Kletten, und verliert
dadurch beydes ihre Schönheit und Fruchtbarkeit.
Und eben ſo, wie unſre Weinberge, Brachfelder,
Wieſen und Hecken ihre wohlthätige Natur verlieren, und zur Wildniß werden, eben ſo haben
auch unſre Häuſer, wir ſelbſt, und unſre Kinder, aus Mangel an Zeit, alle die Kenntniſſe
verloren, oder können ſie nicht erwerben, die
eine Zierde unſers Landes ſeyn ſollten; ſondern
wir wachſen auf, wie die Wilden, wie Soldacz-
ten, die auf nichts, als Blutvergieſſen, denken,
die immerfort fluchen und grimmig ausſehen, in
ihrem Anzuge wild ſind, und auf nichts anders
ſinnen, als was unnatürlich und grauſam iſt.
Um allen dieſen Dingen ihre vorige Geſtalt wieder zu geben, ſeyd ihr itzt beyſammen, und nun
bitt' ich euch, mir die Urſache zu ſagen, warum
der wohlthätige Friede dieſe Unordnungen nicht
hinweg ſchaffen, und uns mit ſeinen vormaligen
Segnungen beglücken ſoll.

K. Heinrich. Wenn ihr, Herzog von Burgund, den Frieden wünſcht, deſſen Abweſenheit

alles das von euch erwaͤhnte Unheil veranlaßt,
so muͤßt ihr diesen Frieden mit der uneinge-
schraͤnkten Bewilligung aller unsrer gerechten
Fodrungen erkaufen, deren Hauptinhalt und besondre Punkte ihr, kuͤrzlich aufgesetzt, in Haͤn-
den habt.

Burgund. Der Koͤnig hat sie angehoͤrt; bis
itzt ist noch keine Antwort darauf ertheilt.

K. Heinrich. Nun wohl, so beruht der Friede, den ihr vorhin so dringend verlangtet, auf
seiner Antwort.

Koͤnig von Frankreich. Ich habe bloß mit
einem fluͤchtigen Auge die Artickel durchgesehen.
Erlaubt nur, daß einige von euren Raͤthen sogleich mit uns eine Sitzung anstellen, um sie
noch einmal aufmerksamer durchzugehn; wir
werden alsdann sogleich bestimmen, was wir
verbitten, und was wir annehmen, und eine
entscheidende Antwort ertheilen.

K. Heinrich. Das wollen wir thun, mein
Bruder. Geht, Oheim Exeter, und Bruder
Clarence, und Ihr, Bruder Gloucester, Warwick und Huntington, geht mit dem Koͤnige, und
nehmt die Vollmacht mit euch, nach Gefallen

zu genehmigen, zu erweitern, oder zu verändern; wie es eure Einsichten für unsre Würde
am zuträglichsten halten, alles das, was in unsern Fobrungen bereits enthalten, oder nicht enthalten ist; und wir wollens dann unterzeichnen.
Wollt Ihr, werthe Schwester, mit den Prinzen
gehn, oder hier bey uns bleiben?

Königinn. Mein gnädigster Bruder, ich
will mit ihnen gehen; vielleicht kann eine weibliche Stimme was gutes ausrichten, wenn man
auf einige Artickel gar zu genau und strenge besteht.

K. Heinrich. So laßt doch unsre Nichte Katharine hier bey uns. Sie ist unsre Vornehmste
Fobrung, die unter unsern Bedingungen oben
an steht.

Königinn. Sie mag bleiben.

(Sie gehn ab.)

König Heinrich. Katharine. Eine Hofdame.

K. Heinrich. Meine schönste Katharine, wollt
Ihr's Euch nicht gefallen lassen, einen Soldaten
Ausdrücke zu lehren, die in das Ohr einer Prin-
zeßinn dringen, und ihrem sanften Herzen seinen
Liebesantrag erhörlich machen können?

Katharine. Eure Majeſtät wird mich aus-
lachen; ich kann Euer Engliſch nicht ſprechen.

K. Heinrich. O! Schöne Katharine, wenn
Ihr mich mit Eurem Franzöſiſchen Herzen nur
recht innig lieben wollt, ſo werd' ich froh ſeyn,
mir das mit Eurer Engliſchen Zunge ein wenig
zerbrochen ſagen zu laſſen. Kannſt du mich lei-
ten, *) Käthchen?

Katharine. Pardonnez moy, ich weiß nicht,
was das heißt.

K. Heinrich. O! Du biſt ein Engel, Käthchen, ein wahrer Engel!

Katharine. Que dit-il? que je ſuis ſem-
blable à les anges?

Hofdame. Ouy, vrayment - ſauf vostre
grace ainſi dit-il.

K. Heinrich. Das ſagt' ich, beſte Katharine, und ſchäme mich nicht, es nochmals
zu ſagen.

---

*) Im Engliſchen fragt der König: Do you *like me,*
Kate? und die Prinzeßin antwortet: I cannot tell
what is *like me;* dieß nimmt der König, als ob es
heiſſen ſolle: „Ich weiß nicht was mir gleich iſt ‚‚
und verſetzt: An angel is *like you,* Kate, u. ſ. f.

Katharine. O bon Dieu! les langues des hommes sont pleines de tromperies.

K. Heinrich. Was sagt das schöne Mädchen? Daß die Zungen der Männer voll Betrügereyen sind?

Hofdame. Ouy, dat die Zung der Männer sind voll Betrügerey. Dat sag die Princeß.

K. Heinrich. Die Prinzeßin ist ein desto besseres englisches Frauenzimmer. Wirklich, Käthchen, meine Bewerbung um dich ist gerade deinem Verständniß angemessen; ich freue mich, daß du nicht besser Englisch sprechen kanst: denn wenn du's könntest, so würdest du einen so ungeschickten König an mir finden, daß du vielleicht glauben könntest, ich habe meine Pächterey losgeschlagen, und meine Krone dafür gekauft. Ich weiß gar keine Umschweife in der Liebe zu machen, sondern nur gerade weg zu sagen: „Ich liebe dich.„ Wenn ihr mich dann sonst etwas fragt als: „Thut ihr das im Ernste?„ so bin ich mit meiner Freyerey zu Ende. Gebt mir Eure Antwort; würklich, gebt sie mir; und dann schlagt ein, so ist der Handel richtig. Was sagt Ihr Prinzeßin?

Katharine. Sauf votre honneur, ich schon
verstehn.

Zu Heinrich. Wahrhaftig, wenn Ihr Verse oder Tänze von mir verlangen wolltet, Käthchen, so wär' ich verloren. Zu Versen kenn'
ich weder Worte noch Sylbenmaaß, und zum
Tanz fehlt mir auch die Stärke im Zeitmaaß,
ob ich gleich ein gehöriges Maaß von Stärke
habe. Könnt' ich eine Dame im Wettspringen
gewinnen, oder dadurch, daß ich mich in vollem Harnisch schnell in meinen Sattel schwün-
ge, so würd' ich — ohne alle Prahlerey sey es
gesagt — mir sehr bald eine Frau erspringen.
Oder, wenn ich mich für meine Geliebte schlagen, oder mit einem Pferde um ihrentwillen
Sprünge machen sollte, so könnt' ich wie ein
Metzger sicher Hand anlegen, und gleich einem
Affen im Sattel sitzen, ohne herauszufallen.
Aber Gott weiß, Käthchen, ich kann nicht blaß
aussehen, kann nicht beredt seufzen; auch versteh ich mich nicht auf Betheurungen; ich kenne
nichts, als platte Eide, die ich sonst nie thue,
als in dringenden Fällen, und auch selbst in

dringenden Fällen nie breche. *) Kannst Du ei=
nen Menschen von diesem Schlage lieben, Käth=
chen, dessen Gesicht nicht werth ist, daß es die
Sonne verbrennt, der niemals in einen Spiegel
guckt, weil er was liebenswürdiges darinn ge=
wahr ward; so laß dein Auge für dich wählen.
Ich rede gerade weg, wie ein Soldat; kannst
du mich dafür lieben, so nimm mich; wo nicht —
nun, wenn ich dir sagte, daß ich hernach ster=
ben werde, so ist das freylich wohl wahr; aber
aus Liebe zu dir, beym Himmel! nicht; und
doch lieb' ich dich herzlich. Und dein Lebenlang,
Käthchen, nimm keinen andern, als einen Mann
von aufrichtiger und unverfälschter Treue; denn
der muß dir nothwendig thun, was recht ist,
weil er nicht die Gabe hat, sich anderswo um
Liebe zu bewerben. Denn jene Leute von un=
aufhörlicher Beredsamkeit, die sich in die Gunst
der Damen hinein reimen können, pflegen sich

---

*) Frau Griffith, erklärt diese Stelle anders;
nämlich: Ich schwöre niemals, ausser bey heftiger
Gemüthsbewegung; aber wenn ich einmal geschworen
habe, so brauch ich nie jene Heftigkeit zur Entschul=
digung, meinen Schwur zu brechen.

auch allemal aus derselben wieder hinaus zu ver
nünfteln. *) Ha! ein Redner ist nichts, als
ein Schwätzer; ein Reim nichts weiter, als ein
Gassenhauer. Ein gutes Bein kan fallen; ein
gerader Rücken kan krumm werden; ein schwar
zer Bart kan weiß, ein lockichtes Haar kahl,
ein schönes Gesicht runzlicht, und ein volles Au»
ge mit der Zeit hohl werden; aber ein gutes
Herz, Käthchen, ist die Sonne und der Mond;
oder vielmehr die Sonne, und nicht der Mond;
denn es scheint helle, und verändert sich nie, son»
dern geht treulich seinen Weg fort. Möchtest
du gerne so einen haben, so nimm mich; nimm
einen Soldaten; nimm einen König. Und was
sagst du denn zu meiner Liebe? Sprich, meine
Schöne; und aufrichtig, darum bitt' ich.

Katharine. Wie wär es möllik, dat ik lie»
ben könnt die Feind von Frankreik?

K. Heinrich. Nein, es ist nicht möglich,
daß du den Feind von Frankreich lieben kannst,

---

*) Im Original: the se fellows - - that can *rhyme*
themselves intoladies' favours, they do always *rea-
son* themselves out again.

Käthchen; aber wenn du mich liebst, solltest du den Freund Frankreichs lieben; denn ich liebe Frankreich so sehr, daß ich kein Dorf darinn aus den Händen geben werde; es soll ganz das meinige seyn; und, Käthchen, wenn Frankreich mein ist, und ich dein bin, dann ist Frankreich dein, und du bist mein.

Katharine. If versteh dat nig.

K. Heinrich. Nicht, Käthchen! Ich will dirs auf französisch sagen, welches ganz gewiß so schwer an meiner Zunge hangen wird, wie eine neu verheyrathete Frau am Halse ihres Mannes hängt, so, daß es schwer ist, ihrer los zu werden — Quand j'ay la possession de France & quand vous avez la possession de moy. — Laß sehen, was soll dann geschehen? — Heiliger Dionys, löse meine Zunge! — donc vostre et France, est vous estes mienne. Es ist mir eben so leicht, Käthchen, das Königreich zu erobern, als noch einmal so viel französisch zu sprechen. Auf französisch werd' ich dich wohl nie bewegen, es müßte denn zum Lachen seyn

Katharine. Sauf vostre honneur, le

François que vous parlez, est meilleur que
l'Anglois lequel je parle.

K. Heinrich. Nein, wahrlich nicht, Käthchen. Aber dein Sprechen in meiner, und
meins in deiner Sprache, das recht herzlich
falsch ist, wird wohl so ziemlich auf Eins hinauslaufen. Aber Käthchen, verstehst du wohl so
viel von meiner Sprache? Kannst du mich lieben?

Katharine. Ich kann's nicht sagen.

K. Heinrich. Kann's dann einer von deinen
Nachbarn sagen, Käthchen, so will ich sie fragen. Komm, ich weiß, du liebst mich; und
diesen Abend, wenn du in dein Schlafzimmer
kömmst, wirst du an diese Kammerfrau allerley
Fragen meinetwegen thun; und ich weiß, Käthchen, Ihr werdet gegen sie diejenigen Eigenschaften an mir gerade am meisten herunter se-
zen, die Ihr von Herzen gerne leiden könnt.
Aber, gutes Käthchen, mach's gnädig mit mir;
um so mehr, holde Prinzeßin, weil ich dich
grausamlich liebe. Wenn du jemals die Meinige wirst, Käthchen; und meine innere Ueberzeugung sagt mir, daß das geschehen wird —
so erhielt ich dich wie eine Beute, und du must

daher nothwendig mir gute Soldaten zur Welt
bringen. Werden nicht du und ich zwischen St.
Dionys und St. Georg einen Jungen in die
Welt setzen, der halb Franzos, halb Engländer
ist, der nach Konstantinopel *) gehn, und den
Großsultan am Barte zupfen wird? Werden
wir das nicht? — Was sagst du, meine schöne Lilie?

Katharine. Ik weiß dat nicht.

K. Heinrich. Freylich wohl; hernach wirst
du's erst wissen, aber itzt mußt du mirs versprechen. Versprich mir itzt nun, Käthchen,
daß du von französischer Seite zu solch einem
Jungen das deinige thun willst, und was die
Englische Seite betrift, so geb' ich dir darauf
eines Königs und eines Junggesellen Wort. Was
antwortest du, la plus belle Catherine du,
monde, mon très chere & divine deesse?

Katharine. Ihre Majestè habe faux französisch kenug, um zu betrieg die most sage
Demoiselle, die ist en France.

---

*) Ein Anachronismus. Die Türken nahmen Kon-
stantinopel erst im J. 1453. in Besitz, als Heinrich V
schon ein und dreyßig Jahre todt war. Theobald.

K. Heinrich. O! pfui über mein falsches Französisch! — Bey meiner Ehre! ich liebe dich auf gut Englisch. Ich wag es zwar nicht, bey dieser Ehre zu schwören, daß du mich liebst; aber mein Blut fängt doch an, mir zu schmeicheln, daß du's thust, ungeachtet des armseligen und unwirksamen Eindrucks meiner Gesichtsbildung. Verwünscht sey meines Vaters Ehrsucht! Er dachte eben auf bürgerliche Kriege, als er mich zeugte; daher erhielt ich eine unangenehme Aussenseite, und ein eisernes Ansehen, daß die Frauenzimmer vor mir erschrecken, wenn ich mich um sie bewerben will. Aber in der That, Käthchen, je älter ich werde, desto besser werd ich aussehn. Mein Trost ist, daß das Alter, dieß Stechbette der Schönheit an meinem Gesichte nichts mehr zu verderben hat. Du hast mich, wenn du mich hast, so häßlich, als ich immer werden kann; und je länger wir zusammen sind, desto besser werd' ich; sage mir also meine schönste Katharine, willst du mich haben? Weg mit dem jungfräulichen Erröthen! Bestätige die Gedanken deines Herzens mit den Blicken einer Kaiserin; nimm mich bey der Hand, und sage: Harry von England, ich bin dein. So bald du nur mit diesem Worte mein Ohr beseligst, so werd ich dir laut sagen: England ist dein, Irland ist dein, Frankreich ist dein, und Heinrich Plantagenet ist dein, der — wenn ich's ihm gleich ins Angesicht sage — wenn er auch nicht ein so guter Mann ist, als der beste König, dennoch, wie du sehen wirst, der beste König guter Leute ist. Komm, antworte mir in gebrochener Musik; denn deine Stimme ist Musik; und dein Englisch gebrochen. Darum, Königinn von allen, Katharine, laß dein Herz gegen mich in gebrochnes Englisch ausbrechen; willst du mich haben?

Katharine. Nakdem Belieben wird le roy mon pere.

K. Heinrich. Es wird ihm gewiß belieben, Käthchen; ganz gewiß, Käthchen.

Katharine. So wirds auk mik kontentir.

K. Heinrich. Darauf küß' ich dir die Hand und nenne dich meine Königinn.

Katharine. Laiſſe, Monſeigneur, laiſſez, laiſſez. Ma foy, je ne veux point que vous abaiſſiez vostre grandeur, en baiſant la main d'une vostre indigne serviteure. Excuse moy, je vous supplie, mon très puissant Seigneur.

K. Heinrich. So will ich deine Lippen küssen, Käthchen.

Katharine. Les Dames & damoiselles pour etre baisées devant leur nopces, il n'est pas le coutume de France.

K. Heinrich. Madame, meine Dollmetscherinn, was sagt sie?

Hofdame. Dat es is nit Mod' in Frankreich für die Dam » » it nit weiß, wie baiser heißt » »

K. Heinrich. Küssen.

Hofdame. Euer Majesté es besser entend que moy.

K. Heinrich. Wollte sie etwa sagen, es sey in Frankreich nicht Mode, die Mädchen zu küssen, ehe sie verheyrathet sind?

Hofdame. Ouy, vrayement.

K. Heinrich. O! Käthchen, an dergleichen kleine Gebräuche dürfen sich große Herren nicht kehren. Liebstes Käthchen, du und ich können uns nicht in die schwachen Schranken des Landesbrauchs einzwängen; wir machen die Moden,

Käthchen, und die Freyheit, die mit unserm Range verbunden ist, stopft allen Splitterrichtern den Mund. So will ich auch den deinigen dafür stopfen, daß er sich auf die ängstliche Mode Eures Landes berief, und mir einen Kuß versagte. Darum — gedultig und nachgebend — (Er küßt sie.) Du hast eine Zauberkraft auf deinen Lippen, Käthchen; es ist mehr Beredsamkeit in der zuckersüßen Berührung derselben, als auf den Zungen des ganzen französischen Staatsraths, und sie würden Heinrichen von England eher überreden, als eine allgemeine Bittschrift aller Monarchen. Da kömmt dein Vater.

Der König und die Königinn von Frankreich, mit den Englischen und Französischen Edelleuten.

Burgund. Gott erhalte Eure Majestät! — Mein königlicher Vetter, lehrt Ihr unsre Prinzeßinn Englisch?

K. Heinrich. Ich möchte sie gerne lehren, mein lieber Vetter, wie ungemein ich sie liebe; und das ist gut Englisch.

Burgund. Will sie's nicht fassen?

K. Heinrich. Unsre Zunge ist rauh, Vetter, und mein Betragen nicht angenehm genug; da ich also weder die Sprache noch das Herz eines Schmeichlers habe, so kann ich den Geist der Liebe nicht so in ihr beschwören, daß er in seiner wahren Gestalt erscheint.

Burgund. Verzeiht mir die Freyheit meines Spasses, wenn ich euch darauf antworte. Wenn Ihr etwas in ihr beschwören wollt, so müßt ihr einen Kreis machen; wenn ihr den Geist der Liebe in ihr in seiner wahren Gestalt beschwören wollt, so muß der leibhafte Amor, nackt und blind erscheinen. Könnt Ihr nun ihr es verdenken, da sie noch ein unschuldiges, beschei- den erröthendes Mädchen ist, wenn sie nicht ger- ne will, daß ein nackter, blinder Junge in ih- rem nackten, sehenden Selbst zum Vorschein kom- me? Das hieße einem Mädchen gar zu viel zu- gemuthet, mein König.

K. Heinrich. Aber sie thun die Augen zu, und geben nach, wenn die Liebe blind ist, und thun zusetzt.

Burgund. Dann sind sie zu entschuldigen, mein König, wenn sie nicht sehen, was sie machen.

K. **Heinrich.** Nun wohl, lieber Vetter, so lehrt Eure Nichte, daß sie sichs gefallen lasse, die Augen zuzuthun.

Burgund. Ich will die Augen darüber zu thun, daß sie sichs gefallen läßt, mein König, wenn Ihr sie nur meine Meynung wollt verstehen lehren. Mädchen, die gut durchgesommert und warm gehalten werden, sind wie die Fliegen um Bartholomä, blind, ob sie gleich ihre Augen haben; und dann lassen sie mit sich handhaben, da sie vorher sich nicht einmal wollten ansehen lassen.

K. **Heinrich.** Die Lehre dieser Fabel erinnert mich,- auf bessere Zeit und einen heissen Sommer zu warten; und am Ende desselben werd' ich dann die Fliege, Eure Nichte, schon fangen, und da wird sie auch blind seyn.

Burgund. Wie die Liebe ist, mein König, ehe sie liebt.

K. **Heinrich.** Allerdings; und manche von euch mögen der Liebe für meine Blindheit danken, da ich manche schöne französische Stadt vor einem einzigen schönen französischen Mädchen nicht sehen kann, das mir im Wege steht.

König von Frankreich. Doch, mein König, Ihr seht sie in der Ferne; die Städte in Mädchen verwandelt; denn sie sind alle mit jungfräulichen Mauren umgeben, in die der Krieg nie eingedrungen ist.

K. Heinrich. Soll Käthchen meine Frau seyn?

König von Frankreich. Wenn's Euch so gefällt.

K. Heinrich. Ich bin zufrieden; nun mögen die in Mädchen verwandelte Städte, wovon Ihr redet, ihr aufwarten; nun wird das Mädchen, das meinen Wünschen im Wege stand, mir zu ihrer Erfüllung den Weg zeigen.

König von Frankreich. Wir sind alle billigen Foderungen eingegangen.

K. Heinrich. Verhält sich das so, ihr Edeln von England?

Westmorland. Der König hat jedweden Punkt bewilligt; zuerst seine Tochter, und dann alles der Reihe nach, wie Ihr es festgesetzt hattet.

Exeter. Nur den Punkt allein hat er nicht unterschrieben, wo Eure Majestät verlangt, daß der König von Frankreich in den Fällen, wenn er bey uns was zu suchen hat, Eure Majestät auf diese Art, und mit diesem Zusatz im französischen nennen soll: Notre très cher filz Henry Roy d'Angleterre, heretier de France; und so im Lateinischen: Præclarissimus *) filius noster Henricus, rex Angliæ, & heres Franciæ.

König von Frankreich. Indeß, mein werther Bruder, werd' ich darauf nicht so bestehen, daß ich es nicht bewilligen sollte, wenn Ihr's verlangt.

K. Heinrich. Nun, so bitt' ich Euch um unsrer Freundschaft und theuren Verbrüderung willen, laßt diesen Einen Artickel eben so wohl zugestanden werden, als die übrigen, und hernach gebt mir Eure Tochter.

König von Frankreich. Nehmt Sie, mein erwünschter Sohn, und erweckt mir aus ihrem

---

*) Dr. Warburton erinnert hier mit Recht, daß man Præcarissimus lesen müsse; Præclarissimus ist ein Druckfehler vom Holinshed, den Shakespeare treulich abschrieb; ein Umstand, den Farmer mit zum Beweise seiner Unerfahrenheit in den Sprachen braucht.

Blute eine Nachkommenschaft; damit diese stret-
tenden Königreiche, Frankreich und England,
deren Küsten selbst vor Neid über ihr gegenseiti-
ges Glück blaß aussehen, ihren Haß aufgeben,
und diese theure Verbindung, Nachbarschaft und
christliche Einigkeit in ihre Herzen pflanzen möge,
damit nie wieder der Krieg sein blutiges Schwert
zwischen Frankreich und England schwinge!

Lords. Amen!

K. Heinrich. Nun, willkommen, Käthchen;
und ihr alle seyd meine Zeugen, daß ich sie hier
als meine regierende Königinn küsse.

(Trompetenstoß.)

Königinn. Gott, der beste Stifter aller Ehen,
verbinde eure Herzen in Eins, eure Königreiche
in Eins! Wie Mann und Weib beyde durch die
Liebe Eins werden, so sey auch zwischen euren
Königreichen solch ein eheliches Band, daß niemals Mißvergnügen oder die schändliche Eifersucht, welche oft die Ruhe der glücklichen Ehen
stört, den Bund dieser Königreiche zerrütten,
und eine Scheidung ihrer genauen Vereinigung
verursachen könne; daß Engländer und Franzo-

sen einander wie Brüdern und Landsleuten begegnen mögen. Gott spreche Amen dazu!

Alle. Amen!

K. Heinrich. Laßt uns Anstalten zu unsrer
Hochzeit machen; am Tage derselben werden wir
von Euch, mein werther Herzog von Burgund,
und allen übrigen Edeln, die Sicherheit unsers
Bündnisses beschwören lassen — Dann werd' ich
auch dir, Käthchen, und du mir einen Schwur
thun; der Himmel gebe, daß wir ihn treulich
halten, und dadurch glücklich werden!

(Sie gehn ab.)

Der Chor.

So weit hat nun mit unvollkommnem Kiel
Der schwache Dichter Heinrichs Ruhm beschrie-
ben:
Im kleinen Raum zeigt' er der Helden viel;
Doch manch Verdienst ist unberührt geblieben:
Nur kurz, doch in der Kürze groß und rühm-
lich, schien
Der Stern von England; Glück umringte seine
Krone,

Und groß und glücklich ward sein Land durch
ihn,
Ein Paradies verließ er's seinem Sohne.
Heinrich der Sechste, schon gekrönt als Kind,
Ward durch Geburt Englands und Frankreichs
König;
Doch, wie es geht, wo viele Räthe sind,
Frankreich verlor er ganz, und England litt nicht
wenig.
Dieß hat euch unsre Bühn' in Spielen oft
gezeigt,
Um derer willen seyd auch diesem Spiel geneigt.
(Geht ab.)

Erster Theil
Heinrichs des Sechsten.

Perſonen.

König Heinrich der Sechste.
Herzog von Glouceſter, Oheim des Königs, und Protektor.
Herzog von Bedford, Oheim des Königs, und Regent von Frankreich.
Kardinal Beauford, Biſchof von Wincheſter, und Großoheim des Königs.
Herzog von Exeter.
Herzog von Sommerſet.
Graf von Warwick.
Graf von Salisbury.
Graf von Suffolk.
Lord Talbot.
Der junge Talbot, ſein Sohn.
Richard Plantagenet, nachmals Herzog von York.
Mortimer, Graf von March.
Sir John Faſtolfe. Woodvile, Lieutenant des Tower. Der Lord Mayor von London. Sir Thomas Gargrave. Sir William Glansdale. Sir William Lucy.
Vernon, von der weißen Roſe, und York's Parthey.
Baſſet, von der rothen Roſe, und Lankaſter's Parthey.
Karl, Dauphin, und nachmals König von Frankreich.
Reignier, Herzog von Anjou, und Titularkönig von Neapel.
Herzog von Burgund.
Herzog von Alenſon.
Baſtard von Orleans.
Kommandant von Paris.
Der Zeugmeiſter von Orleans, und ſein Sohn.
Ein alter Schäfer, Vater der Johanna von Orleans.
Margarete, Reigniers Tochter, und nachherige Gemahlinn Heinrichs VI.
Gräfinn von Auvergne.
Johanna, das Mädchen von Orleans.
Erſcheinungen böſer Geiſter.
Lords, Offiziere, Soldaten, Boten, und andres Gefolge.

Der Schauplatz iſt theils in England, theils in Frankreich.

Erster Theil
Königs Heinrich VI.

Erster Aufzug.
Erster Auftritt.

Westmünster = Abtey.

Todtenmarsch. Das Leichbegängniß Königs Heinrich V, begleitet von dem Herzoge
von Bedford, Regenten von Frankreich;
dem Herzoge von Gloucester, Protektor;
dem Herzoge von Exeter, und dem Grafen
von Warwick, dem Bischofe von Winchester, und dem Herzoge von
Sommerset.

Bedford. Der Himmel sey mit Schwarz
behangen; der Tag weiche der Nacht; Kometen,

die ihr Veränbrungen der Zeiten und Staaten
verkündigt, schwingt eure chryſtallnen Schweife
durch die Luft, und peitſcht mit ihnen die böſen,
aufrührischen Sterne, die in Heinrichs Tod ge-
willigt haben! in den Tod Heinrichs des Fünften, der zu berühmt war, um lange zu leben!—
England verlor noch nie einen ſo verdienſtvollen
König!

Gloucester. England hatte noch nie einen
König, bis auf ihn. Er hatte Tugenden, die
ihn würdig machten, zu herrſchen. Sein fun-
kelndes Schwert blindete die Leute mit ſeinen
Strahlen; ſeine Arme breiteten ſich weiter aus,
als die Flügel eines Drachen; ſeine funkelnden
Augen, mit ſtreckendem Feuer erfüllt, waren für
ſeine Feinde mehr blendend und zurückſcheuchend,
als die Mittagsſonne, wenn ſie ihnen heftig ins
Angeſicht ſtrahlte. Doch, was kann ich ſagen?
Seine Thaten ſind unausſprechlich; nie erhob er
ſeine Hand, ohne zu erobern.

Exeter. Wir trauren im Schwarzen; worum
trauren wir nicht im Blute? Heinrich iſt todt,
und lebt nie wieder auf. Wir folgen hier einem
hölzernen Sarge, und verherrlichen den ente-

ren

renden Triumph des Todes durch das Gepraͤnge
unsrer Begleitung, gleich Gefangnen, die an einen Siegswagen gebunden sind. Wie? sollen
wir den Planeten wegen ihres unglücklichen Ein-
flusses fluchen, daß sie sich so zum Sturz unsers
Ruhms verschworen haben? Oder sollen wir die
verschlagnen Franzosen für Zaubrer und Beschwoͤ-
rer halten, die, aus Furcht vor ihm, sein Ende
durch magische Verse veranstaltet haben? *)

Winchester.   Er war ein König, den der Koͤ-
nig der Könige gesegnet hatte.   Den Franzosen
wird der schreckliche Tag des Gerichts nicht so
fürchterlich seyn, als ihnen sein Anblick war.   Er
focht die Schlachten des Herrn der Heerschaaren;
das Gebet der Kirche machte ihn so beglückt.

Gloucester.   Der Kirche! — Wo ist sie? —
Haͤtten die Diener der Kirche nicht gebetet, so
waͤre sein Lebensfaden nicht so bald abgeschnitten.

---

*) Man glaubte sehr lange, daß es möglich sey, ei=
nem durch Zauberverse das Leben zu nehmen. Als der
Aberglaube abnahme, schrieb man ihnen bloß die Ge=
walt über unvernünftige Thiere zu. Zu unsers Dichters Zeiten glaubte man, die Irländer könnten durch
einen Gesang Ratzen töbten. Johnson.

O

Ihr könnt keinen andern, als einen weibischen Fürsten leiden, den ihr, wie einen Schulknaben, in Furcht halten könnt.

Winchester. Gloß'er, wir mögen leiden können, was wir wollen, so bist du itzt Protektor, und befiehlst über den Prinzen und das Reich. Deine Gemahlinn ist stolz; sie hält dich mehr in Furcht, als Gott oder die Diener der Kirche und der Religion vermögen.

Gloucester. Nenne nicht die Religion, denn du bist fleischlich gesinnt, und gehst das ganze Jahr hindurch nie in die Kirche, außer, wenn du wider deine Feinde beten willst.

Bedford. O! hört auf, euch zu zanken, und seyd ruhig! — Laßt uns zum Altare gehn — Ihr Herolde, begleitet uns! — Statt des Goldes wollen wir unsre Waffen zum Opfer bringen; denn Waffen helfen nicht mehr, nun Heinrich todt ist — Nachwelt! erwarte unglückliche Jahre, in denen die Kinder, statt der Brust, die nassen Augen ihrer Mütter saugen werden. Unsre Insel hat er zum Behälter *) salziger Thränen

---

*) A nowisch ist die alte Leseart, und dieß Wort soll

gemacht, und nichts als Weiber sind noch da, den Todten zu beweinen — Heinrich der Fünfte! deinen Schatten ruf' ich an; segne dieß Reich, schütz' es vor bürgerlichem Zwiespalt! kämpfe du mit den widrigen Sternen am Himmel! Deine Seele wird ein weit glorreicheres Gestirn seyn, als Julius Cäsar oder der glänzende *)

(Es kömmt ein Bote.)

Bote. Meine ehrenvollen Lords, Gott erhalt' euch alle! — Ich bring' euch traurige Nachrichten aus Frankreich, von Verlust, von Niederlage, und grossem Schaden; Guienne, Champagne, Rheims, Orleans, Paris, Guysors, Poitiers, sind gänzlich verloren.

Bedford. Was sagst du, Unverschämter? — Hier vor dem Sarge des verstorbnen Heinrichs? — Sprich leise; oder der Verlust dieser grossen Städte

———————————

vor dem, wie Steevens anmerkt, einen Fischbehälter bedeutet haben, was itzt im Englischen *a stew* heißt — Sonst lesen Pope und Warburton *a marish*, ein Sumpf, ein Morast.

*) Die wahrscheinlichste Ausfüllung des hier abgebrochnen Verses ist der Name Berenice, nach Johnson's Vermuthung; und dann wäre oben „die glänzende„ zu lesen.

wird machen, daß er aus seinem Sarge hervor-
bricht, und vom Tode wieder aufsteht.

Gloucester. Ist Paris verloren? hat Rouen
sich ergeben? — Würde Heinrich wieder ins Leben zurückgerufen, so würde diese Nachricht ihn
aufs neue zur Leiche machen.

Exeter. Wie gieng denn das alles verloren?
was für Verrätherey war Schuld daran?

Bote. Keine Verrätherey; sondern Mangel
an Geld und Leuten. Unter den Soldaten geht
ein heimliches Gerede, daß ihr hier verschiedne Partheyen gemacht habt, und zu der Zeit, da ihr
ins Feld ziehen und fechten solltet, euch über die
Wahl der Heerführer zankt. Der Eine, sagt
Man, wünscht einen langwierigen Krieg, mit
wenigen Kosten; ein andrer wünscht beflügelte
Eile, aber es fehlt ihm an Flügeln; ein dritter
glaubt, es liesse sich wohl ohne allen Aufwand,
durch glatte, betriegliche Worte, ein Frieden erhalten. Erwacht, erwacht, ihr Edeln von England! Laßt die Trägheit nicht kaum erkämpften
Ruhm verdunkeln. Von eurem Wappen sind
die Lilien hinweggepflückt; von Englands Wap-
penrock ist die Eine Hälfte weggeschnitten.

Exeter. Fehlte es uns bey diesem Leichenbegängniß an Thränen, so würden diese Nachrichten ihrer eine ganze Fluth hervorrufen.

Bedford. Mich gehn sie zunächst an; ich bin Regent von Frankreich — Gebt mir meinen Harnisch; ich will um Frankreich fechten — Hinweg mit diesen entehrenden Trauerkleidern!—Wunden will ich den Franzosen, statt der Augen, geben, ihre Vergehungen in dieser kurzen Zwischenzeit zu beweinen.

(Es kömmt ein zweyter Bote.)

2. Bote. Mylords, lest diese Briefe, voll unglücklicher Nachrichten. Ganz Frankreich hat sich wider England empört, einige kleine, unbedeutende Städte ausgenommen. Der Dauphin Karl ist in Rheims zum Könige gekrönt; der Bastard Orleans hat sich mit ihm vereinigt; Reignier, Herzog von Anjou, nimmt seine Parthey; der Herzog von Alençon fliegt auf seine Seite.   (Geht ab.)

Exeter. Der Dauphin zum Könige gekrönt! alle fliehen zu ihm! — O! wohin sollen wir fliehen, um diesen Schimpf auszuweichen.

Gloucester. Wir wollen nirgend hin fliehen,

als an die Gurgeln unsrer Feinde. Bedford, wenn
du nicht Herz hast, so will ich's ausfechten.

Bedford. Glo'ster, was zweifelst du an meinem Muthe? Schon hab' ich in Gedanken ein
ganzes Heer gemustert, womit Frankreich bereits
überschwemmt ist.

(Es kömmt ein dritter Bote.)

3. Bote. Meine gnädigsten Lords, ich muß
die Klagen vermehren, womit ihr itzt König Heinrichs Sarg begleitet, und euch ein unglückliches
Gefecht melden, welches zwischen dem tapfern
Lord Talbot und den Franzosen vorgefallen ist.

Winchester. Ha! worin Talbot siegte! —
nicht wahr?

Bote. O nein! worin Lord Talbot besiegt
wurde; die Umstände davon will ich euch itzt
ausführlicher erzählen. Am zehnten August, als
dieser furchtbare General von der Belagerung
von Orleans zurückkam, und kaum volle sechs
tausend Mann bey sich hatte, ward er von drey
und zwanzig tausend Franzosen überfallen und
rings umzingelt. Er hatte nicht Zeit, seine Leute
in Schlachtordnung zu stellen; auch fehlte es ihm
an Lanzen, seine Bogenschützen damit zu decken;

an deren Statt steckten sie spitzige, aus den Zäu-
nen gerissene Pfähle hie und da in der Erde hin,
um die Reuterey vom Einfall abzuhalten. Länger
als drey Stunden währte das Gefechte, worin
der tapfre Talbot, über alle menschliche Begriffe,
mit Schwert und Lanze Wunder that. Ihrer
hunderte schickte er zur Hölle, und keiner wagte
es ihn aufzuhalten; hier, dort, und überall, flog
er wüthend umher. Die Franzosen riefen, der
Teufel selbst ziehe zu Felde; das ganze Heer stand,
und staunte ihn an. Seine Soldaten, die seinen unerschrocknen Muth erblickten, riefen mit
aller Gewalt: Ein Talbot! Talbot! und stürzten
mitten in die Schlacht. Hier wäre der Sieg ent-
schieden gewesen, wenn Sir John Fastolfe *)
nicht verzagt gethan hätte, der gleich hinter dem
Vortrab war, um ihm beyzustehen und zu folgen,
aber muthlos davon lief, ohne einen einzigen
Streich gethan zu haben. Daher entstand nun

---

*) Man vermenge ihn nicht mit Falstaff, dem kö-
mischen Charakter der vorhergehenden Stücke, wie Pope
wirklich gethan hat. Sir John Falstofe war Generalleu-
tenant, Statthalter des Herzogs von Bedford in der
Normandie, und Ritter vom Hosenbande. Theobald.

ein allgemeines Blutbad und Niedermetzeln, indem sie von ihren Feinden rings umher eingeschlossen waren. Ein niederträchtiger Wallonier, um sich bey dem Dauphin in Gunst zu setzen, stieß Talbot mit einem Spieß in den Rücken, dem ganz Frankreich, mit seinem ganzen versammleten Heer, nicht ins Gesicht zu sehen wagte.

Bedford. Ist Talbot getödtet? — Nun, so tödt' ich mich auch, daß ich hier müßig, in Pracht und in Ruhe lebe, indeß solch ein verdienstvoller Heerführer, dem es an Beystand fehlte, seinen zaghaften Feinden verrathen wird.

Bote. O nein! er lebt; aber er ist gefangen genommen, und Lord Scales mit ihm, und Lord Hungerford; fast alle übrigen sind getödtet, oder gleichfalls gefangen.

Bedford. Sein Lösegeld soll Niemand, als ich, bezahlen. Ich will den Dauphin über den Kopf von seinem Thron hinab stürzen; seine Krone soll das Lösegeld meines Freundes seyn; vier von ihren Edelleuten will ich gegen Einen von den unsrigen auswechseln. Lebt wohl, ihr Herren; ich führe sogleich mein Vorhaben aus. In Frankreich will ich ehestens Freudenfeuer an-

zünden, um unser grosses St. Georgis Fest zu
feyren. Zehn tausend Soldaten nehm' ich mit
mir, deren Heldenthaten ganz Europa erschüttern sollen.

Bote. Das wird sehr nöthig seyn; denn
Orleans wird belagert; die Englische Armee ist
schwach und matt geworden; der Graf von Salisbury braucht Hülfe, und hat Mühe, seine
Leute von Meuterey zurückzuhalten, da ihrer
so wenig, und ihrer Feinde so viel sind.

Exeter. Denkt an die Eide, Mylords, die
ihr Heinrichen gethan habt, entweder den Dauphin völlig zu vertilgen, oder ihn ganz zum Gehorsam, und unter euer Joch zu bringen.

Bedford. Ich denke daran, und beurlaube
mich bey euch, um mein Vorhaben ins Werk zu
richten.   (Er geht ab.)

Gloucester. Ich will, so geschwind als
möglich, in den Tower gehn, um die Artillerie
und Ammunition in Augenschein zu nehmen,
und dann will ich den jungen Heinrich zum
König ausrufen.

(Geht ab.)

—

Exeter. Ich geh nach Eltham, wo der junge König sich aufhält, weil ich zu seinem besondern Aufseher bestellt bin; und dort will ich die besten Einrichtungen zu seiner Sicherheit treffen.

(Geht ab.)

Winchester. Ein jeder hat sein Geschäfte, und seine angewiesene Verrichtung; ich allein bin ausgelassen; für mich bleibt nichts übrig; aber lange bleib' ich nicht solch ein Herumtreiber; ich denke den König von Eltham hieher zu schicken, und dann einen der ersten Plätze am Staatsruder zu erhalten.

(Geht ab.)

Zweyter Auftritt.

Vor Orleans in Frankreich.

Karl, Alenſon, und Reignier, mit Trommeln und Soldaten hinter sich.

Karl. Der wahre Lauf des Mars ist eben so, wie am Himmel, auch auf der Erde bis diese Stunde noch unbekannt; neulich schien er auf der englischen Seite; itzt sind wir Sieger, und er lächelt uns an. Haben wir nicht schon alle irgend beträchtlichen Städte? Wir liegen hier ungestört nahe bey Orleans, indeß die ausgehungerten Engländer, gleich blassen Gespenstern uns alle Monat eine Stunde auf die schwächste Art angreifen.

Alenson. Ihnen fehlen ihre Suppen, und ihr fettes Rindfleisch; sie müssen entweder wie Maulesel, immer gefüttert werden, und ihren Freßkober am Maule gebunden haben, oder sie sehn gleich ganz verschmachtend aus, wie ersoffne Mäuse.

Reignier. Laßt uns die Belagerung aufheben; was leben wir hier so müßig fort? Talbot ist gefangen, den wir vormals fürchteten; itzt haben sie keinen mehr, als den tollköpfigen Salisbury; und der mag itzt mit lauter Murren seine Galle auslassen, denn er hat weder Geld noch Leute, um Krieg zu führen.

Karl. Blast, blast zur Schlacht; wir wollen sie überfallen, um die Ehre der verlornen Franzosen zu retten. Dem will ich meinen Tod verzeihen, der mich ermordet, wenn er mich nur einen Fuß breit zurück weichen oder fliehen sieht.

> (Sie gehn ab; man hört ein Feldgeschrey; sie werden von den Engländern mit grossem Verlust zurückgeschlagen. Karl, Alenson und Reignier kommen wieder.)

Karl. Wer hat jemals dergleichen gesehen? — Was hab' ich für Leute? — Hunde, feige, zaghafte Memmen! — Ich hätte nie die Flucht genommen; aber sie liessen mich mitten unter meinen Feinden.

Reignier. Salisbury ist ein tollkühner Mörder; er ficht, als wär' er seines Lebens müde. Die andern Generale stürzen auf uns, wie hungrige, gierige Löwen auf ihren Raub ein.

Alenson. Froisard, einer von unsern Landsleuten, erzählt, England habe lauter Rolande und Olivers hervorgebracht, so lange Eduard der Dritte regierte. Mit mehrerm Rechte kann das itzt gesagt werden, denn es schickt selbst zu leichten Scharmützeln nichts, als Simsone und Goliathe aus. Einer gegen zehn! Lauter hagre, abgezehrte Kerle! Wer hätte denken sollen, daß sie so muthig und so dreist gewesen wären?

Karl. Laßt uns von dieser Stadt weggehen; denn es sind tollkoͤpfige Leute, und der Hunger wird sie noch gieriger machen.   Ich kenne sie schon von alten Zeiten her; viel eher werden sie mit ihren Zaͤhnen die Mauren niederreissen, als die Belagerung aufgeben.

Reignier. Ich glaube, ihre Arme sind durch irgend eine kuͤnstliche Zusammenfuͤgung so gebaut, daß sie wie Glocken, immerfort schlagen muͤssen; denn sonst koͤnnten sie es unmoͤglich so aushalten, wie sie thun.   Ich bin's zufrieden, daß wir davon gehen, und sie allein lassen.

Alenson. Meinetwegen.

(Der Bastard von Orleans koͤmmt.)

Bastard. Wo ist der Dauphin? Ich hab' ihm etwas zu melden.

Dauphin. Bastard von Orleans, sey mir dreymal willkommen!

Bastard. Mich duͤnkt; Eure Blicke sind traurig, Eure Miene ist niedergeschlagen; hat das der letzte ungluͤckliche Vorfall gemacht? Seyd nicht muthlos; denn die Huͤlfe ist euch nahe. Ich bring' ein heiliges Maͤdchen mit mir hieher, das durch ein Gesicht, welches ihr vom

Himmel erschienen ist, Befehl erhalten hat, die=
se langwierige Belagrung aufzuheben, und die
Engländer aus Frankreich zu vertreiben. Sie
hat den Geist hoher Weissagung, und übertrift
die neun Sibyllen *) des alten Roms. Was
vergangen ist, und was noch geschehen wird,
weiß sie zu sagen. Sprecht, soll ich sie herein
rufen? Glaubt meinen Worten; sie sind gewiß,
und untrüglich.

Dauphin. Geht, ruft sie herein. Aber um
gleich ihre Kunst auf die Probe zu stellen, thu
du, Reignier, als ob du Dauphin wärst, fra=
ge sie dreist; sieh ihr finster ins Gesicht; auf die=
se Art werden wir bald sehen, was sie für eine
Kunst besitzt.

(Es kömmt das Mädchen von Orleans.)

Reignier. Schönes Mädchen, bist du es,
die diese Wunderthaten thun will?

Mädchen. Reignier, bist du es, der mich
zu hintergehen denkt? — Wo ist der Dau=
phin? — Komm, komm dort hinten hervor;
ich kenne dich recht gut, ob ich dich gleich noch

---

*) Es waren nicht neun Sibyllen, sondern neun
Bücher Sibyllinischer Weissagungen. Warburton.

nie gesehen habe.   Wundre dich darüber nicht;
mir ist nichts verborgen.   Ich will mit dir einige Worte allein reden — Tretet zurück, ihr
Herren, und laßt uns ein wenig allein.

Reignier.   Sie hält sich gleich Anfangs
sehr brav.

Mädchen.   Dauphin, ich bin von Geburt
eines Schäfers Tochter, und mein Verstand hat
nicht die geringste Bildung erhalten.   Dem
Himmel und unsrer heiligen Jungfrau hat es
gefallen, meinem verächtlichen Stand einen
Glanz zu geben.   Sieh nur, indem ich meine
zarten Lämmer hütete, und meine Wangen der
brennenden Sonnenhitze Preis gab, würdigte
mich die Mutter Gottes, mir zu erscheinen, und
gebot mir, in einem Gesichte voller Majestät,
meinen niedern Stand zu verlassen, und mein
Vaterland von seiner Noth zu befreyen; sie versprach mir ihren Beystand, und versicherte mir
einen glücklichen Erfolg.   Sie offenbarte sich mir
in voller Herrlichkeit; und, da ich vorher braun
und schwarz war, so umleuchtete sie mich mit
ihren hellen Strahlen, und beseligte mich mit
der Schönheit, die du an mir siehst.   Frage

mich, was du nur willst; und ich antworte
dir, ohne mich vorher zu besinnen. Stelle meinen Muth im Zweykampf auf die Probe, wenn
du Herz hast, und du wirst finden, daß ich mein
Geschlecht weit übertreffe. Entschliesse dich also; du wirst glücklich seyn, wenn du mich an
deiner Seite kämpfen lässest.

Dauphin. Du hast mich mit deinen erhabnen
Reden in Erstaunen gesetzt. Bloß diese Probe
will ich von deiner Tapferkeit machen: du sollst
einen Zweykampf mit mir halten; und wenn du
dabey die Oberhand behältst, so sind deine Reden wahr; wo nicht, so traue ich dir nicht weiter.

Mädchen. Ich bin bereit dazu. Hier ist
mein scharfschneidiges Schwerd, auf jeder Seite mit schönen Lilien geziert; ich hab' es zu
Tourain auf St. Katharinen Kirchhof aus einer
ganzen Menge alten Eisens ausgesucht.

Dauphin. So komm in Gottes Namen;
ich fürchte kein Frauenzimmer.

Mädchen. Und in meinem Leben werd' ich
vor keiner Mannsperson davon laufen.

(Sie fechten, und das Mädchen von Orleans behält die Oberhand.)

Dau-

Dauphin. Halt ein! halt ein! du bist eine Amazone, und fichtst mit Deborah Schwerde.

Mädchen. Die Mutter Gottes hilft mir; sonst wär' ich zu schwach.

Dauphin. Wer dir auch immer helfen mag, so bist du es, die mir helfen muß. Ich brenne vor Ungeduld und Verlangen nach dir; mein Herz und meine Hände hast du zu gleicher Zeit überwältigt. Vortrefliches Mädchen, laß mich deinen Diener, nicht deinen Gebieter seyn; diese Bitte thut der Dauphin von Frankreich an dich.

Mädchen. Ich darf, wegen meines heiligen Berufs von oben her, keiner Liebe Gehör geben; wenn ich alle deine Feinde werde vertrieben haben, dann will ich auf eine Belohnung denken.

Dauphin. Unterdeß blicke deinen fußfälligen Sklaven nur gnädig an.

Reignier. Mich dünkt, der Dauphin ist sehr weitläuftig in seinem Gespräche.

Alenson. Ganz gewiß thut er diesem Frauenzimmer einen Liebesantrag, sonst könnte er nicht so lange machen.

P

Reignier. Er macht's zu arg; wollen wir ihn unterbrechen?

Alenſon. Wer weiß, was es iſt? dergleichen Frauenzimmer koͤnnen einen mit ihrer Zunge verzweifelt in Verſuchung fuͤhren.

Reignier. Mein Prinz, wo ſeyd Ihr? woran denkt Ihr? — Sollen wir Orleans uͤbergeben, oder nicht?

Maͤdchen. Nein, ſag' ich, ihr mißtrauiſchen Leute, ihr! Fechtet bis auf den letzten Athemzug; ich will euch beyſtehen.

Dauphin. Was ſie ſagt, das iſt auch mein Entſchluß, wir wollen uns ferner wehren.

Maͤdchen. Ich bin dazu beſtimmt, eine Geiſſel der Englaͤnder zu ſeyn. Dieſe Nacht will ich ganz gewiß die Belagerung aufheben. Erwartet Sonnenſchein nach dem Regen, nun ich mich in dieſen Krieg eingelaſſen habe. Der Ruhm gleicht einem Zirkel im Waſſer, der immer weiter und weiter wird, bis er endlich daruͤber gar zu Nichts wird. Mit Heinrichs Tode iſt der Engliſche Zirkel zu Ende; der Ruhm iſt verſchwunden, der in demſelben eingeſchloſſen war. Itzt bin ich jenem ſtolzen und trotzen-

den Schiffe gleich, welches Cäsarn und sein
Glück führte.

Dauphin. Wenn Mahomet Eingebungen
von einer Taube erhielt; so hat dich ein Adler
begeistert. Weder Helena, die Mutter des groß-
sen Konstantins noch die Töchter des heiligen
Philippus *), wären dir gleich. Glänzender
Stern der Venus, auf die Erde herabgefallen,
wie kann ich dich würdig genug verehren!"

Alençon. Laßt uns, ohne allen Verzug, die
Belagerung aufheben.

Reignier. Mädchen, thu was du kannst,
um unsre Ehre zu retten; treibe sie von Orleans
zurück, und mache dich unsterblich.

Dauphin. Gleich itzt wollen wir den Versuch machen — Kommt, laßt uns zum Werke
schreiten — Keinem Propheten will ich mehr
trauen, wenn sie nicht die Wahrheit gesagt hat.

(Er geht ab.)

XX

---

*) Apostelgesch. XXI, 9. „Derselbige (Philippus)
hatte vier Töchter, die waren Jungfrauen und weis-
sagten."

Dritter Auftritt.

Der Vorhof des Tower in London.

Gloucester. Seine Bediente.

Gloucester. Ich habe mir heute vorgenommen, den Tower in Augenschein zu nehmen; seit
Heinrichs Tode, fürcht' ich, ist Diebstahl vorgegangen. — Wo ist denn die Wache, die hier zu
seyn pflegt? — Oeffnet die Thore; Gloucester
ist davor.

1. Thürwärter. Wer ist das, der da so gebietrisch anpocht?

1. Bedienter. Es ist der edle Herzog von
Gloucester.

2. Thürwärter. Wer er auch seyn mag, so
könnt ihr nicht herein kommen.

1. Bedienter. Ihr Schlingel, wollt ihr so
dem Lord Protektor antworten?

1. Thürwärter. Der Himmel sey sein Protektor! das ist unsre Antwort. Wir thun, wie
uns befohlen ist.

Gloucester. Wer hat euch das befohlen?
oder wessen Befehl gilt sonst, als der meinige?
Es ist sonst kein Protektor des Reichs, als ich —

Brecht die Thuͤren auf; ich ſteh dafuͤr ein. Sollt'
ich mir ſo von Lumpengeſindel begegnen laſſen?
(Gloucester's Leute wollen die Thore des To=
wer erbrechen; Woodvile, der Lieutenant
ſpricht drinnen.)

Woodvile. Was iſt das fuͤr ein Laͤrmen?
was ſind da fuͤr Verraͤther drauſſen?

Gloucester. Seyd Ihr es, Lieutenant, deſſen Stimme ich hoͤre? Oeffnet die Thore; Glouceſter iſt hier, und will hinein.

Woodvile. Habt Geduld, edler Herzog;
ich darf die Thore nicht oͤffnen laſſen; der Kardinal von Wincheſter hat es verboten. Ich habe
von ihm ausdruͤcklichen Befehl, weder dich, noch
einen von den Deinigen, herein zu laſſen.

Gloucester. Schwachherziger Woodvile, haͤltſt
du denn ihn hoͤher, als mich? — Den uͤber-
muͤthigen Wincheſter, den ſtolzen Praͤlaten, den
Heinrich, unſer verſtorbne Koͤnig, niemals leiden
konnte? — Du biſt kein Freund Gottes noch des
Koͤnigs; oͤffne die Thuͤre, oder ich werde ſie in
kurzem vor dir verſchlieſſen.

Bedienter. Oeffnet die Thore da fuͤr den

Lord Protektor; wir werden sie aufbrechen, wenn
ihr nicht bald kommt.

(Winchester und seine Leute kommen in brau-
nen Kleidern heraus.)

Winchester. Was giebts, ehrsüchtiger Humphrey? was soll dies heissen?

Gloucester. Du kahlköpfiger Priester, hast
du befohlen, mich nicht einzulassen?

Winchester. Das hab' ich, du anmaßlichter
Verräther *) und nicht Protektor des Königs
oder des Reichs.

Gloucester. Geh zurück, du offenbarer Ver-
schwörer, du, der unsern verstorbnen König zu
ermorden Willens war; du, der Huren Ablaß zu
sündigen giebt; **) du sollst mir in deiner breiten
Kardinalsmütze, wie im Sieb, herumtummeln,
wenn du ferner so unverschämt gegen mich bist.

Winchester. Geh du vielmehr zurück; ich
setze keinen Fuß aus der Stelle. Hier sey Damas-

----

*) Im Englischen werden die ähnlich klingenden
Wörter *proditor* und *protector* gebraucht.

**) Die öffentlichen liederlichen Häuser standen ehe-
mals unter dem Distrikt des Bischofs von Winchester.
Pope. Vergl. Grey's Notes, Vol. II. p. 4.

tus; *) sey du der verfluchte Kain, und erschlage deinen Bruder Abel, wenn du Lust hast.

Gloucester. Ich will dich nicht erschlagen, sondern zurück treiben. Dein scharlachnes Gewand will ich wie das Gängelband eines Kindes brauchen, dich von hier wegzubringen.

Winchester. Thu, was du willst; ich trotze dich ins Angesicht.

Gloucester. Was? du willst mich ins Angesicht trotzen? — Zieht den Degen, ihr Leute, ungeachtet aller Vorrechte dieses Orts; blaue Röcke gegen braune Röcke! — Pfaff, nimm deinen Bart in Acht; ich denk' ihn zu zerzausen, und dich tüchtig auszuprügeln. Deinen Kardinalshut will ich mit Füssen treten; trotz dem Pabste und allen Vorrechten der Kirche, will ich dich hier bey den Ohren auf und nieder zerren.

Winchester. Glo'ster, du sollst dieß bey dem Pabste zu verantworten haben.

---

*) S. *Maundrel's* Travels, p. 131. „ Ungefehr vier Meilen von Damaskus ist ein hoher Hügel, welcher, der Sage nach, derselbe ist, auf welchem Kain seinen Bruder Abel erschlug. „ Pope.

Gloucester. Ha! eine Winchester-Gans! *) —
Einen Strick — einen Strick her! — Prügelt sie
doch weg; was laßt ihr sie stehen? — Ich will
dich hier fortjagen, du Wolf in Schaafsklei-
dern — Fort, ihr Braunröcke! fort, du schar-
lachner Heuchler!

(Gloucester's Leute prügeln des Karbinals
Leute fort; mitten in dem Getümmel
kömmt der Lord Major von London, und
seine Gerichtsdiener.)

Lord Mayor. Pfui, ihr Lords! ihr seyd die
höchste Obrigkeit, und stört die öffentliche Ruhe
auf eine so schimpfliche Art!

Gloucester. Schweig, Mayor, denn du
weißt nicht, wie man mich beleidigt hat. Der
Beaufort hier, der weder Gott noch König scheut,
hat sich hier des Tower nach Gefallen bemächtigt.

Winchester. Und hier ist Glo'ster, ein Feind
der Bürger, der immer auf Krieg, und nie auf
Frieden denkt; der sich aus euren freyen Geld-

---

*) *Winchester-goose* war die Benennung einer liederlichen Person, und der Folgen ihrer Liebe; ohne Zweifel wegen der oben erwähnten Aufsicht des Bischofs.
                                        Johnson.

beuteln reiche Abgaben zahlen läßt; der die Religion zu stürzen sucht, weil er Protektor des Reichs
ist, und gerne Rüstung hier aus dem Tower haben möchte, um sich selbst zum Könige zu krönen,
und den Prinzen zu unterdrücken.

Gloucester. Ich werde dir nicht wörtlich,
sondern thätlich antworten.

(Sie kommen wieder ins Handgemeng.)

Mayor. Bey diesem unruhigen Gezänke bleibt
mir nichts übrig, als ihm durch einen öffentlichen Ausruf Einhalt zu thun — Komm, Gerichtsdiener, ruf es so laut, als du nur kannst:
„ Ihr Leute aller Art, die ihr hier wider den
„ Frieden Gottes und des Königs in Waffen seyd,
„ wir gebieten und befehlen euch im Namen Sei-
„ ner Majestät, euch, ein jeder in seine Woh-
„ nung zu begeben, und künftig, bey Lebensstra-
„ se, kein Schwert, keinen Dolch, oder irgend
„ ein Gewehr zu führen, zu handhaben, oder
„ zu brauchen. „

Gloucester. Kardinal, ich will dem Gesetze
nicht zuwider handeln; aber wir werden uns
schon sprechen, und einander unsre Meynung
sagen.

Winchester. Glo'ster, wir werden einander auf deine Koste sprechen, das glaube nur. Dein Herzensblut will ich für diese Arbeit zum Lohn haben.

Mayor. Ich werde Prügel hohlen lassen, wenn ihr nicht fort wollt — Der Kardinal da ist hochmüthiger, als der Teufel.

Gloucester. Mayor, lebe wohl; du thust nur deine Pflicht.

Winchester. Abscheulicher Glo'ster! nimm deinen Kopf in Acht; denn nächstens denk' ich ihn zu haben.

(Sie gehn ab.)

Mayor. Sieh, ob die Küste wieder leer ist; und wir wollen gehn — Grosser Gott! daß Edelleute so jachzornig seyn können! — Hab' ich mich doch in vierzig Jahren kein einzigmal geschlagen! (Sie gehn ab.)

Vierter Auftritt.

Orleans in Frankreich.

Der Zeugmeister von Orleans, und sein Sohn.

Zeugmeister. Bursche, du weißt, wie Or-

leans belagert wird, und daß die Engländer die
Vorstädte schon inne haben.

Sohn. Ich weiß es Vater, und habe schon
oft nach ihnen geschossen; aber ich war immer
so unglücklich, mein Ziel zu verfehlen.

Zeugmeister. Aber itzt sollst du's nicht; folge
nur mir. Ich bin Zeugmeister dieser Stadt, und
muß etwas thun, um mich in Gunst zu setzen.
Die Kundschafter des Prinzen haben mir gesagt,
daß die Engländer, die sich in die Vorstädte dicht
zusammengezogen haben, in jenen Thurm gegangen sind, um durch ein eisernes Gitter die
Stadt zu überschauen, und dort zu sehen, ob
sie uns am vortheilhaftesten durchs Beschiessen,
oder durch einen Ueberfall beykommen können.
Um nun diesen Schaden zu verhindern, hab' ich
ein Geschütz gegen den Thurm gerichtet, und
schon ganzer drey Tage darauf gelaurt, sie zu
sehen. Itzt gieb du Achtung, Bursche; denn
ich kann nicht länger hier bleiben. So bald du
einen gewahr wirst, so lauf, und melde mirs;
du findest mich bey dem Statthalter.

(Geht ab.)

Sohn. Ich steh Euch dafür, Vater. Ihr

könnt unbesorgt seyn; ich will Euch nicht beunruhigen, wenn ich sie gewahr werden kann.

(Die Lords Salisbury und Talbot, mit Sir
W. Glansdale und Sir Th. Gargrave,
auf den Thürmen.)

Salisbury. Talbot, mein Leben, meine
Freude, bist du wieder da? — Wie ist man dir
in deiner Gefangenschaft begegnet? — Oder durch
was für Mittel erhieltst du deine Freyheit wieder? Laß uns hier oben auf dem Thurm ein
wenig zusammen sprechen.

Talbot. Der Herzog von Bedford hatte einen Gefangnen, den tapfern Grafen Ponton de
Santrailles; gegen den ward ich ausgewechselt
und ausgelöst. Schon vorher wollte man mich
aus Verachtung einmal gegen einen weit schlech-
tern Kriegsmann austauschen; aber ich schlug
es mit Verachtung ab, und verlangte lieber den
Tod, als eine so geringschätzige Begegnung.
Endlich ward ich so ausgelöst, wie ichs wünschte. Aber o! der verräthrische Fastolfe verwun-
det noch immer mein Herz! Ich würgt' ihn aus
freyer Faust, wenn ich ihn gleich hier in meiner
Gewalt hätte!

Salisbury. Aber du sagst mir nicht, wie man dir begegnet ist.

Talbot. Mit Spott und Hohn und schmählichen Schimpfreden. Man führte mich auf den offnen Marktplatz, um dem ganzen Volke zum Schauspiel zu dienen. Dieß, sagten sie, ist der Schrecken der Franzosen, der Popanz, der unsern Kindern solche Furcht einjagt. Ich riß mich da von den Gerichtsdienern los, die mich führten, grub mit meinen Nägeln Steine aus der Erde, um nach den Zuschauern meiner Schmach damit zu werfen. Meine grimmige Miene machte, daß einige davon liefen; keiner getraute sich, mir nahe zu kommen, aus Furcht, auf der Stelle zu sterben. In eisernen Mauren hielten sie mich nicht sicher; solch eine grosse Furcht meines Namens hatte sich unter ihnen verbreitet, daß sie glaubten, ich könne stählerne Gitter zerreissen, und demantne Pfosten in Stücke schlagen. Ich bekam daher eine Wache mit geladnem Gewehr, die alle Minute um mich herum gieng, und die sogleich bereit war, mir die Kugel vor den Kopf zu schiessen, so bald ich mich nur aus meinem Bette regen würde.

(Der Sohn des Zeugmeisters kömmt auf der
andern Seite, mit einer Lunte.)

Salisbury. Es that mir weh zu hören, was
Ihr für Marter ausgestanden habt; aber wir
wollen uns schon genugsam rächen. Itzt ists
Abendessenszeit in Orleans; hier, durch dieß
Gitter kann ich jeden einzeln' zählen, und sehen
wie die Franzosen sich befestigen. Laß uns einmal hindurch sehen; du wirst deine Freude an
der Aussicht haben. Sir Thomas Gargrave,
und Sir William Glansdale, sagt mir doch einmal eure Meynung, wo wäre wohl der beste
Ort, eine neue Batterie aufzuwerfen?

Gargrave. Ich glaub', am Norderthor;
denn dort stehen die Edelleute.

Glansdale. Und ich hier, auf dem Bollwerk
der Brücke.

Talbot. Ich denke immer, man muß diese
Stadt aushungern, oder sie durch leichte Scharmützel immer schwächer machen.

(Ein Schuß aus der Stadt. Salisbury und
Gargrave fallen.)

Salisbury. O Gott! verschon' uns arme
Sünder!

Gargrave. O Gott! erbarme dich meiner reuigen Seele!

Talbot. Was ist das für ein Zufall, der uns auf einmal in die Queere kömmt? — Sprich, Salisbury, wenn du anders noch sprechen kannst, was machst du, du Muster aller Kriegsleute? — Eins von deinen Augen und eine Backe ist dir weggeschossen! — Verwünschter Thurm! verwünschte, mördrische Hand, die dieß klägliche Trauerspiel gemacht hat! — In dreyzehn Schlachten behielt Salisbury die Oberhand; Heinrich den Fünften führte er zuerst in den Krieg; so lange noch eine Trompete geblasen, oder eine Trommel gerührt ward, hörte sein Schwerd nie auf, im Felde niederzuhauen — Lebst du doch noch, Salisbury, ob du gleich nicht mehr sprechen kannst? Ein Auge hast du noch, um nach dem Himmel um Barmherzigkeit hinauf zu blicken; sieht doch die Sonne mit einem Auge die ganze Welt! — Himmel! sey du keinem auf Erden gnädig, wenn Salisbury von dir nicht Erbarmung erhält! — Tragt seinen Leichnam hinweg; ich will ihn begraben helfen — Sir Thomas Gargrave, ist noch Le-

ben. in dir — Rede zu Talbot; blick auf zu
ihm! — O! Salisbury, erquicke deinen Geist
mit diesem Trost: Du wirst nicht sterben, so
lange ... Er winkt mit der Hand, und lächelt
mich an, als wollt' er sagen: „Wenn ich todt
„und dahin bin, so vergiß nicht, mich an den
„Franzosen zu rächen!„ — Plantagenet, das
will ich thun, und, wie Nero, auf der Laute
spielen, indeß die Stadt in Flammen steht.
Frankreich soll blos durch meinen Namen elend
werden! (Man hört ein Lärmen; und es donnert
und blitzt.) Was ist das für ein Geräusch? —
Welch ein Aufruhr am Himmel? — Woher
dieser Lärmen und dieß Getöse?

(Es kömmt ein Bote.)

Bote. Mylord, Mylord, die Franzosen haben sich verstärkt; der Dauphin ist mit einer
Jeaune la Pucelle gekommen, einer neu
aufgestandnen heiligen Prophetin, und mit ihnen ein grosses Heer, um die Belagerung aufzuheben.

(Salisbury erholt sich ein wenig, und ächzt.)

Talbot. Hört, hört, wie der sterbende Salisbury ächzt! Es greift ihm ans Herz, daß er
sich)

sich nicht rächen kann — Ihr Franzosen, ich
will für euch ein Salisbury seyn — Pucelle und
Dauphin! *) — seyd wer ihr wollt, ich will
euch mit den Hufen meines Pferdes das Herz
ausstampfen, und einen Sumpf aus eurem zer-
malmten Gehirn machen — Bringt den tapfern
Salisbury in ein Zelt; hernach will ich versuchen, wie viel Herz die feigen Franzosen haben.
(Feldgeschrey. Sie gehn ab, und tragen die
Leichname hinweg.)

Fünfter Auftritt.

Abermaliges Feldgeschrey. Talbot verfolgt
den Dauphin, und treibt ihn in die Flucht;
hernach kömmt das Mädchen von Orleans, das Engländer vor sich
herjagt; darauf wie-
der Talbot.

Talbot. Wo ist meine Stärke, meine
Tapferkeit, und meine Macht? Unsre Englischen
Völker ziehn sich zurück; ich kann sie nicht auf-

---

*) Im Englischen: *Pucelle* or *Puzzel* (die Benennung einer liederlichen Person) *Dauphin* or *Dog-fish*
„Meerschwein oder Seehund. „

Ω

halten; ein Frauenzimmer in eine Rüstung gekleidet, jagte sie davon — Da kömmt sie —
Ich muß einmal mit dir anbinden, du Teufel,
oder des Teufels Großmutter, ich will dich beschwören. Blut will ich von dir abziehen *);
du bist eine Hexe; und will geradesweges dem-
jenigen deine Seele zuschicken, dem du dienst.

Mädchen von Orleans. Komm nur, komm;
mir gebührt vielmehr, dich zu Boden zu legen.
(Sie fechten.)

Talbot. Himmel, kannst du zugeben, daß
die Hölle so die Oberhand behalte? — Sollt'
ich auch meinen Muth so gewaltsam anstren-
gen müssen, daß meine Brust zerspränge, und
daß mir die Arme von den Schultern abbrä-
chen, so will ich doch diese übermüthige Metze
züchtigen.

Mädchen. Leb wohl, Talbot, deine Stunde ist noch nicht gekommen; ich muß Orleans
sogleich mit Lebensmitteln versorgen — (Ein
kurzer Lärmen; hernach ziehn Soldaten in die Stadt.)

---

*) Es war ein Aberglaube der damaligen Zeiten,
daß die Zauberkraft einer Hexe einem nicht schade,
wenn man ihr Blut abziehen konnte. Johnson.

Ueberwaͤltige mich, wenn du kannſt; ich ſpotte
deiner Staͤrke. Geh, geh, gieb deinen ausgehungerten Leuten was zu eſſen; hilf Salisbury
ſein Teſtament machen; der Sieg iſt diesmal
unſer, und wird es noch oft ſeyn.

(Sie geht ab.)

Talbot. Meine Gedanken drehn ſich mir
im Kopf herum, wie eines Toͤpfers Rad; ich
weiß nicht, wo ich bin, noch was ich mache.
Eine Hexe treibt durch Furcht, nicht durch Gewalt, wie Hannibal, unſre Voͤlker zuruͤck, und
erobert, ſo viel ſie Luſt hat. So werben Bie-
nen mit Rauch, und Tauben mit ſchaͤdlichem
Geſtank, aus ihren Zellen und Haͤuſern gejagt.
Sie hieſſen uns wegen unſrer Herzhaftigkeit
Engliſche Hunde; itzt laufen wir gleich ihren
Jungen, heulend davon. (Ein kurzer Laͤrmen.)
Hoͤrt, Landsleute! entweder fangt das Gefechte
wieder an, oder reißt die Loͤwen aus dem Engliſchen Wappen heraus; entſagt eurem Vaterlande; ſetzt Schaafe ſtatt der Loͤwen. Schaafe
laufen nicht halb ſo erſchrocken vor dem Wolfe,
oder Pferde und Ochſen vor dem Leoparden,
als ihr vor euren oft bezwungnen Sklaven.

steht — (Feldgeschrey; ein neues Scharmützel.)
Es geht nicht; zieht euch nur in eure Verschanzungen zurück; ihr willigtet alle in Salisbury's
Tod; denn keiner wollte einen Streich thun, um
ihn zu rächen — Das Mädchen ist in Orleans
hinein gegangen, uns und aller unsrer Macht
zum Trotz — O! könnt' ich mit Salisbury
sterben! — Vor Beschämung hierüber möcht'
ich mein Haupt verhüllen!

(Er geht ab. Feldgeschrey. Flucht. Trompeten.)

Sechster Auftritt.

Auf der Mauer von Orleans.

Das Mädchen von Orleans. Der Dauphin. Reignier. Alenson. Soldaten.

Mädchen. Bringt eure fliegenden Fahnen
auf die Mauren; Orleans ist nun von den Englischen Wölfen befreyt; so hat Jeanne la Pucelle
ihr Wort gehalten.

Dauphin. Göttlichstes Geschöpf, Tochter
der glänzenden Asträa, wie soll ich dich für
diesen glücklichen Erfolg würdig ehren? Deine
Versprechungen sind wie die Gärten des Ado-

niß *), die heute blühten, und morgen schon
Früchte trugen — Frankreich, sey stolz auf
deine glorreiche Prophetin! Die Stadt Orleans
ist wieder erobert; mehr Glück ist unserm Staa-
te nie wiederfahren.

Reignier. Warum läutet man nicht die
Glocken in der Stadt? — Befehlt doch, Dauphin, daß die Bürger Freudenfeuer machen,
und auf öffentlicher Gasse Feste und Gastmahle
anstellen, um die Freude zu feyren, die Gott
uns gegeben hat.

Alenson. Ganz Frankreich wird voller Freude und Frolocken werden, wenn es hören wird,
wie männlich wir uns gehalten haben.

Dauphin. Es ist Johanna, nicht wir, durch
die der Sieg erhalten ist; dafür will ich auch
meine Krone mit ihr theilen, und alle Priester
und Mönche meines Königreichs sollen im feyer-

---

*) Die bey den Alten so berühmten Κῆποι Ἀδώνιδος,
von denen Plinius (XIX. 4.) sagt: Antiquitas ni-
hil prius mirata est, quam Hesperidum hortos ac
regum Adonidis & Alcinoi. Wer einen kritischen
Streit darüber zu lesen Lust hat, sehe Dr. Warburton's Anmerkung zu dieser Stelle.

lichen Aufzuge ihr endloses Lob besingen. Ihr will ich eine prächtigere Pyramide errichten lassen, als der Rhodope ihre, oder die zu Memphis war. Zu ihrem Andenken, wenn sie todt ist, soll ihre Asche in einer köstlichern Urne, als das reich mit Edelsteinen besetzte Kästchen des Darius war, gesammlet, und an hohen Festen vor den Königen und Königinnen von Frankreich hergetragen werden. Wir wollen nicht länger den heiligen Dionys anrufen; sondern Jeanne la Pucelle soll Frankreichs Schutzheilige seyn. Kommt herein, und laßt uns ein königliches Mahl anstellen, da wir diesen goldnen Tag des Sieges erlebt haben.

(Sie gehn unter Trompetenschall ab.)

Zweyter Aufzug.

Erster Auftritt.

Vor Orleans.

Ein Französischer Sergeant, mit zwey
Schildwachen.

Sergeant. Ihr Leute, stellt euch hieher, und gebt wohl Acht; sobald ihr irgend ein Geräusch, oder einen Soldaten nahe an der Mauer gewahr werdet, so laßt uns bey der Wache durch ein Zeichen sogleich davon wissen.

Schildwache. Sehr wohl, Herr Sergeant. (Der Sergeant geht ab.) So sind arme Soldaten gezwungen, im Finstern, im Regen und in der Kälte zu stehen, wenn andre auf ihren ruhigen Betten schlafen.

Talbot, Bedford, und Burgund, mit Sturm-leitern. Ihre Trommeln schlagen ei-nen Todtenmarsch.

Talbot. Lord Regent, und mächtiger Her-zog von Burgund, durch den die Gegenden von Artois, Wallon, und die Pikardie unsre Freunde sind, in dieser glücklichen Nacht sind die Franzo-sen sicher, da sie den ganzen Tag geschmaußt und geschwelgt haben. Laßt uns also diese Gelegen-heit wahrnehmen, die am besten dazu dienen wird, ihren Betrug wieder zu bezahlen, den sie uns durch List und verderbliche Zauberey gespielt haben.

Bedford. Der feige Franzos! wie sehr ent-ehrt er seinen Ruhm, daß er an der Stärke seines eignen Arms verzweifelt, und zu Hexen und dem Beystand der Hölle seine Zuflucht nimmt!

Burgund. Die gewöhnliche Gesellschaft der Verräther! — Aber was ist denn die Pucelle für eine, die so untadelhaft seyn soll.

Talbot. Ein Mädchen, wie es heißt.

Bedford. Ein Mädchen! und ist so martialisch!

Burgund. Gebe der Himmel, daß nur nicht ehester Tage eine Mannsperson daraus werde, wenn sie ferner unter den Fahnen der Franzosen zu Felde liegt, wie sie angefangen hat.

Talbot. Nun, mögen sie doch mit Geistern umgehen und zu thun haben; Gott ist unser Schutz; in seinem siegreichen Namen laßt uns den Entschluß fassen, ihre steinernen Bollwerke zu ersteigen.

Bedford. Steig hinan, tapfrer Talbot; wir wollen dir folgen.

Talbot. Nicht alle mit einander. Mich dünkt, es ist weit besser, daß wir von verschiednen Seiten her in die Statt eindringen; denn wenn dann etwann Einer von uns seinen Zweck verfehlt, so kann doch vielleicht der andre, ihrer Macht widerstehen.

Bedford. Das ist richtig; ich will jenen Winkel nehmen.

Burgund. Und ich diesen.

Talbot. Und hier will Talbot die Mauer ersteigen, oder begraben werden — Für dich, Salisbury, und für das Recht des Englischen Heinrichs, werd' ich itzt in dieser Nacht zeigen, wie sehr ich beyden verpflichtet und ergeben bin.

Schildwache. (Drinnen) Heraus! heraus! der Feind thut einen Angrif.

(Die Engländer ersteigen die Mauren, und rufen; „St. Georg! Ein Talbot! „ = = Die Franzosen springen im Hemde über die Mauer. Es kommen, von verschied: nen Seiten her, der Bastard, Alenson, Reignier, halb angekleidet, und halb nicht.)

Alenson. Wie ist's, Mylords? warum alle so unangekleidet?

Bastard. Unangekleidet? — Freylich, und froh, daß wir so davon kamen.

Reignier. Es war wahrhaftig Zeit, aufzuwachen, und aus dem Bette zu gehen, da wir den Lärmen schon dichte vor unsern Schlafzimmern hörten.

Alenson. Noch niemals, so lange ich Kriegsdienste thue, hab' ich von einem Ueberfall gehört, der gewagter und unerwarteter gewesen wäre, als dieser.

Bastard. Ich glaube, Talbot ist ein höllischer Feind.

Reignier. Ist er das nicht, so ist gewiß der Himmel auf seiner Seite.

Alenson. Da kömmt Karl; ich wundre mich, wie er so glücklich durchgekommen ist.

Karl und Johann.

Bastard. Sachte! die heilige Johanna war seine Beschützerinn.

Karl. Ist das deine Zauberkraft, du betriegrisches Mädchen? Spieltest du uns anfänglich, um uns recht zu berücken, einen kleinen Gewinn in die Hände, damit nun unser Verlust zehnmal grösser sey?

Mädchen. Warum zürnt Karl auf seine Freundinn? Soll denn meine Gewalt zu allen Zeiten gleich stark seyn? Muß ich schlafend oder

wachend sie immerfort ausüben, und wollt ihr
mir die Schuld eures Unbedachts geben? — Un-
vorsichtige Soldaten! hättet ihr gute Wachen
ausgestellt, so hätte dieß plötzliche Unglück euch
nicht treffen können.

Karl. Herzog von Alenson, das habt Ihr
versehen; da Ihr diese Nacht die Wache hattet,
und Euer Amt nicht besser in Acht nahmt.

Alenson. Wären alle Quartiere unsrer Stadt
so gut bewacht worden, als die, worüber ich die
Aufsicht hatte, so wären wir nicht so schimpflich
überfallen worden.

Bastard. Mein Quartier war sicher.

Reignier. Und meines auch.

Karl. Und ich für meinen Theil habe fast
die ganze Nacht damit zugebracht, in ihrem und
meinem Quartier hin und her zu gehn, und die
Schildwachen ablösen zu lassen. Wie, oder wo
haben sie denn den ersten Einbruch gethan?

Mädchen. Haltet euch nicht länger mit den
Fragen auf, ihr Herren, wie oder wo es geschehen ist; genug sie fanden einen nur schwach be-
setzten Platz, wo sie die Bresche machten; und
itzt ist kein andrer Rath, als unsre Soldaten

zusammenzubringen, die überall zerstreut sind, und neue Schanzen aufzuwerfen, um ihnen Schaden zuzufügen.

(Feldgeschrey; es kömmt ein Soldat, und ruft: „ein Talbot, ein Talbot! „ Sie fliehen, und lassen ihre Kleider im Stiche.)

Soldat. Ich will so frey seyn, das zu nehmen, was sie hier nachgelassen haben. Der Name Talbot dient mir statt eines Degens; denn ich habe schon manche Beute gemacht, ohne ein anders Gewehr zu brauchen als seinen Namen. *)

(Er geht ab.)

Zweyter Auftritt.

Eben daselbst.

Talbot, Bedford, Burgund, und andre.

Bedford. Der Tag bricht schon an, und die Nacht ist entflohen, deren schwarzer Mantel

---

*) Es war eine alte Sage, Lord Talbot's Name sey den Franzosen so fürchterlich gewesen, daß oft grosse Armeen bloß dadurch, daß sie seinen Namen gehört, in die Flucht geschlagen wären, und die Französischen Weiber ihre Kinder damit erschreckt, wenn sie gesagt hätten: Talbot kömmt! — Warton.

die Erde bedeckte. Laßt uns zum Abmarsch blasen, und mit unserm hitzigen Nachsetzen einhalten.
(Man bläst zum Abmarsch.)

Talbot. Bringt den Leichnam des alten Salisbury hieher auf den Marktplatz, den Mittelpunkt dieser verwünschten Stadt — Itzt hab'
ich seiner Seele mein Gelübde bezahlt; denn für
jeden Blutstropfen, den er vergoß, sind wenigstens fünf Franzosen in dieser Nacht gestorben;
und damit noch die Nachwelt sehe, was für Unheil, um ihn zu rächen, angerichtet wurde, so
will ich in ihrer Hauptkirche ein Grabmal errichten, worin sein Leichnam begraben werden, und
worauf, damit es jeder lesen könne, die Belagerung von Orleans, die verräthrische Art seines
kläglichen Todes, und der Schrecken beschrieben
werden soll, der er für Frankreich war. Aber,
ihr Herren, bey allem unsern blutigen Niedermetzeln, wundre ich mich, daß wir nicht auf
Ihre Hoheit, den Dauphin, noch seine neu ange-
kommene Gefährtinn, die tapfre Jeanne d'Arce,
noch irgend einen von seinen falschen Bundsge-
nossen trafen.

Bedford. Man glaubt, Lord Talbot, daß

sie, gleich zu Anfang des Gefechts, plötzlich aus ihren Betten aufgestanden, und unter dem Haufen der Soldaten zur Sicherheit über die Mauren weg ins Feld gesprungen sind.

Burgund. So viel ich vor dem Dampf und den dicken Dünsten der Nacht unterscheiden konnte, glaub' ich selbst den Dauphin und seine Metze verscheucht zu haben, als sie beyde, einander in den Arm gefaßt, wie ein Paar verliebte Turteltauben, die weder Tag noch Nacht von einander seyn können, eiligst gelaufen kamen. Sobald hier alles in Ordnung seyn wird, wollen wir ihnen mit unserm ganzen Heere nachsetzen.

(Es kömmt ein Bote.)

Bote. Gott beglück' Euch, Mylords. Wer von dieser fürstlichen Gesellschaft ist der kriegrische Talbot, der durch ganz Frankreich wegen seiner Thaten so sehr gerühmt wird?

Talbot. Hier ist der Talbot; wer will ihn sprechen?

Bote. Die tugendreiche Gräfinn von Auvergne, die deinen Ruhm mit aller Sittsamkeit bewundert, läßt dich, grosser Lord, durch mich bitten, sie auf ihrem geringen Schlosse zu besuchen, damit sie sich rühmen könne, einen Mann gesehen zu haben, dessen Ehre die Welt mit lautem Beyfall erfüllt.

Burgund. Wirklich? — Nun, so seh ich wohl, unser Krieg wird auf einen friedfertigen, lustigen Spaß hinauslaufen, wenn Damen sich unsern Besuch ausbitten — Ihr könnt doch ihr höfliches Gesuch wohl nicht ausschlagen, Mylord.

Talbot. Freylich nicht; denn wenn gleich eine ganze Welt voll Mannspersonen mit aller ihrer Beredsamkeit nichts bey mir ausrichten könnte, so kann ich doch der Höflichkeit eines Frauenzimmers nicht widerstehen — Sag' ihr also, ich liesse mich sehr bedanken, und würde ihr gehorsamst aufwarten — Wollt ihr mir nicht Gesellschaft leisten, Mylords?

Bedford. Nein, gewiß nicht; das würde sich nicht schicken. Ich hab' immer gehört, ungebetne Gäste setzt man hinter die Thüre.

Talbot. Nun, wenn's denn nicht anders seyn kann, so will ich allein die höfliche Bitte dieser Dame annehmen. Hört doch, Hauptmann. (Er redet leise.) — Ihr versteht mich doch?

Hauptmann. O ja, Mylord, und ich bin eben der Meynung.   (Sie gehn ab.)

Dritter Auftritt.

Das Schloß der Gräfinn von Auvergne.

Die Gräfinn. Ihr Pförtner.

Gräfinn. Pförtner, vergiß nicht, was ich dir aufgetragen habe, und wenn du das gethan hast, so bringe mir die Schlüssel.

Pförtner. Sehr wohl, gnädige Frau.
(Geht ab.)

Gräfinn. Die Schlingen sind gelegt. Wenn alles gut geht, so werd' ich mich durch diese That so berühmt machen, wie die Scythin Tomyris durch den Tod des Cyrus. Das Gerücht von diesem furchtbaren Ritter ist sehr gros, und eben so viel Redens macht man von seinen Heldenthaten. Gern möcht' ich meine Augen zu Zeugen meiner Ohren machen, um über diese ausserordentlichen Erzählungen nach der Wahrheit zu urtheilen.   (Der Bote und Talbot kommen.)

Bote. Gnädige Frau, dem Gesuch zufolge, welchen Eure Gnaden durch mich an ihn ergehen ließ, ist Lord Talbot gekommen.

Grä-

Gräfinn. Er ist mir sehr willkommen —
Wie? ist er dieß?

Bote. Ja, gnädige Frau.

Gräfinn. (Für sich, als ob sie in Gedanken wäre)
Ist dieß die Geissel Frankreichs? ist dieß der Talbot, der auswärtig so sehr gefürchtet wird, daß
die Mütter mit seinem Namen ihre Kinder zum
Schweigen bringen? Ich sehe, das Gerücht ist
fabelhaft und falsch; ich glaubt', ich würd' einen
Herkules, einen zweyten Hektor von grimmigen
Anblick, und von ungeheuren, starken Gliedern
und Muskeln sehen. Lieber Gott! das ist ja ein
Kind, ein armseliger Zwerg; es ist nicht möglich, daß dieser schwache und eingeschrumpfte
Knirps seinen Feinden solchen Schrecken einjagen kann.

Talbot. Gnädige Gräfinn, ich bin so dreist
gewesen, Euch zu stören; aber da ich sehe, daß
Eure Gnaden nicht Zeit hat, so werd' ich Euch
ein andermal meinen Besuch abstatten.

Gräfinn. Was will er machen? — Frag'
ihn doch, ob er weggeht.

Bote. Bleibt, Mylord Talbot; denn meine

Gräfinn verlangt die Ursache zu wissen, warum Ihr so auf einmal davon geht.

Talbot. Zum Henker, weil sie nicht recht davon gewiß zu seyn scheint, so will ich gehn, und sie überzeugen, daß Talbot hier ist.

(Der Pförtner bringt die Schlüssel.)

Gräfinn. Wenn du es bist, so bist du ein Gefangner.

Talbot. Gefangner? — von wem?

Gräfinn. Von mir, blutdürstiger Lord! und in dieser Absicht lockte ich dich in mein Haus. Schon längst ist dein Schatten mein Gefangner gewesen, denn in meiner Gallerie hängt dein Bildniß; aber itzt soll das Urbild ein gleiches Schicksal haben, und ich will diese deine Arme und Beine dafür in Fesseln legen, daß du so viele Jahre herdurch mit deiner Tyranney unser Land verheert, unsre Bürger ermordet, und unsre Söhne und Männer in die Gefangenschaft geschickt hast.

Talbot. Ha, ha, ha!

Gräfinn. Lachst du, Elender? — Deine Freude soll in Wehklagen verwandelt werden.

Talbot. Ich lache darüber, daß ich sehe, wie

Ihr, meine Gräfinn, so thöricht seyd zu glauben, Ihr hättet etwas anders, als Talbot's Schatten vor Euch, um Eure Strenge an ihm auszulassen.

Gräfinn. Wie? bist denn du nicht Talbot?

Talbot. Freylich bin ich's.

Gräfinn. Nun, so hab' ich das Wesen selbst.

Talbot. Nein, nein, ich bin bloß ein Schatten von mir selbst; Ihr irrt, mein Wesen ist nicht hier; denn was Ihr seht, ist nur der kleinste Theil, und das Wenigste von dem, was einen Menschen ausmacht. Glaubt mir, gnädige Frau, wenn der ganze Talbot hier wäre, so wär' er viel zu hoch und breit, als daß Euer Haus ihn fassen könnte.

Gräfinn. Der Mensch spricht mit Fleiß lauter Räthsel; er will hier seyn, und ist doch nicht hier; wie können diese Widersprüche mit einander bestehen?

Talbot. Das will ich Euch gleich zeigen — (Er bläst sein Horn; man hört die Trommel; eine Salve von grobem Geschütz giebt das Zeichen; und es kommen Soldaten.) Was sagt Ihr nun, gnädige Frau? seyd Ihr nun überzeugt, daß Talbot bloß

der Schatten von sich selbst ist? Diese hier sind
sein Wesen, seine Sehnen, seine Waffen, und
seine Stärke, womit er eure aufrührischen Nacken
unters Joch bringt, eure Flecken schleift, eure
Städte verheert, und in einem Augenblick wüste
macht.

Gräfinn. Siegreicher Talbot! vergieb mir mein
Vergehen; ich seh, du bist so groß, wie das Gerücht dich macht, und mehr, als man aus deiner Gestalt schliessen sollte.   Laß meine Vermes-
senheit deinen Zorn nicht rege machen; denn es
thut mir sehr leid, daß ich dich nicht mit derje-
nigen Ehrfurcht aufnahm, die du verdienst.

Talbot.   Seyd unbekümmert, schöne Gräfinn, und verkennt Talbot's Denkungsart nicht
eben so sehr, als Ihr die äusserliche Bildung
seines Körpers verkanntet.   Was Ihr gethan
habt, hat mich nicht beleidigt; und ich verlange
keine andre Genugthuung dafür, als bloß, daß
wir, wenn Ihr's erlaubt, Euren Wein kosten,
und sehen, was Ihr hier gutes zu leben habt;
denn beydes ist dem Appetit eines Soldaten allemal willkommen.

Gräfinn. Von Herzen gern; ich werde mir's

zur Ehre rechnen, einen so grossen Kriegshelden in meinem Hause zu bewirthen.

(Sie gehn ab.)

Vierter Auftritt.

London. Der Temple = Garten *)

Die Grafen von Sommerset, Suffolk, und Warwick; Richard Plantagenet, Vernon, und ein andrer Rechtsgelehrter.

Plantagenet. Ihr grossen Lords und Edle, was bedeutet dieß Stillschweigen? Getraut sich Niemand in einer gegründeten Sache zu antworten?

Suffolk. In dem grossen Gerichtssaal waren wir zu laut; der Garten hier ist bequemer zu unsrer Unterredung.

Plantagenet. So sagt denn kurz und gut, ob ich die Wahrheit behauptet habe, oder ob der zänkische Sommerset Recht hat?

Suffolk. In der That, ich habe mich niemals viel um das Recht bekümmert; ich konnte

___

*) The Temple ist das bekannte grosse Rechts=Collegium in London.

niemals meinen Willen darnach bequemen; be-
quemt also lieber das Recht nach meinem Willen.

Sommerset. So seyd Ihr, Mylord Warwick, Richter zwischen uns.

Warwick. Ich habe vielleicht ein wenig Einsicht, um zwischen zwey Falken Richter zu seyn,
wer von beyden am höchsten fliegt, zwischen
zwey Hunden, wer von beyden am lautsten bellt,
zwischen zwey Degenklingen, welche von beyden
den besten Stahl hat, zwischen zwey Pferden,
welches von beyden sich am besten trägt, oder
zwischen zwey Mädchen, welches von beyden den
heitersten Blick hat; aber in diesen feinen und
spitzigen Grübeleyen der Rechtsgelehrsamkeit, bin
ich wahrhaftig nicht klüger, als eine Dohle.

Plantagenet. O schweigt doch! das sind nur
lauter höfliche Umschweife!- Die Wahrheit steht
so nackend und bloß auf meiner Seite, daß auch
ein übersichtiges Auge sie sehen kann.

Sommerset. Und auf meiner Seite steht sie
so wohl gekleidet, so helle, so glänzend, und so
offenbar, daß sie selbst die Augen eines Blinden
durchschimmern muß.

Plantagenet. Weil euch denn die Zunge

gebunden ist, und ihr nicht Lust habt, den Mund aufzuthun, so sagt wenigstens mit stummen Zeichen eure Meynung. Laßt den, der ein ächt geborner Edelmann ist, und der die Ehre seiner Geburt behaupten kann, wenn er glaubt, daß ich für die Wahrheit gesprochen habe, von diesem Dornbusch eine weisse Rose mit mir pflücken.

Sommerset. Und laß denjenigen, der keine Memme und kein Schmeichler ist, sondern es wagt, die Parthey der Wahrheit zu nehmen, mit mir eine rothe Rose von diesem Dornstrauch pflücken.

Warwick. Ich bin kein Liebhaber von Farben; *) und ohne alle Farbe der niederträchtigen, kriechenden Schmeicheley, pflück' ich diese weisse Rose mit Plantagenet.

Suffolk. Ich pflücke diese rothe Rose mit dem jungen Sommerset, und sage frey heraus, daß ich glaube, das Recht sey auf seiner Seite.

Vernon. Wartet, Mylords und Eble; und pflückt nicht weiter, bis ihr ausgemacht habt, daß derjenige, auf dessen Seite die wenigsten

---

*) D. i. von Falschheit und Betrug. Johnson.

Rosen vom Strauch genommen sind; dem andern das Recht einräumen soll.

Sommerset. Ein ganz guter Vorschlag, lieber Herr Vernon. Wenn ich die wenigsten Rosen habe, so will ich in aller Stille unterzeichnen.

Plantagenet. Ich auch.

Vernon. Wegen der einleuchtenden Wahrheit der Sache pflück' ich also diese blasse und jungfräuliche Blume hier, und gebe meine Stimme auf die Seite der weissen Rose.

Sommerset. Stecht nur Euch nicht in den Finger, wenn Ihr sie abpflückt, damit Ihr nicht mit Eurem Blute die weisse Rose roth färbet, und so wider Euren Willen auf meine Seite fallet.

Vernon. Wenn ich, Mylord, für meine Ueberzeugung blute, so soll meine Ueberzeugung mich auch wieder heilen, und mich auf der Seite erhalten, auf der ich einmal bin.

Sommerset. Gut, gut, nur weiter; wer ist sonst noch da?

Rechtsgelehrter. (zu Sommerset.) Wenn mich mein Fleiß und meine Bücher nicht triegen, so war der Beweis, den Ihr führtet, nicht gültig; und darum brech' auch ich eine weisse Rose.

Plantagenet. Nun, Sommerset, wo ist nun Euer Beweis?

Sommerset. Hier in meiner Degenscheide; schon denk' ich darauf, eure weisse Rose mit einem blutigen Roth zu färben.

Plantagenet. Unterdessen sehen Eure Wangen aus, wie unsre Rosen; denn sie sind blaß vor Furcht; und bezeugen, daß die Wahrheit auf unsrer Seite ist.

Sommerset. Nein, Plantagenet, es ist nicht aus Furcht; sondern vor Zorn darüber, daß deine Wangen aus blosser Schaam erröthen, um unsern Rosen gleich zu sehen, und daß dennoch deine Zunge deinen Irrthum nicht gestehen will.

Plantagenet. Ist in deiner Rose kein Wurm, Sommerset?

Sommerset. Ist an deiner Rose kein Dorn, Plantagenet?

Plantagenet. Freylich, scharf und stechend, um sein Recht zu behaupten, indeß dein nagender Wurm an seiner Falschheit zehrt.

Sommerset. Gut; ich will schon Freunde

finden, die meine blutenden Rosen tragen sollen, und die Wahrheit dessen, was ich gesagt habe, da behaupten werden, wo der falsche Plantagenet es nicht wagt, sich sehen zu lassen.

Plantagenet. Nun, bey dieser jungfräulichen Blume in meiner Hand, ich verachte dich und deine Parthey, eigensinniger Knabe!

Suffolk. Laß deine Verachtung nicht uns treffen, Plantagenet.

Plantagenet. Das soll sie aber, stolzer Pool; ich verachte beydes ihn und dich.

Suffolk. Meinen Antheil daran werf' ich in deinen Hals zurück.

Sommerset. Laß uns gehn, lieber William de la Pool; wir erzeigen dem bürgerlichen Menschen zu viel Ehre, wenn wir uns mit ihm einlassen.

Warwick. Nun, wahrhaftig, du thust ihm Unrecht, Sommerset; sein Großvater war Lyonel Herzog von Clarence, dritter Sohn Eduards des Dritten von England; stammen wappenlose Bürger aus einer so tiefen Wurzel?

Plantagenet. Er verläßt sich auf die Freyheiten dieses Orts; *) sonst wuͤrde der Feigherzige es nicht wagen, solche Reden zu fuͤhren.

Sommerset. Beym Himmel! ich will das, was ich gesagt habe, uͤberall auf Gottes weitem Erdboden behaupten. Wurde nicht dein Vater, Richard Graf von Cambridge, unter unserm letzten Koͤnige wegen Hochverraths hingerichtet? und bist nicht du durch diesen Hochverrath vergiftet, herabgesetzt, und aller Rechte des alten Adels verlustig worden? Sein Verbrechen ruht noch immer auf dir; und so lange du nicht wieder in deine Rechte eingesetzt wirst, bist du noch immer ein gemeiner Buͤrger.

Plantagenet. Mein Vater wurde beschuldigt, aber nicht uͤberwiesen; wurde wegen Hochverraths zum Tode verurtheilt, und war doch kein Verraͤther; und das werd' ich noch ganz andern Leuten, als Sommerset ist, beweisen, so bald die Gelegenheit dazu so reif seyn wird, wie ich sie wuͤnsche. Denn Euer Anhaͤnger Pool, und Ihr selbst sollt von mir in das Buch mei-

---

*) Der Temple, als ein gottesdienstliches Gebaͤude, war eine Freystatt, ein Ort, wo keine Rache, Gewalt oder Blutvergiessen verstattet war. Johnson.

nes Gedächtnisses geschrieben werden, um euch
dereinst für diesen Vorwurf zu züchtigen. Nehmt
euch in Acht, und sagt, daß ich euch wohlmey-
nend gewarnt habe.

Sommerset. O! du wirst uns allemal zu
deinen Diensten bereit finden, und uns an dieser Farbe für deine Feinde erkennen; denn meine Freunde werden sie, dir zum Trotz, beständ-
dig tragen.

Plantagenet. Und, bey meiner Seele! die-
se blasse und zornige Rose will ich, und meine
Parthey, als ein Zeichen meines blutdürstigen
Hasses, immerfort tragen, bis sie entweder mit
mir verwelkt und ins Grab geht, oder zu der
Höhe meines erhabnen Ranges hinaufblüht.

Suffolk. Geh nur immer weiter, bis du
an deinem Ehrgeitz erstickst — Und nun, lebe
wohl bis auf Wiedersehen.

(Geht ab.)

Sommerset. Ich geh mit dir, Pool —
Leb wohl, ehrsüchtiger Richard.

(Geht ab.)

Plantagenet. Wie man mir Trotz bietet!
und das muß ich mir nun gefallen lassen!

Warwick. Dieser Vorwurf, den sie Eurem Hause machen, soll im nächsten Parlament getilgt werden, welches wegen eines Vergleichs zwischen Winchester und Glo'ster zusammenberufen ist. Und wenn du dann nicht zum Herzoge von York gemacht wirst, so will ich nicht länger Warwick heissen. Unterdeß will ich, zum Beweise meiner Freundschaft gegen dich, und dem stolzen Sommerset und William Pool zum Trotz diese Rose, als ein Wahrzeichen deiner Parthey tragen. Und hier weissag' ich: Diese heutige Gezänke im Temple-Garten, woraus diese zwo Partheyen entstanden sind, wird in dem Streite zwischen der rothen und weissen Rose, tausend Seelen das Leben kosten.

Plantagenet. Lieber Herr Vernon, ich bin Euch verbunden, daß Ihr so gut war't, eine Rose von meiner Parthey zu pflücken.

Vernon. Für Eure Parthey werd' ich sie beständig tragen.

Rechtsgelehrter. Ich auch.

Plantagenet. Ich dank' Euch, lieber Herr. Kommt, laßt uns vier mit einander essen; faß möcht' ich sagen, dieser Zank wird dereinst einmal Blut trinken.

(Sie gehn ab.)

Fünfter Auftritt.

Ein Zimmer im Tower.

Mortimer, in einem Sessel hergebracht; und Gefangenwärter.

Mortimer. Ihr guten Hüter meines schwachen, hinfälligen Alters, laßt den sterbenden Mortimer hier ausruhen — Wie einen, der eben von der Folter gezerrt ist, so schmerzen mir meine Glieder von der langen Gefangenschaft; und diese grauen Locken, die Vorboten des Todes, verkündigen das Ende Edmund Mortimer's, *) der schon so alt wie Nestor, und dessen Alter kummervoll ist. Diese Augen, gleich Lampen, deren Oel aufgebrannt ist, werden

---

*) Dieser Edmund Mortimer wurde von Richard dem zweyten, als er seinen unglücklichen Feldzug nach Irrland unternahm, zum Kronerben erklärt; deswegen liessen ihn Heinrich IV und V, so lange sie lebten, aufs sorgfältigste im Gefängniß verwahren. Theobald.

dunkel, und nahen sich ihrem Ende. Meine schwachen Schultern sind von der Bürde des Grams ganz abgemattet; und meine marklosen Arme sind wie an einem verdorrten Weinstocke, der seine saftlosen Zweige zur Erde hängen läßt. Und doch werden diese Füsse, die ohne Kraft, ganz steif, und nicht mehr im Stande sind, diesen hinfälligen Erdkloß zu tragen, von dem Wunsche, ein Grab zu erreichen, schnell beflügelt; denn ich weiß, daß ich sonst keinen Trost zu hoffen habe — Aber sage mir, Gefangenwärter, wird mein Neffe kommen.

Gefangenwärter. Ja, Mylord, Richard Plantagenet wird kommen. Wir haben nach dem Temple zu ihm geschickt, und er hat sagen lassen, daß er kommen will.

Mortimer. Genug; so wird meine Seele sich beruhigen — Der arme Richard! sein Leiden ist so groß wie die meinige! Seitdem Heinrich Monmouth die Regierung antrat, hab' ich der ich vorher groß in den Waffen war, diese langwierige Gefangenschaft erdulden müssen; und von eben der Zeit an ist Richard zurückgesetzt, aller Ehre und alles Erbrechts beraubt worden. Aber itzt wird mir der Schiedsrichter aller fehlgeschlagenen Hoffnungen, der gerechte Tod, der alles menschliche Elend schlichtet, die süsse Freyheit schenken, und mich von hier entlassen. Ich wünschte, seine Unruhen wären gleichfalls zu Ende, damit er das so wieder erhielte, was er verloren hat.

(Es kömmt Richard Plantagenet.)

Gefangenwärter. Mylord, Euer lieber Neffe ist nun da.

Mortimer. Richard Plantagenet, mein Freund? — Ist er da?

Plantagenet. Ja, mein edler Oheim, dem man so unedel begegnet, Euer Neffe, der erst jüngst so verachtete Richard, ist da.

Mortimer. Führt meine Arme, daß ich seinen Hals umfassen, und an seiner Brust meinen letzten Hauch ausathmen möge — O! sagt mirs, wenn meine Lippen seine Wangen berühren, damit ich ihm einen schwachen, liebevollen Kuß geben könne — Und nun sage mir, theurer Zweig von York's grossem Stamme, warum sagtest du, du wärest erst jüngst so verachtet?

Plantagenet. Erst lehne deinen bejahrten

Rücken

Rücken an meine Arme, und in dieser Ruhe
will ich dir meine Unruhe erzählen. Noch heute, da wir die Untersuchung einer Streitsache
vorhatten, fiel einiger Wortwechsel zwischen mir
und Sommerset vor. Er ließ dabey seiner leicht-
fertigen Zunge freyen Lauf, und warf mir den
Tod meines Vaters vor. Diese Aufmutzung
hemmte meine Rede, sonst hätt' ich ihm ein
gleiches erwiedert. Darum, mein theurer Oheim,
laß mich um meines Vaters willen, zur Ehre
eines ächten Plantagenet, und unsrer Verwandschaft wegen, die Ursache wissen, warum mein
Vater, der Graf von Cambridge, den Kopf
verlor.

Mortimer. Eben die Ursache, geliebter
Neffe, die mich ins Gefängniß brachte, und mich
seit meiner blühenden Jugend in einen beschwer-
lichen Kerker verbannt hat, um daselbst mein
Leben wegzuschmachten, war das unselige Werkzeug seines Todes.

Plantagenet. Erzähle mirs umständlicher,
was das für eine Ursache war; denn ich weiß
sie nicht, und kann sie nicht errathen.

Mortimer. Das will ich, wenn mein ab-

nehmender Athem es erlaubt, und der Tod mir
nicht näher kömmt, ehe meine Erzählung zu
Ende ist. Heinrich der Vierte, Großvater des
itzigen Königs, stürzte seinen Vetter Richard,
Eduards Sohn, den erstgebornen und rechtmäſ-
sigen Erben Königs Eduard des Dritten. Wäh-
rend seiner Regierung fand das nördliche Geschlecht der Percy's seine Anmaſsung des Throns
höchst ungerecht, und bemühte sich, mir zu dem-
selben zu verhelfen. — Der Grund, der diese
kriegerischen Lords dazu bewog, war der, daß —
wenn der junge König Richard entfernt wurde,
und keinen Leibeserben hinterließ — ich durch
Geburt und Verwandschaft der nächste war.
Denn von mütterlicher Seite stamm' ich von
Lyonel, Herzog von Clarence ab, dem dritten
Sohne Königs Eduard des Dritten; da er hingegen von Johann von Gaunt herstammt, der
nur der vierte dieses heldenmäßigen Geschlechts
ist. Aber höre nur weiter. Als sie mit diesem
hohen und großen Vorhaben umgiengen, den
rechtmäßigen Erben einzusetzen, verlor ich meine
Freyheit, und sie ihr Leben. Lange hernach,
als Heinrich der Fünfte nach seinem Vater Bo-

ringbrofe zur Regierung kam, vermählte sich dein Vater, der Graf von Cambridge, der von dem berühmten Edmund Langley Herzog von York herstammte, mit meiner Schwester, die deine Mutter war, und brachte abermals, aus Mitleid mit meinem harten Schicksal eine Armee zusammen, in der Absicht, mich zu befreyen, und mir zur Krone zu verhelfen; aber auch dieser edle Graf war eben so unglücklich, als die übrigen, und ward enthauptet. Auf diese Art wurden die Mortimer's unterdrückt, die noch immer ihre rechtmäßigen Ansprüche behielten.

Plantagenet. Und von ihnen, Mylord, seyd Ihr der letzte.

Mortimer. Freylich; und du siehst, daß ich keine Leibeserben habe, und hörst an meinen matten Worten, daß ich dem Tode nahe bin. Du bist mein Erbe. Das übrige magst du nun selbst überlegen; aber sey ja in dem, was du unternimmst, behutsam.

Plantagenet. Deine ernsten Ermahnungen dringen tief in mein Herz; aber mich dünkt doch, meines Vaters Hinrichtung war nichts geringers als blutige Tyranney.

Mortimer. Schweig davon, lieber Neffe, und sey ja vorsichtig; das Haus Lankaster hat nun einmal sich gar zu fest gesetzt, und ist, gleich einem Gebirge, nicht aus der Stelle zu bringen. Aber dein Oheim verläßt itzt die Welt wie Fürsten ihre Höfe verlassen, wenn sie ihres beständigen Aufenthalts an Einem Orte müde sind.

Plantagenet. O! theurer Oheim, könnt' ich doch mit einem Theil meiner jungen Jahre die Vergänglichkeit deines Alters abkaufen!

Mortimer. Da würdest du mich eben so sehr quälen, wie Mörder thun, die viele Wunden machen, da sie schon mit Einer tödten könnten. Klage nicht weiter über mich, als in so fern dein Kummer mir wohlthun kann; mache nur Anstalt zu meinem Leichbegängniß; und nun lebe wohl; und glücklich müssen alle deine Hoffnungen, und erwünscht dein Leben im Krieg und Frieden seyn!

(Er stirbt.)

Plantagenet. Und Friede, kein Krieg, sey mit deiner abscheidenden Seele! Im Gefäng-niß hast du deine Wahlfahrt vollendet, und

gleich einem Einsiedler dich selbst überlebt —
Wohlan; ich will seinen guten Rath in meiner
Brust verschliessen, und meine Entwürfe noch
ruhen lassen — Gefangenwärter, bringt ihn
hinweg; ich will gleich hingehen, und sein Be-
gräbniß besser zu machen suchen, als sein Leben
war — Hier stirbt die verlöschende Fackel Mortimer's von der Ehrsucht der Geringern erstickt!
Und was jenes Unrecht, jene bittere Schmach
betrift, die Sommerset meinem Hause angethan
hat, so hoff' ich ganz gewiß, sie auf die ehren-
vollste Art zu rächen. Ich eile deswegen ins
Parlement, um entweder in die Rechte meines
Hauses wieder eingesetzt zu werden, oder das
Böse, das mir widerfährt, zum Vortheil meiner guten Sache zu nützen.

(Er geht ab.)

Dritter Aufzug.

Erster Auftritt.

(Das Parlament.)

Trompetenstoß. König Heinrich, Exeter,
Gloucester, Winchester, Warwick, Som-
merset, Suffolk, und Richard Plantagenet.
Gloucester will eine Bill übergeben;
Winchester erhascht und zer-
reißt sie.

Winchester. Kömmst du mit tief, ihn, wohl
aus durchdachten Zeilen, mit Aufsätzen, die mit
Fleiß und Kunst gemacht sind, Humphrey, dran,
Gloucester? Kannst du mich anklagen, oder
denkst du mir überhaupt irgend etwas zur Last
zu legen, so thu es, ohne darauf lange gesonnen
zu haben, aus dem Stegreif; und auf eben
diese Art werd' ich deine Vorwürfe beantworten.

Gloucester. Unverschämter Priester! dieser
Ort befiehlt mir, gelassen zu seyn, sonst solltest
du's erfahren, daß du meine Ehre angegriffen

haß. Denke nicht, wenn ich gleich schriftlich die Erzählung deiner niedrigen, beleidigenden Verbrechen aufgesetzt habe, daß sie deßwegen mühsam erdichtet sind, oder daß ich nicht im Stand wäre, den Inhalt meiner Schrift mündlich vorzutragen. Nein, Prälat, deine freche Bosheit, deine verworfnen, landverderblichen und aufrührischen Büberen sind so bekannt, daß selbst Kinder schon von deinem Uebermuth zu reden wissen. Du bist ein äusserst ungerechter Wucherer; bist von Natur zanksüchtig, und ein Feind des Friedens; bist üppiger und wollüstiger, als es sich für einen Mann von deinem Amt und Stande schickt; und was ist offenbarer als deine Verrätheren? Hast du nicht meinem Leben sowohl auf der Londoner Brücke als im Tower eine Falle gelegt? Ueberdaß fürcht' ich, wenn deine Gesinnungen ans Licht gebracht würden, daß selbst der König, dein Herr, von der neidischen Bosheit deines ehrsüchtigen Herzens nicht ganz verschont geblieben ist.

Winchester. Gloster, ich biete dir Troß — vergönnt mir, ihr Lords, daß ich meine Antwort gegen ihn vorbringe. Wär' ich so hab-

sichtig, so boshaft, so ehrsüchtig, wie er mich
beschreibt; wie bin ich denn so arm? Oder wie
kömmt es, daß ich mich nicht weiter in die
Höhe zu bringen suche; sondern mit meinem
bisherigen Berufe zufrieden bin? Und was die
Zwietracht betrift, wer liebt den Frieden so sehr,
als ich, so lang' ich nicht gereitzt werde? Nein,
meine werthen Lords, das ist es nicht, was den
Herzog beleidigt, was ihn gegen mich aufgebracht hat. Die wahre Ursach ist, weil Niemand herrschen soll, als er; weil Niemand,
als er, um den König seyn soll; und das gebiert
den Donner in seiner Brust, und bringt ihn
dazu, diese Anklagen hervorzubrüllen. Aber, er
muß wissen, daß ich eben so gut bin - -

Gloucester Eben so gut? — Du, Bastard
meines Großvaters!

Winchester. Nun ja, mein Herr Lord;
was seyd Ihr denn anders, als einer, der auf
eines andern Thron herrscht?

Gloucester. Bin ich nicht Protektor, unverschämter Pfaff?

Winchester. Und bin ich nicht ein Prälat
der Kirche?

Gloucester. Freylich! Gerade so, wie ein Straßenräuber von einem Schlosse Besitz nimmt, und es braucht, seine Diebereyen zu schützen.

Winchester. Unehrerbietiger Glö'ster!

Gloucester. Für dein geistliches Amt hab' ich alle mögliche Ehrerbietung, aber nicht für deinen Wandel.

Winchester. Rom soll mir Recht verschaffen.

Warwick. So lauf nach Rom! *)

Sommerset. Mylord, Eure Pflicht wäre, ihm zu schonen.

Warwick. Ja, seht Ihr nur zu, daß der Bischof nicht den Kürzern zieht.

Sommerset. Mich dünkt, Mylord sollte Achtung für die Religion haben, und wissen, was den Lehrern derselben zukömmt.

Warwick. Mich dünkt, Mylord sollte demüthiger seyn; es schickt sich nicht für einen Prälaten, sich in diesem Tone zu verantworten.

---

*) Im Englischen: *Roam to Rome.* Das Wort *roam,* welches so viel als herumstreifen bedeutet, pflegt man aus der gemeinen Sprache der Landstreicher herzuleiten, die oft eine Pilgerschaft nach Rom vorgaben. Jahnson.

Sommerset. O ja, wenn man seinen heiligen Stand so nahe angreift.

Warwick. Seinen heiligen oder unheiligen Stand; was macht das? — Ist nicht der Herzog Protektor des Königs?

Richard. Plantagenet, seh ich wohl, muß hier den Mund halten, damit es nicht heiße: „Sprich, guter Freund, wenn an dir die Reihe „ist? Willst du mit deinem dreisten Geschwätz „die Lords unterbrechen?" — Sonst möcht ich dem Winchester wohl eins versetzen.

K. Heinrich. Meine beyden Oheime, Glo'ster und Winchester, ihr vornehmsten Wächter des Englischen Staats, gern möcht' ich dahin bringen, wenn sichs durch Bitten dahin bringen läßt, eure Herzen in Liebe und Freundschaft mit einander zu vereinigen. O! welch ein Aergerniß giebt es unsrer Krone, daß zwey solche edle Pairs, wie ihr, mit einander uneins sind! Glaubt mir, ihr Lords, meine ersten Jugendjahre können es schon bezeugen, daß bürgerliche Zwietracht ein giftiger Wurm ist, der an den Eingeweiden des gemeinen Wesens nagt. — (Man hört hinter der

Scene ein Geschrey: „Nieder mit den Braun-
röcken!„) — Was ist das für ein Lärmen?

Warwick. Ganz gewiß ein Aufruhr, der
boshafter Weise von des Bischoffs Leuten erregt
ist! (Man schreyt abermals: „Steine! Steine!)

Der Lord Mayor von London, mit
Gefolge.

Mayor. O! Mein edler König Heinrich,
und ihr, meine theuren Lords, erbarmt euch der
Stadt London, erbarmt euch unser! — Des Bischoffs und des Herzogs von Glo'ster Leute, denen
es erst neulich verboten ist, Gewehr zu tragen,
haben ihre Taschen mit Kieselsteinen angefüllt,
haben sich in zwey Banden zusammengerottet,
und werfen einander so herzhaft an die Köpfe,
daß vielen schon ihr schwindlichtes Gehirn ausge-
schlagen ist. Unsre Fenster sind auf allen Stras-
sen eingeschmissen, und wir sind genöthigt, aus
Furcht unsre Läden zu verschliessen.
(Es kommen einige Leute im Handgemenge
herein, mit blutigen Köpfen.)

K. Heinrich. Wir befehlen euch bey der uns
gebührenden Treue, mit euren mörd'rischen Hän-

ken inne zu halten, und ruhig zu seyn — Lieber Oheim Glo'ster, stillt doch diesen Lärmen.

1. Bedienter. Ha! Wenn man's uns verbietet, mit Steinen zu werfen, so brauchen wir unsre Zähne!

2. Bedienter. Macht, was ihr wollt; wir haben eben so viel Herz, als ihr.

(Ein neues Handgemenge.)

Gloucester. Ihr Leute aus meinem Hause, hört auf mit diesem wunderlichen Gezänke, und macht diesem nie erhörten Gefecht ein Ende.

3. Bedienter. Mylord, wir wissen, daß Ihr ein gerechter und billiger Mann seyd, und in Betracht Eurer königlichen Geburt keinem nachsteht, als dem Könige; und ehe wirs zugeben wollen, daß solch ein Prinz, solch ein liebreicher Vater des gemeinen Wesens, von einem Dintenlecker entehrt werden sollte, eher wollen wir, und unsre Weiber und Kinder alle fechten, und uns von den Feinden niedermetzeln lassen.

1. Bedienter. Freylich; und selbst der Abfall unsrer Nägel soll ein Lager aufschlagen, *) wenn wir todt sind.   (Sie fangen wieder an.)

---

*) Ich finde diese Redensart nirgends erläutert.

Gloucester. Haltet ein, sag' ich! — Und wenn ihr mich so lieb habt, wie ihr sagt, so laßt mich euch bewegen, eine Weile inne zu halten.

K. Heinrich. O! wie geht mir diese Zwietracht durch die Seele! Könnt Ihr, Mylord von Winchester, meine Seufzer und Thränen sehen, und Euch nicht rühren lassen? Wer soll denn mitleidig seyn, wenn Ihr's nicht seyd? Oder wer sollte die Eintracht lieben, wenn heilige Kirchendiener ihre Luft am Gezänke haben?

Warwick. Mylord Protektor, gebt nach — gebt nach; Winchester, wenn ihr nicht Willens seyd durch hartnäckige Weigerung unsern König zu morden, und das Reich zu zerstören. Ihr seht, was für Unglück, was für Todtschlag sogar durch eure Feindschaft angerichtet ist; seyd also ruhig, wenn ihr nicht nach Blute dürstet.

Winchester. Er soll sich unterwerfen, oder ich werde nimmermehr nachgeben.

Gloucester. Mitleid mit dem Könige bewegt

***

Sind vielleicht *the parings of our nails*, das, was wir von unsern Nägeln wegschneiden, so viel, als die niedrigsten, verworfensten Leute, die wir so wenig achten, wie jenen Abfall unsrer Nägel?

mich, nachzulassen; sonst wollt' ich dem Pfaffen eher sein Herz aus dem Leibe reissen, eh er jemals dergleichen über mich erhalten sollte.

Warwick. Seht, Mylord von Winchester, der Herzog hat die feindselige, zänkische Wuth aus seinem Herzen verbannt, wie seine, besänftigte Miene zeigt; warum seht denn Ihr noch immer so finster und zornig aus?

Gloucester. Hier, Winchester, biet' ich dir die meine Hand.

K. Heinrich. Pfui, Oheim Beaufort! ich hab' Euch predigen gehört, daß Bosheit eine grosse und schwere Sünde sey; und wollt ihr denn das nicht ausüben, was Ihr lehrt, sondern selbst so gröblich diese Sünde begehen?

Warwick. Mein theurer König, der Bischof fühlt schon Reue — Schämt euch, Mylord von Winchester, und gebt nach; wie? Soll denn ein Kind euch lehren, was Ihr thun sollt?

Winchester. Wohlan denn, Herzog von Gloucester, ich will dir nachgeben; da hast du Hand für Hand, und Liebe für Liebe.

Gloucester. Gut; aber ich fürchte nur, aus einem leeren Herzen — Seht hier, meine Freunde

und geliebten Landsleute, dieß Zeichen dient zum
Unterpfande des Vertrags zwischen uns und allen
unsern Anhängern. So wahr mir Gott helfen
soll, ich heuchle nicht!

Winchester. (beyseite) So wahr mir Gott
helfen soll, ich meyn es nicht so!

K. Heinrich. O! mein lieber Oheim, mein
theurer Herzog von Glo'ster, wie froh bin ich
über diesen Vergleich! — Fort, ihr Leute, be-
unruhigt uns nicht weiter, sondern vertragt Euch
so freundschaftlich, wie eure Herren gethan haben.

1. Bedienter. Meinetwegen — Ich geh zum
Wundarzt.

2. Bedienter. Ich auch.

3. Bedienter. Und ich will sehn, was die
Bierschenke mir für Arzney geben wird.

(Sie gehn ab.)

Warwick. Geruht, diese Schrift anzuneh-
men, mein gnädigster König, die ich zur Recht-
fertigung Richards Plantagenet Eurer Majestät
überreiche.

Gloucester. Das ist brav, Mylord von Warwick; denn, mein theurer König, wenn ihr te
den Umstand wohl erwägt, so habt Ihr große

Ursache, Richarden Recht widerfahren zu lassen; besonders aus denen Ursachen, die ich Eurer Majestät zu Eltham — Place sagte.

K. Heinrich. Und das waren dringende Ursachen, mein lieber Oheim. Daher, ihr theuren Lords, ist es unser Wille, daß Richard in alle Rechte seines Hauses wieder eingesetzt werde.

Warwick. Wenn Richard in die Rechte seines Hauses wieder eingesetzt wird, so werden die Kränkungen, die sein Vater erlitten hat, wieder vergütet.

Winchester. Was die übrigen wollen, das will auch Winchester.

K. Heinrich. Wenn Richard mir getreu seyn will, so werd' ich ihm nicht das allein, sondern das ganze Erbtheil geben, das dem Hause York gehört, von welchem Ihr abstammt.

Richard. Dein unterthäniger Knecht gelobt dir Gehorsam und treue Dienste bis an den Tod.

K. Heinrich. So bücke dich denn, und setze dein Knie gegen meinen Fuß. Zur Belohnung deiner mir gelobten Treue umgürt' ich dich mit

dem

dem tapfern Schwerte York's; steh auf, Richard,
als ein ächter Plantagenet, steh als ernannter
fürstlicher Herzog von York wieder auf.

Richard. Und so sey Richard glücklich, wie
deine Feinde fallen müssen; und so wie meine
Treue gegen dich belohnt wird, so müssen die
umkommen, die einen einzigen Gedanken wider
Eure Majestät im Sinne haben!

Alle. Willkommen, erhabner Prinz, mächtiger Herzog von York!

Sommerset. (beyseite) Stirb, niederträchtiger Prinz, unedler Herzog von York!

Gloucester. Itzt wird es das Beste für Eure
Majestät seyn, über die See zu gehen, und sich
in Frankreich krönen zu lassen. Die Gegenwart
eines Königs erzeugt Liebe bey seinen Unterthanen
und ihm ergebnen Freunden, und benimmt seinen Feinden den Muth.

K. Heinrich. So bald Glo'ster dazu räth,
geht König Heinrich; denn freundschaftlicher
Rath bewahrt vor vielen Feinden.

Gloucester. Eure Schiffe liegen schon bereit.

(Alle, ausser Exeter, gehn ab.)

T

Exeter. Ja, ja, wir koͤnnen immer nach England oder nach Frankreich ziehen, ohne darauf zu denken, was wahrscheinlich daraus entstehen wird. Diese letzte Uneinigkeit, die unter den Pairs entstanden ist, glimmt unter der falschen Asche verstellter Freundschaft, und wird zuletzt in eine lodernde Flamme ausbrechen. Wie eiternde Glieder erst nach und nach verfaulen, bis Knochen, und Fleisch, und Sehnen abfallen; eben so wird diese niedrige und neidische Zwietracht allmaͤhlig ausbrechen. Itzt fuͤrcht' ich jene ungluͤckliche Prophezeyung, die zur Zeit Heinrichs des Fuͤnften im Munde jedes Saͤuglings war, daß Heinrich, zu Monmouth geboren, alles gewinnen, und Heinrich, zu Windsor geboren, alles verlieren sollte. Dieß ist itzt so wahrscheinlich, daß Exeter wuͤnscht, sein Leben zu beschliessen, ehe die ungluͤckvolle Zeit erscheint.

(Er geht ab.)

Zweyter Auftritt.

Rouen in Frankreich.

Das Mädchen von Orleans, verkleidet; und
Soldaten, wie Bauren, mit Säcken
auf dem Rücken.

Mädchen. Hier sind die Stadtthore, die
Thore von Rouen, durch die wir uns durch
Kriegslist Eingang verschaffen müssen. Nehmt
euch wohl in Acht, was ihr redet; sprecht wie
die gemeinen Bauren vom Dorfe, die zur Stadt
kommen, um ihr Korn zu Gelde zu machen.
Wenn wir, wie ich hoffe, hineingelassen werden,
und finden, daß die Wache nur schwach besetzt
ist, so will ich meinen Freunden schon durch ein
Zeichen zu verstehen geben, daß Karl der Dauphin es mit ihnen aufnehmen kann.

1. Soldat. Unsre Säcke sollen uns dabey
gute Dienste thun *); wir wollen uns dadurch
zu Meistern von Rouen machen. Laßt uns an-
pochen.   (Er pocht ans Thor.)
Wache.   Qui va là?

---

*) Our *sacks* shall be a means to *sack* the city.

Mädchen. Paisans, pauvres gens de France, arme Bauersleute, die ihr Korn verkaufen wollen.

Wache. Geht nur hinein; die Glocke zur Marktzeit ist schon geläutet.

Mädchen. Jezt will ich, Rouen, deine Bollwerke bis auf den Grund erschüttern.

(Sie gehn ab.)

Der Dauphin, Bastard, und Alenson.

Dauphin. St. Dionys segne diese glückliche Kriegslist! Nun wollen wir einmal wieder sicher in Rouen schlafen.

Bastard. Hier gieng das Mädchen und ihre Gehülfen hinein; izt, da sie dort ist, wie wird sie uns anzeigen, wo der beste und sicherste Weg in die Stadt ist?

Reignier. Sie wird von jenem Thurme dort uns eine Fackel zeigen; so bald wir die sehen, ist ihre Meynung, daß kein Eingang so schwach besezt ist, wie der, durch den sie gegangen ist.

(Das Mädchen von Orleans zeigt sich auf einem Festungswerke, und steckt eine brennende Fackel heraus.)

Mädchen. Seht, dieß ist die glückliche Hochzeitsfackel, die Rouen mit seinen Landsleuten verbindet, aber den Talbotiten zu ihrem Verderben leuchtet.

Bastard. Sieh, edler Karl, das Wahrzeichen unsrer Freundinn; die brennende Fackel ist dort auf jenem Thurm.

Dauphin. Sie scheine itzt wie ein Komet zur Rache, eine Verkündigerinn des Falls aller unsrer Feinde!

Reignier. Versäumt keine Zeit; Aufschub ist allemal gefährlich; geht sogleich hinein, und ruft: der Dauphin! und dann macht die Wache nieder.

(Ein Lärmen; Talbot thut einen Ausfall.)

Talbot. Frankreich, du sollst diese Verrätherey mit Thränen bereuen, wenn nur Talbot deine Verrätherey überlebt. Die Pucelle, die Hexe, die verdammte Zauberinn, hat unvermuthet dieß höllische Unheil angerichtet, daß wir mit genauer Noth der Uebermacht Frankreichs entgangen sind.

(Er geht ab.)

Ein Lärmen; Ausfälle. Bedford wird krank in einem Seſſel herbeygebracht, begleitet von Talbot und Burgund, auſſer der Stadt. Drinnen ſind Johanna von Orleans, der
Dauphin, der Baſtard, und Alenſon,
auf den Mauren.

Mädchen. Guten Morgen, ihr wackern Herren, braucht ihr Brodtkorn? Ich denke, der Herzog von Burgund wird lieber faſten, als noch einmal ſolch einen Kauf thun. Es war voller Treſpen; ſchmeckts euch?

Burgund. Spotte nur weiter, du niederträchtige Hexe, und unverſchämte Buhlerinn! Ich hoffe noch im kurzen dich mit deinem eignen Korn zu würgen, und zu machen, daß du die Erndte davon verwünſchen ſollſt.

Dauphin. Eure Gnaden wird vielleicht eher verhungern, als das geſchehen wird.

Bedford. O! laßt keine Worte, ſondern Thaten, dieſe Verrätherey rächen!

Mädchen. Was wollt Ihr machen, mein guter Graubart? eine Lanze brechen, und in einem Lehnſeſſel ſpornſtreichs zum Tode rennen?

Talbot. Häßlicher Französischer Teufel, abscheuliche Hexe, mit deinen wollüstigen Buhlern umringt! Mußt du dich unterstehen, über sein ruhmvolles Alter zu spotten, und einem Manne, der schon halb todt ist, Feigheit vorzuwerfen? Mamsellchen, ich werde noch Eins mit Euch wagen, oder ich will mit meiner Schande sterben.

Mädchen. Seyd Ihr so hitzig? — Doch, schweig, Mädchen; wenn Talbot nur donnert, so wird bald Regen kommen — (Talbot und die übrigen halten flüsternd einen Rath) Gott segne das Parlament da! Wer soll Sprecher darin seyn?

Talbot. Untersteht Euch einmal, heraus zu kommen, und im Felde mit uns zu kämpfen!

Mädchen. Vermuthlich hält Eure Gnaden uns für solche Narren, daß wir erst ausmachen wollen, ob unser Eigenthum uns gehört, oder nicht.

Talbot. Ich spreche nicht mit jener schimpfenden Hekate, sondern mit dir, Alenson, und den übrigen. Wollt ihr, als brave Soldaten, kommen, und es mit dem Degen ausmachen?

Alenson. Signor, nò.

Talbot. Signor, geht an den Galgen! —

Die niederträchtigen Mauleseltreiber aus Frankreich! Wie bäurische Taglöhner stehn sie da auf den Mauren, und haben nicht das Herz, wie Edelleute, die Waffen zu ergreifen.

Mädchen. Fort, ihr Herren, laßt uns von den Wällen weggehen; denn Talbot macht uns lauter unfreundliche Gesichter — Gott sey mit Euch, Mylord; wir kamen nur, um Euch zu sagen, mein Herr, daß wir hier sind.

(Sie gehn von den Mauren weg.)

Talbot. Und dort wollen wir in kurzem auch seyn, oder Talbots grössester Ruhm werde Schimpf und Vorwurf! — Gelobe mir, Burgund, bey der Ehre deines Hauses, die Frankreich dir durch öffentliche Beleidigungen gekränkt hat, daß du entweder die Stadt wieder erobern, oder sterben willst. Und ich schwöre, so gewiß, als König Heinrich von England lebt, und als sein Vater hier Sieger war, so gewiß als in dieser itzt eben verrathenen Stadt des grossen Coeur de Lion's Herz begraben ward, so gewiß schwör' ich, diese Stadt wieder zu erobern, oder zu sterben!

Burgund. Mein Gelübde ist wie das deinige.

Talbot. Aber ehe wir gehen, sorgt für die

fen sterbenden Prinzen, den tapfern Herzog von Bedford — Kommt, Mylord, wir wollen Euch an einen bessern Ort bringen, der sich mehr für Krankheit und kraftloses Alter schickt.

Bedford. Lord Talbot, entehre mich nicht so; hier will ich sitzen, vor den Mauren von Rouen, und Zeuge eures Glücks oder Unglücks seyn.‘

Burgund. Muthvoller Bedford, laßt Euch von uns bereden.

Bedford. Nicht, hier wegzugehen; denn ich hab’ einmal gelesen, daß der tapfre Pendragon *) sich in seinem Tragsessel, krank, ins Feld bringen ließ, und seine Feinde besiegte. Mich dünkt, ich werde die Herzen der Soldaten beleben, weil ich allemal fand, daß sie so waren, wie ich.

Talbot. Unerschrockner Geist in einer sterbenden Brust! — Es mag also seyn. Der Himmel erhalte den alten Bedford! — Und nun ist nichts weiter zu thun, tapfrer Herzog von Burgund,

*) Uther Pendragon, Bruder des Aurelius, und Vater des Königs Arthur — Shakespeare schreibt diesem Helden indeß etwas zu, was Holinshead vom Aurelius erzählt, Hist. of Scotland, p. 99 — Steevens.

als daß wir unsre Soldaten auf der Stelle
zusammen bringen, und unsern prahlenden
Feind angreifen.

(Burgund, Talbot, und die Soldaten
gehn ab.)

Feldgeschrey. Ausfälle. Sir John Fastolfe,
und ein Hauptmann.

Hauptmann. Wohin so eilig, Sir John
Fastolfe?

Fastolfe. Wohin? — Mich durch die Flucht
zu retten — Wir werden vermuthlich von neuen
überwunden werden.

Hauptmann. Wie? wollt Ihr fliehen, und
Lord Talbot verlassen?

Fastolfe. Ja freylich, alle Talbots in der
Welt, um mein Leben zu retten.
(Geht ab.)

Hauptmann. Feiger Ritter! das Unglück
begleite dich!   (Geht ab.)

Flucht. Ausfälle. Das Mädchen von Orleans, Alenson, und der Dauphin,
fliehen.

Bedford. Nun fahr hin in Frieden, meine

Seele, wenns dem Himmel gefällt; denn ich habe den Fall unsrer Feinde gesehen. Was ist die Zuversicht oder die Stärke des thörichten Menschen? Thoren? Sie, die eben erst mit ihren Spottreden so trotzig waren, sind nun froh, sich durch die Flucht zu retten!

(Er stirbt, und wird in einem Sessel weggetragen.)

Feldgeschrey. Talbot, Burgund, und die übrigen.

Talbot. In Einem Tage verloren und wieder erobert! — Das ist doppelte Ehre, Burgund; doch dem Himmel gebührt der Ruhm für diesen Sieg!

Burgund. Kriegrischer und heldenmüthiger Talbot, Burgund verschließt dein Andenken in sein Herz, und errichtet da deine edeln Thaten, als Denkmäler der Tapferkeit.

Talbot. Ich danke dir, mein theurer Herzog. Aber wo ist nun das Mädchen von Orleans? Ich glaube, ihr alter Zaubergeist ist eingeschlafen. Wo ist nun der Trotz des Bastards, und der Hohn des Dauphin? Wie? ist alles todt? — Rouen hängt den Kopf vor Betrübniß, daß solch eine tapfre Gesellschaft entzogen ist. Itzt wollen wir doch in der Stadt einige Verfügungen treffen, etliche erfahrne Leute darin zur Aufsicht lassen, und dann nach Paris zum Könige gehn; denn dort befindet sich der junge Heinrich mit seinen Edeln.

Burgund. Was Lord Talbot will, daß läßt Burgund sich gern gefallen.

Talbot. Doch, ehe wir gehn, laßt uns den edeln Herzog von Bedford nicht vergessen, der eben erst gestorben ist, sondern ihn vorher zu Rouen feyerlich zur Erde bestatten. Nie hat ein herzhafterer Soldat die Lanze getragen; nie galt ein grösserer Menschenfreund etwas am Hofe. Aber Könige und mächtige Potentaten müssen sterben; denn das ist das Ende des menschlichen Elendes.

(Sie gehn ab.)

Dritter Auftritt.

Eben daselbst.   Die Ebene nahe bey der Stadt.

**Der Dauphin, Bastard, Alenson, und das
Mädchen von Orleans.**

Mädchen. Seyd nicht niedergeschlagen über
diesen Zufall, ihr Prinzen, noch traurig darüber, daß Rouen euch wieder entrissen ist. Mit
Sorgen richtet man nichts aus, sondern macht
die Dinge vielmehr ärger, die doch nicht zu ändern stehen. Laßt den wahnwitzigen Talbot eine Zeitlang triumphiren, und, gleich einem
Pfau, seinen Schweif ausbreiten; wir wollen
ihm die Federn ausrupfen, und seinen Schweif
wegnehmen, wenn der Dauphin und die übrigen sich nur wollen rathen lassen.

Dauphin. Wir haben uns bisher deiner
Führung überlassen, und kein Mißtrauen in deine Klugheit gesetzt; wegen Eines unerwarteten
Fehlschlags werden wir nicht mißtrauisch gegen
dich werden.

Bastard. Biet' allen deinen Witz zu einem
heimlichen Anschlage auf, so sollt du dafür
durch die ganze Welt berühmt werden,

Alenson. Wir wollen deine Bildsäule an irgend einem geweihten Ort aufstellen, und dich wie eine Heilige verehren. Bemühe dich also, liebenswürdiges Mädchen, zu unserm Besten.

Mädchen. So thue man denn dieß; dieß ist mein Anschlag: Wir wollen durch scheinbare Ueberredungen und süsse Worte den Herzog von Burgund anzulocken suchen, daß er Talbot verlasse, und sich zu uns schlage.

Dauphin. Ja wirklich, liebes Mädchen, wenn wir das könnten, so würden Heinrichs Soldaten nicht lange in Frankreich bleiben; so würde diese Nation sich nicht so über uns erheben, sondern bald aus unserm Lande vertilgt werden.

Alenson. Dann würden sie auf ewig aus Frankreich verbannt, und behielten hier nicht einmal eine Grafschaft im Besitz.

Mädchen. Ihr sollt schon sehen, was ich für Mittel brauchen werde, diese Sache zum erwünschten Ende zu bringen. (Man hört eine Trommel in der Ferne.) Hört! an dem Schall der Trommel könnt Ihr abnehmen, daß sie nach Paris zu marschiren. (Ein englischer Marsch.)

Dort geht Talbot mit seinen ausgespreiteten
Fahnen, und alle Englischen Völker hinter ihm
drein.   (Ein Französischer Marsch.)   Itzt, im
Hintertrab, kömmt der Herzog und seine Leute;
das Glück ist uns günstig, und macht, daß er
hinterher zieht.   Blast zur Unterhandlung; wir
wollen mit ihm reden.

(Trompeten.   Es kömmt der Herzog von
Burgund, auf dem Marsch.)

Dauphin. Eine Unterredung mit dem Herzog von Burgund!

Burgund. Wer verlangt eine Unterredung
mit mir?

Mädchen. Der Französische Prinz Karl,
dein Landsmann.

Burgund. Was willst du, Karl? Ich bin
eben im Abmarsch begriffen.

Dauphin. Rede, Mädchen, und bezaubre
ihn mit deinen Worten.

Mädchen. Tapfrer Burgund, ungezweifel-
te Hoffnung Frankreichs, verweile, und laß deine unterthänige Magd mit dir reden.

Burgund. Rede; aber mach es nicht zu
lange.

Mädchen. Sieh auf dein Land, sieh auf das fruchtbare Frankreich, und sieh, wie die Städte und Flecken so ganz entstellt sind durch die tobende Verheerung des grausamen Feindes! Wie die Mutter auf ihren geliebten Säugling hinabblickt, wenn der Tod seine zarten Augen schließt, so blicke du auf die schmachtende Krankheit Frankreichs. Sieh die Wunden, die höchst unnatürlichen Wunden, welche du selbst seiner jammervollen Brust gegeben hast. O! laß dein schneidendes Schwert einen andern Weg nehmen; schlage die damit, die Schaden thun, und thu nicht denen Schaden, die Hülfe leisten. Ein einziger Blutstropfe, den du der Brust deines Landes abziehst, sollte dich mehr kränken, als ganze Ströme ausländischen Bluts. Komm also zurück mit einer Fluth von Thränen, und wasche die entehrenden Flecken deines Vaterlandes hinweg.

Burgund. Entweder hat sie mich mit ihren Worten bezaubert, oder die Natur bringt mich auf einmal zur Reue.

Mädchen. Ueberdieß schreyen alle Franzosen über dich, und ziehn deine Geburt und recht-

mäßi-

mäßige Abkunft in Zweifel. Mit wem verei-
nigst du dich, als mit einer gebietrischen Nation,
die bloß ihres Vortheils wegen dir zugethan ist?
Wenn Talbot einmal in Frankreich festen Fuß
gefaßt, und dich zum Werkzeuge des Bösen gebraucht hat, wer wird dann sonst König seyn,
als der englische Heinrich? und dich wird man
wie einen Flüchtling, hinaus stoßen! — Laß
uns nur bloß an den Umstand zurück denken:
War nicht der Herzog von Orleans dein Feind?
und war er nicht in England gefangen? Aber
so bald man hörte, er sey dein Feind, ließ man
ihn ohne alles Lösegeld frey, Burgund und allen seinen Freunden zum Trotz. Sieh also, du
fichtst gegen deine eignen Landsleute, und ver-
einigst dich mit denen, die deine Mörder seyn
werden. Komm, komm, kehre wieder; kehre
wieder, du herumirrender Herzog; Karl und
die übrigen werden dich mit offnen Armen
aufnehmen.

Burgund. Ich bin besiegt. Diese ihre
nachdrücklichen Reden haben mich, wie brüllende
Kanonenschüsse, zermalmt, und fast möcht' ich
auf meinen Knien um Vergebung bitten. Ver-

gebt mir, Vaterland, und theure Landsleute!
Und ihr, meine Prinzen, nehmt diese herzliche,
liebreiche Umarmung von mir. Meine Macht
und mein Heer sind die eurigen — Leb also
wohl, Talbot; ich will dir nicht länger treu
seyn.

Mädchen. Das heißt wie ein Franzos gehandelt! sich umändern und abermals umändern! *)

Dauphin. Willkommen, tapfrer Herzog!
deine Freundschaft giebt uns neues Leben.

Bastard. Und erzeigt neuen Muth in meiner Brust.

Alenson. Unsre Pucelle hat sich dabey un-

-----

*) Warburton hält dieß für ein Opfer, welches
der Dichter dem Unwillen seiner Königinn über Heinrichs IV Religionsveränderung, im J. 1593, brachte —
Johnson bemerkt dabey, der Unbestand der Franzosen sey von jeher ein Gegenstand der englischen Sa-
tire gewesen, und erinnert sich einer Abhandlung,
worinn förmlich bewiesen wird, daß die Windfahnen
auf den Kirchthürmen in England deswegen die Gestalt eines Hahns haben, um die Franzosen wegen
ihrer häufigen Veränderungen lächerlich zu machen.

vergleichlich gehalten, und verdient eine Ehren-
krone dafür.

Dauphin. Itzt laßt uns weiter gehn, ihr
Herren, unsre Macht vereinigen, und sehen, wie
wir dem Feinde eins beybringen können.

(Sie gehn ab.)

Vierter Auftritt.

Paris. Ein Zimmer im Pallaste.

K. Heinrich, Gloucester, Winchester, York,
Suffolk, Sommerset, Warwick, Exeter
u. s. f. Zu ihnen kömmt Talbot
mit seinen Soldaten.

Talbot. Mein gnädigster König, und ehrenvolle Pairs, so bald ich von Eurer Ankunft in
diesem Königreich hörte, machte ich auf eine
Weile Waffenstillstand, um meinem Könige meine Ergebenheit zu bezeugen. Zum Beweise davon legt dieser Arm, der fünfzig Festungen,
zwölf Flecken, und sieben feste Städe Euch wieder unterwürfig, und fünf hundert Leute von
Ansehn zu Gefangnen gemacht hat, dieser Arm
legt sein Schwert zu den Füssen Eurer Majestät

nieder, und mit unterthänigster Treue meines
Herzens schreib' ich den Ruhm seiner Eroberun-
gen zuvörderst meinem Gott, und nächst ihm
Eurer Majestät zu.

K. Heinrich.   Ist dieß der berühmte Lord
Talbot, Oheim Gloucester, der sich seit so lan-
ger Zeit in Frankreich aufgehalten hat?

Gloucester.   Ja, zu Eurer Majestät Befehl.

K. Heinrich.   Willkommen, tapfrer und siegreicher Feldherr! — Als ich noch jung war —
wiewohl ich auch itzt noch nicht alt bin — erinnre ich mich, daß mein Vater sagte: nie hat ein
herzhafterer Held den Degen geführt! Schon
längst war ich von Eurer Treue, von Eurer
herzlichen Ergebenheit, und von Euren Verdien-
sten im Kriege überzeugt; aber noch nie habt
Ihr Eure verdiente Belohnung dafür erhalten,
oder seyd nur mit blosser Danksagung von uns
bezahlt, weil wir bis itzt noch nie Euer Angesicht gesehn haben.   Steht also auf; und wegen
dieser grossen Verdienste ernennen wir Euch hier
zum Grafen von Shrewsbury; diesen Rang
sollt Ihr gleich bey unsrer Krönung begleiten.

(Der König, Gloucester, und Talbot, gehn ab.)

Vernon. Izt ein Wort mit Euch, Sir. Ihr wart doch auf der See so hizig, und so aufgebracht gegen die weiſſe Roſe, die ich dem edlen Herzoge von York zu Ehren trage; unter⸗ ſteht Ihr Euch, izt noch bey dem zu bleiben, was Ihr damals ſagtet?

Baſſet. Ja, Sir, eben ſo gut, als Ihr Euch unterſteht, das mißgünſtige Gebell Eurer ſchmäh⸗ ſüchtigen Zunge wider meinen Herrn, den Her⸗ zog von Lankaſter, noch immer zu behaupten.

Vernon. Guter Freund, deinen Herrn ehr' ich für das, was er iſt.

Baſſet. Nun, was iſt er denn? — allemal ſo gut, wie York.

Vernon. So? — Nein, wahrhaftig nicht! — Da habt Ihr den Beweis davon.

(Er ſchlägt ihn.)

Baſſet. Niederträchtiger, du weißt, das Geſez der Waffen verdammt den ſogleich zum Tode, der hier den Degen zieht; ſonſt ſollte dieſer Schlag dich dein beſtes Blut koſten. In⸗ deß geh ich zu ſeiner Majeſtät, um die Erlaub⸗ niß zu erhalten, dieſen Schimpf zu rächen;

U 3

und treff' ich dich dann, so sollst du's theuer entgelten.

Vernon. Gut, Verräther, ich werde eben so bald da seyn wie du; und hernach werde ich dich eher antreffen, als es dir lieb seyn wird.

(Sie gehn ab.)

Vierter Aufzug.

Erster Auftritt.

Paris.   Ein Staatszimmer.

König Heinrich, Gloucester, Winchester, York, Suffolk, Sommerset, Warwick, Talbot, Exeter, und der Statthalter von Paris.

Gloucester. Lord Bischof, setzt die Krone auf sein Haupt.

Winchester. Gott segne König Heinrich, den Sechsten dieses Namens!

Gloucester. Izt, Statthalter von Paris, legt Euren Eid ab, daß ihr keinen andern König, als ihn, erwählen, keine andere für Freun-

de erkennen wollt, als die feinigen, und keine
andre für eure Feinde, als solche, die Böses
wider ihn im Sinne haben. Dieß thut, so
wahr Euch der gerechte Gott helfen soll!

(Fastolfe kömmt.)

Fastolfe. Mein gnädigster König, als ich
von Calais hieher ritt, um eilig bey Eurer
Krönung zugegen zu seyn, ward mir ein Brief
eingehändigt, den der Herzog von Burgund an
Eure Majestät geschrieben hat.

Talbot. Schande über den Herzog von
Burgund, und über dich! Ich schwur, niederträchtiger Ritter, so bald ich dich sehen würde,
dir das Hosenband von deinem verzagten Beine
zu reissen, und das thu ich itzt, weil du ohne
alles Verdienst diesen erhabnen Orden erhieltst!—
Verzeiht mir, König Heinrich, und ihr übrigen;
in der Schlacht bey Poitiers, als ich in allen
nur sechs tausend Mann stark war, und die
Franzosen gegen uns beynahe wie zehn gegen
Eins waren, da lief diese feige Memme, gleich
einem treuden Ritter, davon, ehe wir noch an
einander geriethen, oder nur ein einziger Hieb
geschah. Wir verloren darüber bey diesem An-

U 4

grif zwölfhundert Mann; ich selbst, und verschiedne andre Edelleute, wurden überfallen und
gefangen genommen. Urtheilt also, grosse Lords, ob
ich unrecht gethan habe, oder ob solche Feigherzige dieß Ehrenzeichen der Ritterschaft tragen sollten.

Gloucester. Die Wahrheit zu gestehen, so
war diese Handlung schändlich, und schon für
einen gemeinen Mann äusserst entehrend; viel
mehr für einen Ritter, einen Hauptmann, und
Anführer.

Talbot. Als dieser Orden zuerst gestiftet
wurde, Mylords, waren die Ritter vom Hosenbande von edler Geburt, tapfer und tugendhaft,
voller edeln Herzhaftigkeit, Leute, die sich im
Kriege ein Ansehen erworben hatten, die nicht
den Tod fürchteten, nicht im Unglück verzagten,
sondern in der äussersten Gefahr immer noch
entschlossen waren. Wer also diese Eigenschaften nicht hat, der maßt sich den geweihten Namen eines Ritters mit Unrecht an, und entweiht
diesen vorzüglich ehrwürdigen Orden; und er
sollte — wenn ich's verdiente, darin Richter
zu seyn — völlig abgesetzt werden, gleich einem gemeinen Bauerkerl, der sich heraus-

nimmt auf adliches Blut einen Anſpruch zu machen.

K. Heinrich. Schandfleck deiner Landsleute! du hoͤrſt dein Urtheil; packe dich alſo, du gewe-ſener Ritter; wir verbannen dich hinfort bey Le-bensſtrafe! (Faſtolfe geht ab.) Und nun, My-lord Protektor, ſeht doch den Brief an, den un-ſer Oheim, der Herzog von Burgund, uns ge-ſchrieben hat.

Glouceſter. Was will Seine Durchlaucht damit ſagen, daß er ſeine Schreibart veraͤndert hat? Nichts weiter, als ſchlechtweg: „An den Koͤnig.„ — Hat er vergeſſen, daß dieſer Koͤnig ſein Herr iſt? oder verkuͤndigt dieſe ſeltſame Aufſchrift irgend eine Veraͤnderung in ſeiner gu-ten Geſinnung? — Was iſt das? — (Er lieſt.) „Ich habe aus beſondern Urſachen, aus Mit-„leid mit der Noth meines Vaterlandes, und „geruͤhrt durch die jammervollen Beſchwerden „derer, die von Euch unterdruͤckt werden, mich „von Eurer verderblichen Parthey losgeſagt, und „habe mich mit Karln, dem rechtmaͤßigen Koͤ-„nig von Frankreich, vereinigt.„ — O! der abſcheulichen Verraͤtherey! Iſt das moͤglich, daß man bey geschloßnen Bündnissen, Freundschaft, und eidlichen Verpflichtungen sich so falsch und betriegrisch verstellen kann?

K. Heinrich. Wie? — empört sich mein Oheim, der Herzog von Burgund?

Gloucester. Das thut er, mein König, und ist Euer Feind geworden.

K. Heinrich. Ist das das ärgste, was sein Brief enthält?

Gloucester. Es ist das ärgste, und alles, mein König, was er schreibt.

K. Heinrich. Nun gut, Lord Talbot da soll mit ihm reden, und ihn für dieß Vergehen ab-strafen. — Was sagt Ihr, Mylord, seyd Ihr zufrieden?

Talbot. Zufrieden, mein König? — O ja; wär't Ihr mir nicht zuvorgekommen, so hätt' ich selbst gebeten, dazu gebraucht zu werden.

K. Heinrich. So bringt ein starkes Heer zu-sammen, und zieht gleich wider ihn zu Felde; laßt ihn es fühlen, wie übel wir seine Verrätherey aufnehmen, und was es für eine Beleidigung ist, seine Freunde zu höhnen.

Talbot. Ich gehe, Mylord, und wünsche von Herzen, daß Ihr Eure Feinde beschämt sehen möget.   (Talbot geht ab.)

Vernon und Basset.

Vernon. Erlaubt mir einen Zweykampf, mein gnädigster König.

Basset. Und mir auch, mein König; erlaubt mir den Zweykampf auch.

York. Dieß ist mein Bedienter; hört ihn, edler Fürst.

Sommerset. Und dieß ist der meinige; theurer Heinrich, gewährt ihm seine Bitte!

K. Heinrich. Habt Geduld, ihr Lords, und laßt sie erst ausreden. — Sagt, ihr Leute, warum thut ihr diese ungestüme Foderung? und warum, oder mit wem, wollt ihr einen Zweykampf halten?

Vernon. Mit ihm, mein König; denn er hat mich beleidigt.

Basset. Ich auch mit ihm; denn er hat mich beleidigt.

K. Heinrich. Worin besteht denn die Beleidigung, worüber ihr euch beyde beschwert? —

Sagt mir das erst, und hernach will ich euch antworten.

Baſſet. Als wir von England nach Frankreich über die See fuhren, zog mich dieſer Kerl hier auf eine hämiſche, kränkende Art, mit der Roſe auf, die ich trage; und ſagte, die Blutfarbe der Blätter bedeute die erröthenden Wangen meines Herrn, als er mit hartnäckigem Eigenſinn der Wahrheit in einer gewiſſen Rechtsſache widerſprach, worüber er mit dem Herzoge von York ſtreitig war. Auſſerdem brauchte er noch mehr niedrige und ſchimpfliche Reden gegen mich. Um nun dieſe frechen Vorwürfe zu wiederlegen, und meines Herrn Ehre zu retten, bitte ich um die Erlaubniß, mich mit ihm zu ſchlagen.

Vernon. Eben das iſt auch meine Bitte, mein gnädigſter König. Denn ob er gleich mit erzwungner und falſcher Erdichtung ſeinem dreiſten Unternehmen eine Farbe zu geben ſcheint, ſo wißt doch, mein König, ich ward von ihm gereizt, und er machte ſich zuerſt über dieſes Abzeichen luſtig, indem er ſagte, die Bläſſe dieſer Blume bezeichne die Kleinmüthigkeit meines Herrn.

York. Wird denn dieſe Bosheit nie ein Ende haben, Sommerſet?

Sommerſet.   Euer Privatgroll, Mylord von York, ſcheint doch immer hervor, Ihr moͤgt ihn noch ſo liſtig verheelen wollen.

K. Heinrich.   Groſſer Gott! wie wahnwitzig handeln Leute von krankem Gehirne! wenn aus einer ſo kleinen und nichtsbedeutenden Urſache dergleichen Neid und Zwieſpalt entſteht! — Meine beyden lieben Vettern von York und Sommerſet, ich bitt' Euch, ſeyd ruhig und friedfertig.

York.   Vorher laßt dieſen Zwiſt durch den Zweykampf ausgemacht werden, und hernach ſoll Eure Majeſtaͤt Frieden gebieten.

Sommerſet.   Der Streit betrift Niemand, als uns allein; laßt uns ihn alſo ſelbſt unter einander ausmachen.

York.   Hier iſt meine Antwort *); nimm ſie an, Sommerſet.

Vernon.   Nein, laßt es lieber ſo fortgehen, wie es zuerſt anfieng.

---

*) My *pledge*, vermuthlich ein Handſchuh, den er hinwarf, zum Beweiſe, daß er die Ausfodrung annehme. So heißt *to pledge one*, einem im Trinken Beſcheid thun.

Basset. Gebt uns nur die Erlaubniß, mein gnädigster König.

Gloucester. Gebt uns nur die Erlaubniß! — Schämt euch eures Gezänkes und der frechen Reden, die ihr hier führt. Eingebildete Vasallen! entsetzt ihr euch denn nicht, mit diesem unbescheidenen, beleidigenden Antrage den König und uns zu stören und zu beunruhigen? Und ihr, Mylords, mich dünkt, ihr thut nicht wohl daran, daß ihr ihre unartigen Zänkereyen so geduldig anhört, viel weniger, daß ihr von ihrem Zanke Gelegenheit nehmt, unter euch selbst Händel anzufangen. Laßt euch von mir bedeuten, und lebt ruhig mit einander.

Exeter. Der König sieht es mit Verdruß; meine lieben Lords, seyd Freunde.

K. Heinrich. Kommt hieher, die ihr mit einander den Zweykampf verlangtet; in Zukunft gebiet' ich euch, so lieb euch meine Gnade ist, diesen Zwist und dessen Ursache völlig zu vergessen — Und ihr, Mylords, denkt daran, wo wir sind; in Frankreich, unter einem unbeständigen, wankelmüthigen Volke. So bald sie in unsern Blicken Uneinigkeit gewahr werden, und sehen,

daß wir unter einander nicht gute Freunde sind;
wie sehr wird da der Groll in ihrem Herzen zum
trotzigen Ungehorsam und zur Empörung gereizt
werden! Ueberdieß, welche Schande wird es uns
nicht bey auswärtigen Fürsten machen, wenn sie
hören, daß König Heinrichs vornehmste Edelleute
um einer Kleinigkeit, um einer nichtswürdigen
Sache willen, einander aufgerieben, und Frankreich wieder verloren haben? — O! gedenkt an
die Eroberung meines Vaters, an mein zartes
Alter; und laßt uns das nicht um eine Kleinigkeit wieder dahin geben, was mit Blut erkauft
ward! Laßt mich Schiedsrichter dieses zweifel-
haften Streites seyn. (Er steckt eine rothe Rose an.)
Ich sehe keinen Grund, wenn ich diese Rose trage, warum irgend einer deswegen vermuthen
sollte, ich sey Sommerset mehr geneigt, als York.
Beyde sind meine Vettern; und ich liebe sie beyde.
Eben so gut könnte man mich mit meiner Krone
aufziehen, weil der König der Schotten auch gekrönt ist. Aber eure eigne Klugheit wird euch
hierüber schon besser belehren, als ich dazu ver-
mögend bin; laßt uns also, wie wir im Frieden
hieher kamen, immer fortfahren, Ruhe und

Freundschaft zu erhalten. Mein Vetter York, wir ernennen Euch zu unserm Regenten in diesen Gegenden von Frankreich; und Ihr, lieber Mylord Sommerset, vereinigt eure Reuterey mit seinem Fußvolk, lebt, als treue Unterthanen, als würdige Söhne eurer Vorältern, friedlich mit einander, und laßt eure zornige Galle gegen eure Feinde aus. Wir selbst, Mylord Protektor, und die übrigen, wollen nach einiger Erholung wieder nach Calais zurück, und von da nach England. Daselbst hoff' ich, daß ich im kurzen, durch eure Siege, Karln, Alenson und die ganze verräthrische Rotte mir vorgeführt sehen werde.

(Trompeten. Sie gehn ab.)

York, Warwick, Exeter, und Vernon, bleiben.

Warwick. Mylord von York, ich versichr' Euch, der König zeigte sich, wie mich dünkt, als einen sehr guten Redner.

York. Das that er; aber das gefällt mir nun eben nicht, daß er Sommerset's Merkzeichen trägt.

Wan

Warwick. O! das war nur bloß so ein Einfall; tadelt ihn darüber nicht; ich weiß gewiß, mein lieber Prinz, er dachte nichts böses dabey.

York. Und wüßt' ich, daß er böses dabey gedacht hätte . . Aber es mag darum seyn; wir haben itzt andere Geschäfte vor.

(Sie gehn ab; Exeter bleibt.)

Exeter. Du thust wohl daran, Richard, daß du in deiner Rede abbrachst; denn, wäre die volle Empfindung deines Herzens zum Ausbruch gekommen, so hätten wir, fürcht' ich, mehr Groll und Unwillen, mehr wilde, tobende Wuth darin entdeckt, als sich bisher denken und vermuthen läßt. Indeß muß Jedermann, der diese zänkische Zwietracht des Adels, diese Art, am Hofe auf einander loszugehen, diese Aufwieglungen und Partheyen ihrer Günstlinge sieht, irgend einen bösen Erfolg daraus weissagen. Es ist schon schlimm, wenn der Scepter in der Hand eines Kindes ist; aber noch weit schlimmer, wenn der Neid lieblose Uneinigkeit hervorbringt; das ist die Quelle alles Unheils, der Anfang aller Zerrüttung!

(Er geht ab.)

X

Zweyter Auftritt.

Vor den Mauren von Bourdeaur.

Talbot, mit Trompeten und Trommeln.

Talbot. Geh vor die Thore von Bourdeaur, Trompeter, und fodre ihren General auf die Stadtmauer. (Er bläst; der General erscheint oben) Der Engländer, John Talbot, ihr Kriegsleute, fodert euch auf, ein streitbarer Diener Heinrichs, Königs von England, und dieß ist sein Antrag: Oeffnet eure Stadtthore; demüthigt euch vor uns; erkennt meinen König für den eurigen, und huldigt ihm als gehorsame Unterthanen; so will ich mich und mein blutdürstiges Heer zurückziehen. Aber, wofern ihr diesen Antrag des Friedens verwerft, so reizt ihr die Wuth meiner drey Begleiter, des abgezehrten Hungers, des modernden Stahls, und des aufsteigenden Feuers, welches in einem Augenblick eure stattlichen und die Wolken trozenden Thürme der Erde gleich machen soll, wofern ihr den Antrag unsrer Freundschaft ausschlagen wollt.

General. Du weissagende und fürchterliche Eule des Todes, du Schrecken und blutige Geiß

ſei unſers Volks! das Ende deiner Tyranney iſt
nahe. Zu uns kannſt du nicht anders herein,
als durch den Tod; denn ich verſichre dir, wir
ſind ſehr ſtark befeſtigt, und maͤchtig genug, hinaus zu ziehen, und mit dir zu fechten. Ziehſt
du dich zuruͤck, ſo ſteht der wohl geruͤſtete Dauphin mit den Schlingen des Krieges bereit, dich
zu umſtricken. Auf beyden Seiten von dir ſind
Kriegsheere gelagert, um dir eine Mauer zu ſeyn,
daß du nicht entflieheſt. Nirgends kannſt du dich
hinwenden, um deinem Ungluͤcke zu entgehen;
uͤberall begegnet dir der Tod mit augenſcheinli-
chem Untergang; uͤberall bietet dir blaſſe Zerſtoͤ-
rung die Stirne. Zehn tauſend Franzoſen haben
das Sakrament darauf genommen, ihr furchtbares Geſchuͤtz auf keinen andern in der ganzen
Chriſtenheit zu richten, als auf den Englaͤnder
Talbot. Sieh, da ſtehſt du nun, als ein noch
lebender tapfrer Mann, von unbezwinglichem,
unbeſiegtem Muthe! Dieß iſt der letzte Ruhm deiner Verdienſte, den ich, dein Feind, dir noch er-
theile. Denn ehe noch das Stundenglas, welches itzt anfaͤngt zu laufen, zu Ende ſeyn wird,
ſollen dieſe Augen, die dich itzt in lebhafter, ge-

sunder Farbe erblicken, dich verwelkt, blutig, blaß und todt sehen. (In der Ferne hört man Trommeln) Höre! höre! des Dauphins Trommel, eine warnende Sturmglocke, tönt furchtbare Musik in dein erschrocknes Herz; und die meinige soll deinen unglücklichen Tod ausläuten.

(Er geht von der Mauer ab.)

Talbot. Er fabelt nicht; ich höre den Feind. Hervor mit einigen leichten Reutern, um ihren Zug zu beobachten. O! der nachläßigen und sorglosen Kriegszucht! Wie enge wir hier eingeschlossen und umpfählt sind! Eine kleine Zucht Englischen scheuen Wildes, von einem belfernden Kuppel Französischer Hunde zusammen geschreckt! Sind wir Englisches Wild, so seyd von feurigem Blute, nicht gleich elenden, muthlosen Rehen, die ein einziger Kniff zu Boden wirft; sondern vielmehr als zornige, tolle und verzweiflungsvolle Hirsche, werft die blutgierigen Hunde mit stählernen Geweihen zu Boden, und macht, daß die Feigherzigen in der Ferne stehen bleiben, und nichts ausrichten. Jedermann verkaufe sein Leben so theuer, als ich das meinige; so wird ihnen die Jagd theuer genug zu stehen kom-

men, *) meine Freunde — Gott und St. Georg! — Talbot, und Englands gute Sache! —
segnet unsre Fahnen in diesem gefährlichen Treffen!   (Sie gehn ab.)

Dritter Auftritt.

Eine andre Gegend in Frankreich.

**Ein Bote, dem York begegnet. York, mit
Trompeten, und vielen Soldaten.**

York. Sind die schnellen Reuter noch nicht
zurück, welche dem mächtigen Heere des Dauphin nachspürten?

Bote. Sie sind zurück, Mylord, und melden, daß er mit seiner Macht nach Bourdeaux
gezogen ist, um mit Talbot zu fechten. Als er
vorbey zog, entdeckten eure Kundschafter noch
zwey mächtigere Heere, als des Dauphin seines,
die zu ihm stiessen, und gleichfalls nach Bourdeaux giengen.

York. Verwünscht sey der niederträchtige
Sommerset, der die mir versprochne Verstärkung

---

*) Im Englischen: And they shall find *dear deer*
of us.

von Reuterey, die zu dieser Belagerung aufgebracht ist, so lange zurückhält! Der ruhmvolle
Talbot erwartet meine Hülfe; und mich hat ein
niederträchtiger Verräther zum Besten, daß ich
dem edeln Ritter nicht helfen kann. Gott steh
ihm in dieser Noth bey! Ist er unglücklich, so
ist's um unsre fernern Kriege in Frankreich gethan!   (Sir William Lucy kömmt.)

    Lucy. Fürstlicher Heerführer unsrer Engli-
schen Macht, niemals so nöthig auf Französischem
Boden, eile dem edeln Talbot zu Hülfe, der itzt
mit einem ehernen Gürtel umgeben, und von
drohender Verheerung umzingelt wird. Nach
Bourdeaux, kriegrischer Herzog von York, nach
Bourdeaux! Sonst ist's um Talbot, um Frankreichs Besitz, und Englands Ehre, geschehen.

    York. O Gott! daß doch Sommerset, der
aus Uebermuth meine Reuterey zurückhält, an
Talbot's Stelle wäre! Dann würden wir einen
tapfern, würdigen Mann beym Leben erhalten,
und einen Verräther und Feigherzigen verlieren.
Vor tollem Zorn und grimmiger Wuth muß ich
weinen, daß wir so sterben, indeß nachläßige
Verräther schlafen.

Lucy. O! sendet dem unglücklichen Lord einige Hülfsvölker!

York. Er stirbt, wir verlieren; ich breche mein kriegrisches Wort; wir klagen, Frankreich lacht; wir verlieren, sie gewinnen täglich mehr; alles kömmt von dem niederträchtigen Verräther Sommerset.

Lucy. So erbarme sich Gott der Seele des tapfern Talbot, und seines Sohns, des jungen Johann's, den ich vor zwey Stunden auf dem Wege zu seinem kriegrischen Vater begegnete. Seit sieben Jahren hat Talbot seinen Sohn nicht gesehen; und nun kommen sie da zusammen, wo es um ihrer beyder Leben geschehn ist.

York. Leider! was wird der edle Talbot für Freude daran haben, seinen jungen Sohn zu seinem Grabe willkommen zu heißen! — Ha! die quälende Vorstellung macht mich fast athemlos, daß getrennte Freunde sich in der Todesstunde widersehn! — Leb wohl, Lucy; meine Umstände erlauben mir nichts weiter, als die Ursache zu verwünschen, aus welcher ich ihm nicht helfen kann — Maine, Bloys, Poitiers

und Tours sind uns wieder abgewonnen; alles
wegen Sommerset's und seiner Verzögerung.

(Er geht ab.)

Lucy. Indeß also der Geyer des Aufruhrs
an der Brust so grosser Feldherren nagt, ver-
räth die schlafende Nachläßigkeit dem Verluste
alle die grossen Eroberungen unsers kaum kalt
gewordnen Erobrers, des ewig ruhmvollen und
denkwürdigen Mannes, Heinrichs des Fünften! —
Indeß sie einander immer zuwider sind, eilt
Land, Ehre, Leben, und alles seinem Untergang entgegen.   (Er geht ab.)

Vierter Auftritt.

Eine andre Gegend in Frankreich.

Sommerset mit seinem Kriegsheer.

Sommerset. Es ist zu spät; ich kann sie
itzt nicht mehr schicken. Dieser Feldzug ward
von York und Talbot zu übereilt angefangen;
unsre ganze, gesammte Macht hätte schon bloß
dem Ausfalle aus der Stadt sollen entgegen gestellt werden. Der tollkühne Talbot hat allen
Glanz seines bisherigen Ruhms durch diese un-

besonnene, verzweifelte, und wilde Unternehmung
verdunkelt.   York hetzte ihn auf, zu fechten,
und mit Schande zu sterben, damit nach Talbot's
Tode der grosse York sich einen Namen machen
könne.

Hauptmann.   Hier ist Sir William Lucy,
der mit mir von unserm überwältigten Heer
abgieng, um Hülfsvölker herbey zu holen.

Sommerset.   Wie gehts, Sir William, woher kommt Ihr?

Lucy.   Woher, Mylord? — Von dem ver-
kauften und verlornen Talbot, der mit droh-
der Gefahr rings umgeben ist, und den edlen
York und Sommerset anfleht, den Anfall des
Todes von seinen schwachen Legionen zurück zu
schlagen.   Und indeß der ehrenvolle Feldherr dort
von seinen durch den Krieg ermüdeten Gliedern
blutigen Schweiß vergießt, bloß mit seiner vor-
theilhaften Stellung sich hinhält, und sich nach
Hülfe sehnt; bleibt ihr, seine betrieglichen Hoffnungen, auf denen Englands ganze Ehre beruht,
aus unanständiger Mißgunst, weit zurück.   Laßt
doch nicht euren Privatzwist die angeworbnen
Hülfsvölker, die ihm zugeschickt werden sollten,

länger zurückhalten, da er, der ruhmvolle, edle Held, sein Leben einem weit überlegnen Heere Preiß giebt. Orleans der Bastard, Karl, und Burgund, Alenson, Reignier, schliessen ihn von allen Seiten ein; und Talbot muß durch eure Schuld umkommen.

Sommerset. York hetzte ihn auf; York hätte ihm Hülfe schicken sollen.

Lucy. Und York beruft sich eben so nachdrücklich auf Eure Gnaden; er schwört, daß ihr sein zusammengebrachtes Heer zurückhaltet, welches zu diesem Feldzuge bestimmt war.

Sommerset. York lügt; er hätte zu mir schicken können, so hätte er die Reuterey bekommen. Ich bin ihm wenig Ergebenheit, und noch weniger Freundschaft schuldig; und würde mirs zur ärgsten Schande rechnen, ihm dadurch, daß ich sie ihm von selbst schickte, niederträchtig zu schmeicheln.

Lucy. Der Betrug Englands, nicht die Macht Frankreichs, hat itzt den edel gesinnten Talbot in die Schlinge gezogen; nie wird er sein Leben nach England zurück bringen, son-

dern er stirbt, durch Euren Zwist an das widri-
ge Geschick verrathen.

Sommerset.   Geht nur; ich will die Reuterey sogleich abschicken; innerhalb sechs Stunden
können sie schon bey ihm seyn, und ihm helfen.

Lucy.   Itzt kömmt die Hülfe zu spät; er ist
schon gefangen, oder getödtet; denn fliehen
konnt' er nicht, wenn er auch gewollt hätte;
und fliehen hätte Talbot nimmer gewollt, wenn
ers auch gekonnt hätte.

Sommerset.   Ist er todt, der tapfre Talbot, so ist alles dahin!

Lucy.   Seine Ehre lebt in der Welt; seine
Schande in Euch.

(Sie gehn ab).

Fünfter Auftritt.

Ein Schlachtfeld nahe bey Bourdeaux.

Talbot, und sein Sohn.

Talbot.   O! junger John Talbot, ich ließ
dich rufen, um dich die Kriegskunst zu lehren,
damit Talbot's Name in dir wieder aufleben
möchte, wenn das kraftlose Alter, und schwa-

che, untüchtige Glieder deinen Vater an seinen
Krankenstuhl fesseln würden. Aber o! der bös-
artigen und Unheil drohenden Sterne! Itzt bist
du zu einem Gastmahl des Todes gekommen,
zu einer schrecklichen und unvermeidlichen Gefahr. Darum, werther Knabe, steig' auf mein
schnellstes Pferd, und ich will dir schon Anlei-
tung geben, wie du durch eilige Flucht entkom-
men kannst. Komm, zaudre nicht; geh fort.

John. Heiß' ich Talbot? und bin ich Euer
Sohn? und ich soll fliehen? — O! wenn Ihr
meine Mutter liebt, so entehrt nicht ihren ehrenvollen Namen, und macht keinen Bastard, keinen Sklaven aus mir. Die Welt würde sagen:
Der ist nicht von Talbots Blut, der niederträchtig floh, als der edle Talbot da blieb.

Talbot. Flieh, um meinen Tod zu rächen,
wenn ich erschlagen werde.

John. Wer so flieht, wird niemals zurückkommen.

Talbot. Bleiben wir beyde hier, so sterben
wir gewiß beyde.

John. So laßt mich bleiben, Vater, und
nehmt Ihr die Flucht. Euer Verlust ist gröser;

drum sey es auch eure Vorsicht; mein Werth ist unbekannt, drum wird auch mein Verlust unbekannt bleiben. Mit meinem Tode können die Franzosen sich wenig rühmen; mit dem Eurigen werden sie groß thun; mit Euch gehn alle Hoffnungen verloren. Die Flucht kann Euren einmal erworbnen Ruhm nicht schmälern; aber mir nimmt sie allen Ruhm, der ich noch keine Heldenthat ausgeführt habe. Jedermann wird davon versichert seyn, daß Ihr des Vortheils wegen die Flucht nahmt; thu ich es hingegen, so wird man sagen, ich hab es aus Furcht gethan. Es steht nicht zu hoffen, daß ich jemals Stand halten werde, wenn ich gleich das erste mal zurückbebe, oder davon laufe. Hier auf meinen Knien bitt' ich um meinen Tod, weit lieber, als um mein Leben, wenn es mit Schimpf erhalten werden muß.

Talbot. Sollen denn alle Hoffnungen deiner Mutter mit dir begraben werden?

John. Viel lieber, als daß ich meiner Mutter Schande machen sollte.

Talbot. Bey meinem Segen befehl' ich dir zu gehen.

John. Zur Schlacht geh ich gern, aber nicht zur Flucht.

Talbot. Ein Theil deines Vaters kann in dir erhalten werden.

John. Kein Theil von ihm wird bey mir ohne Schande bleiben.

Talbot. Du hast noch niemals Ruhm gehabt, und kannst also keinen verlieren.

John. O ja! ich habe deinen ruhmvollen Namen; soll die Flucht ihn beschimpfen?

Talbot. Deines Vaters Befehl wird diesen Schandfleck austilgen.

John. Ihr könnt mir kein Zeugniß geben, wenn ihr todt seyd. Ist denn die Todesgefahr so gewiß, so laßt uns beyde fliehen.

Talbot. Und meine Soldaten ließ ich hier, um zu fechten, und zu sterben? — Noch nie hab' ich in meinem Alter so was schimpfliches begangen.

John. Soll ich mir denn in meiner Jugend so was strafbares zu Schulden kommen lassen? — Ich kann von Eurer Seite eben so wenig getrennt werden, als Ihr selbst Euch in zwey Stücke zertheilen könnt. Bleibt, geht, thut

was ihr wollt; ich thu eben das; denn ich verlange nicht zu leben, wenn mein Vater stirbt.

Talbot. So nehm' ich denn hier Abschied
von dir, theurer Sohn, dazu geboren, dein Leben noch diesen Nachmittag zu verlieren. Komm,
leb' und stirb an meiner Seite; und laß deine
Seele mit der meinigen von Frankreich nach dem
Himmel eilen!   (Sie gehn ab.)

Sechster Auftritt.

Feldgeschrey; Ausfälle; worinn Talbot's
Sohn umzingelt wird; Talbot
befreyt ihn.

Talbot. St. Georg und Sieg! — Fechtet,
Soldaten, fechtet; der Regent hat Talbot nicht
Wort gehalten, und uns der Wuth unsrer
Feinde Preis gegeben — Wo ist John Talbot? —
Ruh aus, und erhole dich; ich gab dir das
Leben, und rettete dich vom Tode.

John. O! mein zweymaliger Vater! zweymal bin ich dein Sohn. Das Leben, das du
mir zuerst gabst, war schon dahin und verloren,
als du mit deinem kriegrischen Schwerte, dem

Schickſal zum Troz, meiner beſtimmten Stunde
ein neues Ziel gabſt.

Talbot. Als dein Schwert aus des Dau-
phins Helm Feuer ſchlug, erwärmte es deines
Vaters Herz mit dem ſtolzen Wunſch eines dreiſt
erfochtnen Sieges. Da ſchlug mein bleyernes
Alter, mit jugendlichem Muth und kriegriſchem
Eifer in Gang gebracht, Alenſon, Orleans,
Burgund, danieder, und befreyte dich von dem
Stolze Frankreichs. Den ergrimmten Baſtard
Orleans, der dich, mein Sohn, blutig ver-
wundete, und die Jungfrauſchaft deines erſten
Gefechts erhielt, erreichte ich bald; wir wech-
ſelten Hiebe; ich vergoß alſobald etwas von ſeinem unehlichen Blut, und redte ihn mit Verachtung ſo an: „ Ich vergieſſe dein unreines,
„ niedriges und unedles Blut, gering und arm-
„ ſelig, für mein reines, edles Blut, welches du,
„ Talbot, meinen wackern Sohn, zu vergieſſen
„ zwangſt.„ Hier wollt ich den Baſtard danieder ſtoſſen, als ſchnell eine anſehnliche Verſtär-
kung ihm zu Hülfe kam. Sprich, du Sorge
deines Vaters, biſt du nicht müde, John? wie
geht dirs? Willſt du izt die Schlacht verlaſſen,

und

und siehn, nun du ein würdiger Sohn der Tapferkeit geworden bist? Flieh, um meinen Tod zu rächen, wenn ich gestorben bin; Ein Mann kann mir doch nicht viel helfen. O! ich seh es wohl ein, es ist gar zu thöricht, daß wir alle unser Leben in Einem kleinen Bote wagen. Sterb' ich nicht heute vom Schwerte der Franzosen, so sterb' ich Morgen vor Alter und Schwachheit. Bey mir gewinnen sie nicht viel; und blieb ich hier, so verkürz' ich mein Leben doch nur um Einen Tag. In dir hingegen stirbt deine Mutter, unser Geschlechtsname, die Rache meines Todes, deine Jugend, und Englands Ruhm. Dieß alles, und noch mehr, wagen wir, wenn du bleibst; dieß alles wird gerettet, wenn du fliehst.

John. Das Schwert des Herzogs von Orleans schmerzte mich nicht; aber diese Eure Reden machen, das mir mein Herz blutet. O! Was ist denn der Vortheil, den man mit so viel Schande erkauft, ein elendes Leben zu retten, und den glänzenden Ruhm zu morden? Ehe der junge Talbot von dem alten Talbot weg flieht, müsse das feige Pferd, das mich trägt,

hinfallen und stärben! Ehe müß' ich den Bauer-
knaben in Frankreich gleich werden, ehe müsse
Schande und Unglück mich treffen! Wahrlich,
bey aller der Ehre, die Ihr euch erfochten habt,
wenn ich fliehe, so bin ich nicht Talbots Sohn!
Redet also von keiner Flucht mehr; es hilft zu
nichts. Bin ich Talbot's Sohn, so will ich zu
Talbot's Füssen sterben.

Talbot. So folge denn deinem hoffnungs-
losen kretensischen Vater; du Ikarus, dein Leben
ist mir theuer. Willst du denn durchaus fechten,
so ficht an deines Vaters Seite; und wenn wir
uns tapfer gehalten haben, laß uns mit edlem
Stolze sterben!

(Sie gehn ab.)

Siebenter Auftritt.

Feldgeschrey; Ausfälle; der alte Talbot
wird von den Franzosen herbeygeführt.

Talbot. Wo ist mein zweytes Leben? Mein
eignes ist dahin. O! Wo ist der junge Talbot?
Wo ist der tapfre John? — Triumphirender
Tod, durch Gefangenschaft entehrt! Des jun-

gen Talbot's Tapferkeit macht, daß ich dir entgegen lächle — Als er sah, daß ich erlag, und auf die Knie sank, da schwang er sein blutiges Schwert über mein Haupt, und unternahm, gleich einem hungrigen Löwen, Thaten voll wilder Wuth und aufgebrachter Ungeduld. So bald aber mein erzürnter Beschützer, der mir in meinem Fall liebreich beystand, wieder allein war, und von keinem angegriffen wurde, riß ihn schwindelnde Wuth und Erbitterung des Herzens schnell von meiner Seite weg in den gedrängten Haufen der Franzosen; in einer See von Blut ertränkte mein Sohn seine empörte Rachgier; und da starb mein Ikarus, mein aufblühender Zweig, mit stolzer Ehre.

(John Talbot wird herbeygetragen.)

Bedienter. O! mein theurer Lord, seht, da trägt man Euren Sohn herbey.

Talbot. Du Possenspieler, Tod, der du uns hier ins Gesicht lachst; sogleich werden, auf ewig vereinigt, zwey Talbot's, von deiner spottenden Tyranney befreyt werden, und beflügelt durch die weichende Luft, dir zum Trotz, der Sterblichkeit entgehen — O! Du, dessen Wun-

den sich für die häßliche Gestalt des Todes schik-
ken, rede zu deinem Vater, ehe du den Geist
aufgiebst. Trotze den Tod durchs Reden, er
mag wollen oder nicht; bilde dir ein, er sey
ein Franzos und dein Feind — Der arme Knabe! er lächelt, dünkt mich, als wollt' er sagen:
Wäre der Tod ein Franzos gewesen, so hätt'
er heute sterben sollen — Kommt, kommt, und
legt ihn in die Arme seines Vaters; meine
Seele kann diesen Schmerz nicht länger ertragen. Lebt wohl, Soldaten. Ich habe nun,
was ich wünschte, da meine alten Arme des jungen John Talbot's Grab sind.

(Er stirbt.)

Fünfter Aufzug.

Erster Auftritt.

Noch immer vor Bourdeaur.

**Karl, Alenson, Burgund, Bastard, und
das Mädchen von Orleans.**

Karl. Hätten York und Sommerset Hülfsvölker geschickt, so wäre dieß eine blutige Schlacht
für uns geworden.

Bastard.   Wie die junge Brut Talbot's, voll
rasender Hitze, sein kindisches Schwert im Blute der Franzosen wühlen ließ!

Mädchen.   Ich traf einmal auf ihn zu, und
sagte zu ihm: „Du jungfräulicher Jüngling,
werde von einer Jungfrau besiegt! Aber mit
stolzer, majestätischer, hoher Verachtung ant-
wortete er: „Der junge Talbot ward nicht dazu geboren, die Beute einer liederlichen Metze
zu seyn!„ — Darauf stürzte er sich mitten in
das Französische Heer, und ließ mich stolz zurück,
als ob ich nicht werth wäre, mit ihm zu fechten.

Burgund.   Unstreitig wär' er ein edler Ritter geworden.   Seht, dort liegt er; sein Sarg
sind die Arme des blutdürstigen Verpflegers
seines Unglücks.

Bastard.   Haut sie in Stücken, zerhackt ihre Gebeine; ihr Leben war Englands Ruhm
und Frankreichs Bewunderung.

Karl.   Nein, thut das nicht. Laßt uns
nicht Helden, vor denen wir in ihrem Leben
geflohen sind, im Tode verunehren.

(Sir William Lucy kömmt.)

Lucy.   Bringt mich in des Dauphins Ge-

Y 3

zelt, damit ich erfahre, wer den Ruhm des Sieges davon getragen hat.

Karl. Was für einen unterwürfigen Antrag hast du mir zu überbringen?

Lucy. Unterwerfung, Dauphin? — Das Wort kennen nur die Franzosen *) — Wir Englischen Soldaten wissen nicht, was es bedeutet. Ich komme, zu erfahren, was du für Gefangne gemacht hast, und die Leichname der Todten in Augenschein zu nehmen.

Karl. Nach Gefangnen fragst du? Die Hölle ist unser Gefängniß! — Aber sage mir wen du suchst.

Lucy. Wo ist der grosse Alcides dieses Schlachtfeldes, der tapfre Lord Talbot, Graf von Shrewsbury? Wegen seines ausnehmenden Kriegsglücks zum Grafen von Waschford, Waterford und Valence ernannt? Lord Talbot von Goodrig und Urchingfield, Lord Strange von Blackmern, Lord Verdun von Alton, Lord Cromwell von Wingfield, Lord Furnival von

---

— *) Im Englischen steht das Wort *submission;* und Lucy sagt: 'tis a meer French word; „es ist ein bloß französisches Wort.„

Sheffield, der dreymal siegreiche Lord von Faulconbridge, Ritter von dem edlen Orden St. George, St. Michael, und dem goldnen Vliesse, Feldmarschall Heinrichs des Sechsten in allen seinen Kriegen in Frankreich?

Mädchen. Wahrhaftig, ein seltsamer, prahlerischer Titel! Der Großsultan, der zwey und fünfzig Königreiche hat, giebt sich keinen langweiligern Titel, als dieser ist — Er, den du mit allen diesen Ehrennamen preisest, liegt hier modernd und von Fliegen beschmitzt zu unsern Füssen.

Lucy. Ist Talbot erschlagen, der Franzosen einzige Geissel, eures Königs Schrecken und schwarze Nemesis? — O! Würden doch meine Augen in Stückkugeln verwandelt, daß ich sie in meiner Wuth euch ins Gesicht schiessen könnte! O! daß ich nur diese Todten ins Leben zu rufen vermöchte! Schon das wäre hinreichend, ganz Frankreich zu schrecken! — Wenn nur bloß sein Gemählde hier unter euch zurück bliebe, so würd' es auch dem Stolzesten unter euch Furcht einjagen. Gebt mir ihre Leichname, damit ich sie hinwegtrage, und sie ihren Verdienste gemäß begrabe.

Mädchen. Ich glaube, dieß unbekannte Gesicht ist des alten Talbot's Gespenst; er spricht gerade so stolz und gebietrisch. Um's Himmels willen, gebt sie ihm hin; wenn wir sie hier behielten, hätten wir doch nichts als Gestank und unreine Luft davon.

Karl. Geh, nimm ihre Leichname hinweg.

Lucy. Ich nehme sie mit mir; aber aus ihrer Asche wird ein Phönix aufstehen, der ganz Frankreich in Schrecken setzen wird.

Karl. Wenn wir ihrer nur los werden, so mache damit, was du willst — Und nun nach Paris, in der ersten Hitze dieses Sieges; alles wird unser seyn, nun der blutgierige Talbot erschlagen ist!   (Sie gehn ab.)

Zweyter Auftritt.

In England.

König Heinrich. Gloucester. Exeter.

K. Heinrich. Habt ihr die Briefe von dem Pabst, dem Kaiser und dem Grafen von Armagnac durchgelesen?

Gloucester. Ja, mein König; und ihr Inhalt ist dieser: Sie bitten Eure Majestät demüthigst, einen annehmlichen Frieden zwischen England und Frankreich zu schliessen.

K. Heinrich. Wie gefällt Euch dieß Gesuch?

Gloucester. Sehr wohl, mein theurer König; es ist das einzige Mittel, der Vergiessung unsers Christenbluts Einhalt zu thun, und die Ruhe auf beyden Seiten zu befestigen.

K. Heinrich. Ganz gewiß, lieber Oheim. Mir ist es allemal strafbar und unnatürlich vorgekommen, daß solche Grausamkeit und blutiger Zwist unter den Bekennern eines Glaubens herrschte.

Gloucester. Und um dieses Band der Freundschaft desto eher zu bewirken, und desto fester zu knüpfen trägt der Graf von Armagnack, Karls naher Verwandter, ein Mann von grossem Ansehen in Frankreich, Eurer Majestät seine einzige Tochter zur Ehe an, mit einer reichen und ansehnlichen Mitgift.

K. Heinrich. Zur Ehe! — Ach! Lieber Oheim, ich bin noch zu jung; Bücher und Studiren schicken sich besser für mich, als üppige

Tåndeley mit einer Geliebten — Aber ruft die Abgesandten herein; und gebt ihnen allerseits eine Antwort nach Eurem Gefallen. Ich werde mit allem dem zufrieden seyn, was Gottes Ehre, und meines Landes Wohl befördert.

Ein påbstlicher Legat, und zwey Abgesandte, mit Winchester, als Kardinal.

Exeter. Wie? Ist Mylord von Winchester mit der Würde eines Kardinals bekleidet? *)— Nun seh ich, daß das in Erfüllung gehen wird, was Heinrich der Fünfte einmal weissagte: „ Wenn er jemals Kardinal wird, so wird er „ seinen Kardinalshut der Krone gleich zu ma„ chen suchen. „

K. Heinrich. Ihr Herren Abgesandten, wir haben eure verschiednen Bittschriften überlegt und in Erwägung gezogen. Eure Absicht ist sehr gut und vernünftig; daher haben wir uns ernstlich vorgesetzt, Bedingungen eines freundschaftli-

---

*) Shakespeare vergaß hier, daß schon im ersten Aufzuge dieser Kardinalswürde Erwähnung geschehen ist; und es ist seltsam, daß Exeter davon nichts wissen sollte. Steevens.

chen Friedens zu machen, welche Mylord Winchester sogleich nach Frankreich überbringen soll.

Gloncester. Und was den Antrag des Grafen, Eures Herrn, betrifft, so hab' ich denselben
meinem Könige so ausführlich vorgelegt, daß er
mit den vorzüglichen Eigenschaften, der Schönheit, und der ansehlichen Aussteuer der jungen
Gräfinn sehr zufrieden ist, und die Absicht hat,
sie zur Königinn von England zu machen.

K. Heinrich. Zum Beweise und zur Bestätigung dieses Vertrags bringt ihr diesen Edelstein,
als ein Pfand meiner Zuneigung. Und nun,
Mylord Protektor, gebt ihnen ein-sichres Geleite
nach Dower hin, wo sie zu Schiffe gehn, und
dem Glücke des Meers überlassen werden.

(Der König und sein Gefolge gehn ab.)

Winchester. Wartet, mein Herr Legat; Ihr
sollt erst die Summe Geldes erhalten, die, nach
meinem Versprechen, Seine Heiligkeit dafür erhalten sollte, daß sie mich mit diesem ansehnlichen Schmuck bekleidet hat.

Legat. Ich will warten, bis es Euch gefällig
seyn wird, Mylord.

Winchester. Nun wird sich Winchester doch wahrlich keinem unterwerfen, oder dem stolzesten Pair den Rang über sich lassen. Humphrey von Gloucester, du sollst itzt schon gewahr werden, daß der Bischof sich weder durch deine Geburt noch durch dein Ansehen überwältigen läßt. Entweder will ich dich dahin bringen, daß du dich vor mir bückst, und die Knie beugest, oder mit Reuterey dieses Land verderben.

(Sie gehn ab.)

Dritter Auftritt.

In Frankreich.

Der Dauphin. Burgund. Alenson. Bastard. Reignier. Das Mädchen von Orleans.

Dauphin. Diese Neuigkeiten, ihr Herren, müssen unsern Muth aufs neue beleben; es heißt, die widerspenstigen Pariser fallen ab, und kehren wieder zu den siegenden Franzosen zurück.

Alenson. So geht nach Paris, königlicher Karl von Frankreich, und laßt Euer Heer nicht länger hier die Zeit vertändeln.

Mädchen. Friede sey mit ihnen, wenn sie

zu uns zurückkehren; wo nicht, so sollen ihre Palläste in Ruin begraben werden!

(Es kömmt einer von den auf Kundschaft ausgeschickten Reutern.)

Reuter. Beglückt sey unser tapfrer Feldherr, und alle seine Unternehmungen müssen gelingen!

Dauphin. Was melden unsre Kundschafter? Sage doch.

Reuter. Die Englische Armee, die in zwey Theile vertheilt war, hat sich nun in Eins zusammengezogen, und denkt Euch sogleich eine Schlacht zu liefern.

Dauphin. Diese Warnung, ihr Herren, kömmt ein wenig zu schnell; aber wir wollen uns doch augenblicklich zur Gegenwehr gefaßt machen.

Burgund. Ich hoffe, Talbot's Gespenst wird nicht dabey seyn; nun er fort ist, gnädigster Herr, so dürft Ihr Euch nicht fürchten.

Mädchen. Von allen niedrigen Leidenschaften ist die Furcht die abscheulichste — Befiehl nur dem Siege, Karl; und er steht dir zu Gebote; laß Heinrich verdrießlich seyn, und alle Welt murren.

Dauphin. Auf also, ihr Herren! und Frankreich sey glücklich!

(Sie gehn ab.)

Vierter Auftritt.

Feldgeschrey; Ausfälle; das Mädchen voh Orleans.

Mädchen. Der Regent siegt, und die Franzosen fliehn — Itzt helft, ihr Zaubersprüche und Anhängsel, *) und ihr, auserwählte Geister, die ihr mir Eingebungen mittheilt, und künftige Dinge vorhergesagt! (Es donnert.) Ihr eiligen Helfer, die ihr Werkzeuge des gebietrischen Monarchen im Norden **) seyd, erscheint, und helft mir in dieser Unternehmung! (Es erscheinen böse

---

*) *Periapts* waren Zettel, die man als Verwahrungsmittel gegen Krankheit oder andre Gefahr um den Hals trug. Das erste Kapitel des Evangelii Johannis wurde dazu für das wirksamste gehalten. *Steevens.*

**) Den Norden hielt man immer für den vornehmsten Aufenthalt der bösen Geister. *Milton* versammelt daher die abgefallnen Engel im Norden. *Johnson.* So rühmt sich Luzifer, Jes. XIV, 14. „Ich will mich setzen auf den Berg des Stifts, an der Seiten gegen Mitternacht. *Steevens.*

Geiſter.) Dieſe ſchnelle und bereitwillige Erſchei-
nung iſt ein Beweis eurer gewohnten Dienſtfer-
tigkeit gegen mich. Nun, ihr Geiſter, die ihr
aus den maͤchtigen Regionen unter der Erde her-
vorgekommen ſeyd, helft mir nur dieſesmal, daß
Frankreich das Feld gewinne! (Sie gehn umher,
ohne zu ſprechen.) O! haltet mich nicht lange mit
eurem Stillſchweigen auf! Wo ich gewohnt war,
euch mit meinem Blute zu naͤhren, da will ich
ein Glied abhauen, und es euch zum Handgeld
fernerer Wohlthaten geben, wenn ihr euch gefallen laßt, mir itzt zu helfen — (Sie haͤngen die
Koͤpfe.) Iſt keine Hoffnung, Huͤlfe zu erhalten?
Mein eigner Leib ſoll euch dafuͤr belohnen, wenn
ihr meine Bitte gewaͤhren wollt. (Sie ſchuͤtteln
die Koͤpfe.) Kann nicht mein Leib, kann kein
Opferblut euch bewegen, mir den gewohnten
Beyſtand zu leiſten? Nun, ſo nehmt meine Seele; meinen Leib, meine Seele, und alles, eh
England uͤber Frankreich den Sieg erhaͤlt. (Sie
gehn weg.) Seht! ſie verlaſſen mich — Itzt iſt
die Zeit gekommen, da Frankreich ſeinen ſtolzen
Hauptſchmuck verlieren, und ſein Haupt in Englands Schooß muß fallen laſſen. Meine vorma-

ligen Bezauberungen sind zu schwach, und die
Hölle zu stark für mich, um mit ihr anzubin=
den — Itzt, Frankreich, sinkt dein Ruhm in
Staub!   (Sie geht ab.)

Ausfälle.   Das Mädchen von Orleans und
York werden handgemein; jenes wird
gefangen. Die Franzosen fliehen.

York.   Meine schöne Französische Mamsell,
ich denk', ich hab' Euch gewiß.   Itzt entfesselt
einmal eure höllische Geister durch Zaubersprüche,
und versucht, ob sie Euch wieder frey machen
können — Eine hübsche Beute, die sich für seine
Gnade den Teufel schickt. — Seht, wie die gar=
stige Hexe ihre Stirne zieht, als ob sie, wie Circe,
meine Gestalt verwandeln wollte!

Mädchen.   In eine häßlichere Gestalt kann
man dich nicht verwandeln.

York.   O! Karl der Dauphin, ist ein feiner
Mann ; keine andre Gestalt, als die seinige,
kann Eurem eckeln Auge gefallen.

Mädchen.   Pest und Verderben treffe Karln
und dich! und möchtet ihr beyde, wenn ihr auf

eurem

ruren Betten schlaft, plötzlich von blutgierigen Händen überfallen werden!

York. Boshafte, zaubernde Hexe, Geister-bannerinn, halt dein Maul!

Mädchen. Ich bitte dich, erlaube mir doch, eine Zeitlang zu fluchen.

York. Fluche, du verworfne, wenn du zum Scheiterhaufen kömmst.

(Sie gehn ab.)

Feldgeschrey. Suffolk, mit dem Fräulein Margarete an seiner Hand.

Suffolk. Sey, wer du willst; du bist meine Gefangene. (Er sieht sie an.) O! schönstes Mäd-chen, fürchte dich nicht! flieh nicht! denn ich werde dich nicht anders, als mit ehrerbietigen Händen, berühren. Ich küsse diese Finger zur Versicherung eines ewigen Friedens, und leze sie sanft an deine zarte Seite. Wer bist du? sage mirs, damit ich dir gebührende Ehre erweise.

Margarete. Ich heisse Margarete, und bin die Tochter eines Königs, des Königs von Nea-pel; du machst seyn, wer du willst.

Z

Suffolk. Ich bin ein Graf, und heisse Suffolk. Laß dirs nicht leid thun, du Wunder der
Natur, daß es dein Schicksal war, in meine
Hände zu fallen. So rettet der Schwan seine
mit Pflaum befiederten Jungen, wenn er sie unter seine Flügel gefangen nimmt. Aber so bald
dir dieser sklavische Zustand zur Last wird, so
geh, und sey wieder frey, und Suffolk's Freundinn — (Sie geht.) O! bleib! — Ich bin nicht
stark genug, sie weggehen zu lassen; meine Hände
möchten sie gern befreyen, aber mein Herz spricht
Nein dazu. So, wie die Sonne auf dem durch-
sichtigen Wasser spielt, und einen zweyten nach-
ahmenden Strahl darauf hervorbringt, so scheint
diese ausserordentliche Schönheit meinen Augen. *)
Gern möcht' ich mich um sie bewerben; aber ich
wag' es nicht, zu sprechen; ich will mir Feder
und Dinte geben lassen, und meine Gedanken
niederschreiben. Pfui, de la Poole! setze dich

---

*) Es scheint, diese Vergleichung solle die sanfte und
zärtliche Eigenschaft von Margaretens Schönheit ausdrücken, die zwar vergnüge, aber nicht blende, die
glänzend sey, aber mit ihrem Glanz keinen Schmerz
verursache. Johnson.

nicht so herunter!—Hast du nicht eine Zunge?
ist sie nicht hier deine Gefangne? soll dich der
Anblick eines Frauenzimmers muthlos machen?—
Doch, der Schönheit fürstliche Majestät hat nur
einmal die Gewalt, die Zunge zu lähmen, und
alle Sinne zu betäuben.

Margarete. Sage, Graf von Suffolk, wenn
du so heissest, was für ein Lösegeld muß ich bezahlen, um wegzukommen? Denn ich sehe wohl
ich bin deine Gefangene.

Suffolk. (für sich) Wie kannst du wissen,
daß sie deinen Antrag ausschlagen wird, ehe du
ihre Liebe auf die Probe stellst?

Margarete. Warum sprichst du nicht? —
was für ein Lösegeld muß ich bezahlen?

Suffolk. (für sich) Sie ist schön; deswegen
muß man um sie anhalten; sie ist ein Frauenzimmer; deswegen kann man sie gewinnen.

Margarete. Willst du ein Lösegeld annehmen? — Ja, oder Nein!

Suffolk. (für sich) Thörichter Mann! be-
denke, daß du eine Frau hast; wie kann denn
Margarate deine Geliebte werden?

Margarete. Das beste wäre, von ihm wegzugehen; denn er will nicht hören.

Suffolk. (für sich) Damit ist alles verhu-
delt; da läßt sich nichts mehr machen.

Margarete. Er spricht mit sich selbst; ganz
gewiß ist er verrückt.

Suffolk. (für sich) Und doch stünde noch
wohl Dispensation zu erhalten.

Margarete. Und doch möcht' ich wohl, daß
Ihr mir antwortet.

Suffolk. (für sich) Ich will dieses Fräulein
Margarete gewinnen — Für wen? — Je nun,
für meinen König — Sachte! das war auch
ein hölzerner Einfall!

Margarete. Er redet von Holz; vielleicht
ist er ein Zimmermann.

Suffolk. (für sich) Aber so könnt' ich doch
meine Zuneigung befriedigen, und zugleich zwischen diesen beyden Königreichen Frieden stiften.
Nur noch Eine Bedenklichkeit bleibt dabey übrig;
denn wenn auch ihr Vater König von Neapel,
Herzog von Anjou und Maine ist, so ist er

doch arm; und unser Adel wird die Heyrath
verwerfen.

Margarete. Hört Ihr denn nicht, Herr
Offizier? — Ists Euch etwa nicht gelegen.

Suffolk. (für sich) Es soll doch geschehen,
sie mögen noch so viel dawider haben. Heinrich
ist noch ganz jugendlich, und wird bald zu gewinnen seyn — (laut) Mein Fräulein, ich hab'
Euch ein Geheimniß zu entdecken.

Margarete. (für sich) Was machts, wenn
ich auch eine Gefangne werde? Er scheint ein
Ritter zu seyn, und wird auf keine Weise meiner Ehre zu nahe treten.

Suffolk. Habt doch die Gnade, theures
Fräulein, mich anzuhören.

Margarete. (für sich) Vielleicht werden mich
die Franzosen wieder in Freyheit setzen; und dann
brauch ich ihm keine gute Worte zu geben.

Suffolk. Theuerstes Fräulein, hört mich
nur in Einer Sache an . .

Margarete. (für sich) Je nun! Frauenzimmer sind wohl eher zu Gefangnen gemacht!

Suffolk. Mein Fräulein, warum redet ihr so für Euch?

Margarete. Verzeiht mir; ich machte ein quid pro quo.

Suffolk. Sagt, meine schöne Prinzeßinn, würdet Ihr Eure Bande nicht glücklich preisen, wenn Ihr dadurch eine Königinn würdet?

Margarete. Eine Königinn in Banden zu seyn, ist entehrender, als eine Sklavin in niedriger Knechtschaft zu seyn. Denn für Fürsten gehört die Freyheit.

Suffolk. Du sollt Ihr auch haben, wenn anders des glücklichen Englands König frey ist.

Margarete. Wie? was geht denn mich seine Freyheit an?

Suffolk. Ich übernehm' es, dich zu Heinrichs Gemahlinn zu machen, dir einen goldnen Scepter in die Hand zu geben, und eine köstliche Krone auf dein Haupt zu setzen, wenn du dirs gefallen lassen willst, meine . .

Margarete. Was?

Suffolk. Seine Geliebte zu seyn.

Margarete. Ich verdien' es nicht, Heinrichs Gemahlinn zu werden.

Suffolk. Nein, theures Fräulein, ich verdien' es nicht, ihm eine so schöne Dame zur Gemahlinn anzuwerben, und selbst an dieser Wahl keinen Antheil zu erhalten. Was sagt Ihr denn dazu, mein Fräulein, seyd Ihr's zufrieden?

Margarete. Wenn mein Vater drein willigt, so bin ich's zufrieden.

Suffolk. So ruft unsre Offiziere und unsre Fahnen herbey; wir wollen, mein Fräulein, vor den Schloßmauren Eures Vaters ihn zur Unterredung mit uns aufbieten.

(Man bläst; Reignier kommt auf den Wall
seines Schlosses.)

Suffolk. Sieh, Reignier, sieh, deine Tochter ist eine Gefangne.

Reignier. Von wem?

Suffolk. Von mir.

Reignier. Suffolk, was ist für ein Mittel? — Ich bin ein Soldat, und kann nicht weinen, oder über den Wankelmuth des Glücks jammern und wehklagen.

Z 4

Suffolk. O ja, es ist noch Mittels genug, mein gnädigster Herr. Willige drein — um deiner Ehre willen thu es — daß deine Tochter mit meinem Könige vermählt werde, die ich mit vieler Mühe dazu bewogen und vermocht habe. Diese leicht überstandne Gefangenschaft deiner Tochter hat ihr königliche Freyheit verschaft.

Reignier. Redet Suffolk, wie er denkt?

Suffolk. Die schöne Margarete weiß, daß Suffolk nicht schmeichelt, nicht erdichtet, sich nicht verstellt.

Reignier. Auf deine Auffodrung komm ich hinunter, um dir Antwort auf deinen annehmlichen Antrag zu geben.

Suffolk. Ich will dich hier erwarten.
(Man bläst Trompeten; Reignier kömmt.)

Reignier. Willkommen, tapfrer Graf, in unserm Gebiete; befiehl in Anjou, was dir gefällig ist.

Suffolk. Ich danke dir, Reignier, der durch ein so liebenswürdiges Kind beglückt ist, welches die Gemahlinn eines Königs zu werden verdient. Was für Antwort giebt Eure Gnaden auf meinen Antrag?

Reignier. Da du sie, bey ihren geringen Vorzügen, der Ehre würdigst, die Braut eines so grossen Königs zu werden; so mag unter der Bedingung, daß ich mein Eigenthum, die Provinzen Maine und Anjou, frey von Unterdrückung und Gewalt des Krieges, in Ruhe geniesse, meine Tochter Heinrichs Gemahlinn werden, wenn's ihm so gefällt.

Suffolk. Das ist ihr Lösegeld; ich setze sie wieder in Freyheit; und im voraus versprech ich Euch, mein gnädiger Herr, daß Ihr diese beyden Provinzen in aller Ruhe geniessen werdet.

Reignier. Und ich gebe dir hiemit, in Heinrichs Königlichem Namen, als einem Gesandten an diesen gnädigsten König, ihre Hand, zum Unterpfande der gelobten Treue.

Suffolk. Reignier von Frankreich, ich sage dir königlichen Dank, weil dieser Vertrag im Namen eines Königs geschlossen wird. (beyseite) Wiewohl ich es sehr zufrieden wäre, mein eigner Fürsprecher in dieser Sache zu seyn — (laut) Ich

will also mit dieser Nachricht hinüber nach Engⸯ
land, und Anstalten zur Feyer dieser Vermähⸯ
lung machen. Lebe wohl, Reignier; verwahre
dieses Kleinod in goldnen Pallästen, wie es
verdient.

Reignier. Ich umarme dich so herzlich, wie
ich den christlichen Fürsten, König Heinrich, umⸯ
armen würde, wenn er hier wäre.

Margarete. Lebt wohl, Mylord; gute
Wünsche, Lob, und Fürbitte kann Suffolk sich
immerfort von Margareten versprechen.

(Sie will gehen.)

Suffolk. Lebt wohl, mein liebenswürdiges
Fräulein — Hört doch, Margarete, gebt Ihr
mir denn keine Empfehlungen an meinen Köⸯ
nig mit?

Margarete. Macht ihm solche Empfehlunⸯ
gen von mir, wie sich für ein unverheyrathetes
Mädchen, und für seine Dienerinn, schicken.

Suffolk. Das war sehr gut und bescheiden
geredet. Aber, mein Fräulein, ich muß Euch
noch einmal beschwerlich fallen: kein Liebeszeiⸯ
chen für Seine Majestät?

Margarete. O ja, mein guter Lord, ein reines, unbeflecktes Herz, noch nie von der Liebe angesteckt, send' ich dem Koͤnige.

Suffolk. Und dieß dazu.   (Er kuͤßt sie.)

Margarete. Das ist fuͤr dich — Ich werde mich doch nicht unterstehen, solche kindische Zeichen der Liebe an den Koͤnig zu schicken.

Suffolk. O! waͤrst du fuͤr mich! — Aber halt, Suffolk; du kannst nicht jenes Labyrinth durchwandern, wo Minotauren, und haͤßliche Verraͤthereyen, lauren. Ruͤhme gegen Heinrich ihre bewundernswuͤrdigen Vorzuͤge; erinnre dich ihrer Tugenden, die ihre ungezwungnen, natuͤrlichen, kunstlosen Reitze noch weit uͤbertreffen; rufe dir auf der See ihr Bild oft ins Gedaͤchtniß zuruͤck, damit du, wenn du nun zu Heinrichs Fuͤßen kniest, ihn vor Verwunderung ausser sich setzen koͤnnest.

(Sie gehn ab.)

Fünfter Auftritt.

Das Lager des Herzogs von York in Anjou.

York. Warwick. Ein Schäfer. Das Mädchen von Orleans.

York. Bringt die Zauberinn herbey, die zum Scheiterhaufen verdammt ist.

Schäfer. Ach Hannchen! dieß bricht deinem Vater vollends das Herz. Hab' ich dich doch in allen Landen weit und fern aufgesucht; und nun ich so glücklich bin, dich zu finden, muß ich deinen frühzeitigen, grausamen Tod mit ansehen! — Ach Hannchen, liebste Tochter, ich will mit dir sterben!

Mädchen. Abgelebter Alter, elender, unedler Bauerkerl! ich stamm' aus einem weit edlern Blute; du bist weder mein Vater, noch mein Freund.

Schäfer. Pfui! pfui! — Ihr Herren, mit Eurer Erlaubniß, es ist nicht so; ich bin ihr Vater, das weiß unser ganzes Kirchspiel; ihre Mutter, die noch am Leben ist, kann es bezeugen, sie war die erste Frucht meiner Junggesellenschaft.

Warwick. Ruchlose! willst du deine Eltern verleugnen.

York. Dieß ist ein Beweiß ihres bisherigen gottlosen und niederträchtigen Lebens; eben so wird auch ihr Ende seyn.

Schäfer. Pfui, Hanne! daß du so hartnäkkig bist! — Gott weiß, du bist mein Fleisch und Blut; und ich hab' um deinetwillen manche Thräne vergossen. Verleugne mich nicht, liebes Hannchen, ich bitte dich darum.

Mädchen. Geh fort du Bauerlümmel! — Ihr habt diesen Kerl bestochen, um meine noble Geburt zu verdunkeln.

Schäfer. Es ist wahr, ich gab dem Priester einen Nobel an dem Morgen, da ich mit ihrer Mutter verheyrathet wurde — Knie nieder, und empfange meinen Seegen, mein gutes Mädchen — Willst du nicht? — Nun, verflucht sey die Zeit deiner Geburt! Ich wollte, die Milch, welche dir deine Mutter gab, als sie dich säugte, wäre für dich zu Ratzengift geworden! Oder, als du meine Lämmer im Felde hütetest, da wünscht' ich, daß dich irgend ein

raubgieriger Wolf gefressen hätte! Willst du
deinen Vater verläugnen, du verwünschtes Geschöpf? — O! verbrennt sie, verbrennt sie;
hängen ist zu gut für sie.

(Er geht ab.)

York. Führt sie hinweg; denn sie hat schon
zu lange gelebt; um die Welt mit lasterhaften
Thaten zu erfüllen.

Mädchen. Erst laßt mich euch sagen, wenn
ihr zum Tode verurtheilt habt; nicht die Tochter eines schlechten Schäfers, sondern ein Mädchen aus königlichem Geschlechte, tugendhaft
und heilig; von oben her durch himmlische Ein-
gebung dazu auserwählt, unerhörte Wunder
auf Erden zu verrichten. Nie hab' ich mit bösen Geistern zu thun gehabt. Aber ihr, die ihr
mit euren bösen Lüsten befleckt, mit dem unschuldigen Blute der Gerechten verunreinigt, und
von tausend Lastern ergriffen und angesteckt seyd,
euch fehlt die Gnade, die andere haben, und
daher haltet ihr's gleich für etwas unmögliches,
anders, als mit Hülfe der Teufel, Wunder zu
thun. Nein, ihr Unverständigen! Johanna
d'Arc ist von ihrer zarten Kindheit an allemal,

selbst in ihren Gedanken, ein keusches und unschuldiges Mädchen gewesen, deren jungfräuliches Blut, so grausam vergossen an den Pforten des Himmels um Rache schreyen wird.

York. Schon gut, schon gut — fort mit ihr zum Richtplatze.

Warwick. Und hört doch, ihr Leute, weil sie ein Mädchen ist, so spart keine Holzbündel, legt ihrer genug an, und steckt Pechtonnen an dem Pfahl des Scheiterhaufens, damit sie bald von ihrer Qual abkomme.

Mädchen. So kann denn nichts eure harten Herzen bewegen? — Nun, Hanne, so gesteh deine Schwachheit, die, den Gesetzen nach, dich schützen muß — Ich bin schwanger, ihr blutgierigen Mörder, mordet also doch nicht die Frucht meines Leibes, wenn ihr gleich mich zum gewaltsamen Tode schleppen wollt.

York. Ach! bewahre der Himmel! das heilige Mädchen ist schwanger.

Warwick. Das größte Wunder, das Ihr je gethan habt! — Wie seyd Ihr, bey Eurer so strengen Tugend, dazu gekommen?

York. Sie und der Dauphin haben mit einander geschäckert — Ich dacht' es wohl, daß das ihre Ausflucht seyn würde.

Warwick. Nun, das macht nichts; wir verlangen keine Bastarde in die Welt zu bringen, besonders, da Karl Vater dazu seyn muß.

Mädchen. Ihr irrt, mein Kind ist nicht von ihm; es war Alenson, der meine Liebe genoß.

York. Alenson! der berüchtigte Machiavell! *) — Es muß sterben, hätt' es auch tausend Leben!

Mädchen. O! verzeiht mir; ich hab' euch was weiß gemacht. Es war weder Karl, noch Alenson, sondern Reignier, der König von Neapel, der meine Liebe gewann.

Warwick. Ein verheyratheter Mann! das muß gar nicht geduldet werden!

York.

---

*) Machiavell wird hier etwas früher erwähnt, als er lebte; einige Herausgeber haben daher diese Zeile, als untergeschoben, ausgelassen. Johnson.

York. Das ist mir eine Dirne! Ich glaube, sie weiß es selbst nicht recht; es waren ihrer so viele, die sie angeben könnte!

Warwick. Ein Zeichen, daß sie sehr willig und freygebig gewesen ist!

York. Und doch ist sie wahrlich eine reine Jungfer! — Du Metze, deine eignen Worte verdammen deine Brut und dich! Thu keine Fürbitte weiter; es ist alles umsonst.

Mädchen. So bringt mich denn weg; ich laß' euch meinen Fluch zurück. Nie müsse die glorreiche Sonne ihre Strahlen auf das Land schiessen, wo ihr euch aufhaltet! sondern Dunkelheit, und der finstre Schatten des Todes müß' euch umgeben; bis Unglück und Verzweiflung euch dahin bringe, euch selbst den Hals zu brechen, oder zu erhenken!

(Sie geht mit der Wache ab.)

York. Zergeh in kleine Stücke, und werde zu Asche, du boshaftes, verfluchtes Werkzeug der Hölle!

(Es kömmt der Kardinal von Winchester.)

Kardinal. Lord Regent, ich bring' Euch

hier Briefe von dem Koͤnige. Denn wißt, Mylords, die christlichen Staaten, voller Mißver-
gnuͤgen uͤber alle diese landverderblichen Kriege,
haben dringend um einen allgemeinen Frieden
zwischen unsrer Nation und den emporstrebenden
Franzosen gebeten: und sogleich wird der Dauphin mit seinem Gefolge hier seyn, um gewisse
Dinge mit Euch zu verabreden.

York. Ist das die Frucht aller unsrer Arbeit? — Nach der Ermordung so mancher Edeln
des Reichs, so vieler Kriegshelden und braver
Soldaten, die in diesem Kriege geblieben sind,
und ihre Leiber fuͤr das Wohl ihres Vaterlandes verkauft haben, wollen wir nun am Ende
einen weibischen Frieden schliessen? Haben wir
nicht die meisten Staͤdte durch Verraͤtherey,
Falschheit und Betrug wieder verloren, die unsre
grossen Vorfahren erobert hatten? — O! Warwick! Warwick! ich sehe mit Betruͤbniß den
gaͤnzlichen Verlust des ganzen franzoͤsischen Koͤ-
nigreichs vorher!

Warwick. Nur Geduld, York; wenn wir
einen Frieden schliessen, so soll es unter so stren-

gen und genaueu Bedingungen geschehen, daß
die Franzosen wenig dabey gewinnen werden.

Karl, Alenson, Bastard, und Reignier.

Karl. Nachdem, ihr Lords von England,
es so beliebt ist, daß in Frankreich ein allgemei-
ner Friede soll bekannt gemacht werden, so kommen wir, um von euch selbst zu vernehmen,
welches die Bedingungen unsers Vergleichs
seyn sollen.

York. Redet, Winchester; denn kochender
Zorn verstopft den Durchweg meiner aufgebrachten *) Stimme, bey dem Anblick dieser unsrer
verderblichen Feinde.

Winchester. Karl und ihr übrigen, es ist
so verabredet, daß ihr dafür, daß König Heinrich aus blossem Mitleid und aus Sanftmuth
darein willigt, euer Land vom unglückvollen Kriege zu befreyen, und euch im erwünschten Frieden leben zu lassen, daß ihr dafür treue Lehnsge-
nossen seiner Krone werden sollt. Und, Karl,
mit der Bedingung, daß du einen Eid ablegst,

---

ihm Abgaben zu bezahlen, und dich ihm zu unterwerfen, sollst du als Vicekönig unter ihm stehen, und doch deiner königlichen Würde genießen.

Alenson. Soll er denn ein Schatten von sich selbst seyn? seine Schläfe mit einer Krone schmücken, und doch, seinem eigentlichen Wesen und Ansehen nach, nichts weiter seyn, als ein Privatmann? Dieser Vorschlag ist ungereimt und unvernünftig.

Karl. Es ist bekannt, daß ich schon mehr als die Hälfte des französischen Gebietes wieder besitze, und darinn für ihren rechtmäßigen König erkannt werde. Soll ich denn, des übrigen noch unbesiegten Theils wegen, meinen Vorrechten so viel vergeben, daß ich hernach nur Vicekönig von dem Ganzen heisse? Nein, Mylord Abgesandter, lieber will ich das behalten, was ich habe, als aus Habsucht nach mehrerm ausser Stand gesetzt werden, irgend etwas zu besitzen.

York. Trotziger Karl, hast du nicht durch geheime Mittel darum angehalten, daß man einen Vergleich mit dir eingehen möchte; und itzt,

da die Sache vorgenommen wird, stehst du da
und hältst dich bey Vergleichungen auf? Entweder nimm den Titel, dessen du dich anmaß-
sest, als ein Geschenk unsers Königs an, und
nicht, als irgend ein rechtmäßiges Eigenthum, das
dir gehört; oder wir werden dich mit unaufhör-
lichen Kriegen plagen.

Reignier. Mein Prinz, ihr thut nicht wohl
daran, daß Ihr bey diesem Vergleich hartnäkkig auf Euren Sinn besteht. Ist diese Gelegenheit einmal verscherzt; so wett' ich zehn gegen
Eins, daß uns niemals eine zweyte wird ange-
boten werden.

Alenson. (beyseite zum Dauphin.) Die Wahrheit zu sagen, so fodert es die Klugheit, Eure
Unterthanen von solchem Blutbade und unauf-
hörlichem Niedermetzeln zu retten; wie man
täglich bey der Fortdauer unsrer Feindseeligkei-
ten sieht. Darum nehmt lieber diese Friedens-
bedingungen an; Ihr könnt sie ja brechen, sobald es euch gefällt.

Warwick. Was sagst du, Karl? willst du
unsre Bedingungen eingehen?

Karl. Ich will es nur mit dem Vorbehalt, daß ihr auf alle die Städte, worin Besatzung liegt, keinen Anspruch macht.

York. So huldige denn Seiner Majestät, und schwöre, so wahr du Ritter bist, daß du der Krone von England niemals werdest, weder du, noch deine Edle! ungehorsam noch aufsätzig zu seyn. (Karl und die übrigen leisten den Huldigungseid.) — So; nun entlaßt Euer Kriegsheer, wenn's Euch gefällt; hängt Eure Fahnen wieder auf, laßt Eure Trommeln schweigen; denn ißt haben wir feyerlich Frieden geschlossen.

(Sie gehn ab.)

Sechster Auftritt.

In England.

Suffolk, im Gespräch mit König Heinrich; Gloucester, und Exeter.

K. Heinrich. Eure ausserordentlich vortheilhafte Beschreibung der schönen Margarete hat mich, mein edler Graf, ganz in Erstaunen gesetzt. Ihre Tugenden, durch äussere Vorzüge verschönert, erzeugen lebhafte Regungen der

Liebe in meinem Herzen, und wie die Gewalt
heftiger Windſtoͤſſe das groͤßte Schiff gegen die
Fluth antreibt; ſo werd' auch ich durch den
Hauch ihres Lobes ſo in Bewegung geſetzt, daß
ich entweder Schiffbruch leiden, oder da anlan-
den muß, wo ich den Genuß ihrer Liebe erhalten kann.

Suffolk. Sachte, mein theurer Koͤnig!
dieſe fluͤchtige Beſchreibung iſt bloß eine Vorrede
zu ihrem wuͤrdigen Lobe. Die vornehmſten Voll-
kommenheiten dieſes liebenswuͤrdigen Fraͤuleins —
waͤr' ich geſchickt genug, ſie zu erheben — wuͤr-
den einen ganzen Band anlockender Linien aufmachen, die ieden noch ſo ſchwerfaͤlligen Ver-
ſtand in Entzuͤcken dahin reiſſen wuͤrden. Und,
was noch mehr iſt, ob ſie gleich ſo goͤttlich, ſo
voll von den ausgeſuchteſten Annehmlichkeiten
iſt, ſo will ſie ſich doch demuͤthig herablaſſen,
zu Euren Befehlen zu ſeyn — ich meyne Befehle, die eine erlaubte und tugendhafte Abſicht
haben; Heinrich als ihren Gemahl zu lieben
und zu ehren.

K. Heinrich. Was anders wird auch Heinrich nie verlangen, Darum gebt Eure Einwilli-

gung dazu, Mylord Protektor, daß Margarete Königinn von England werden möge.

Gloucester. So würd'-ich meine Einwilligung zur Begehung einer Sünde geben. Ihr wißt, mein König, daß Ihr mit einer andern hochachtungswürdigen Dame verlobt seyd; wie können wir nun diesen Vergleich wieder aufheben, ohne Eurer Ehre die gerechtesten Vorwürfe zuzuziehen?

Suffolk. Gerade, wie es ein Regent mit unerlaubten Eiden macht, oder einer, der ein Gelübde gethan hat, bey den Spielen eines Triumphs seine Stärke zu versuchen, dennoch aus den Schranken bleibt, weil er die Ueberlegenheit seines Gegners gewahr wird. Die Tochter eines armen Grafen ist eine gar zu ungleiche Parthey, und läßt sich daher ohne Bedenken wieder aufheben.

Gloucester. Wie? — Was ist denn Margarete wohl mehr, als das? — Ihr Vater ist nichts besser, als ein Graf, er mag noch so prächtige Titel haben.

Suffolk. Ja, mein werther Lord; ihr Vater ist ein König, der König von Neapel und Jerusalem, und in Frankreich von so grossem Ansehen, daß die Verwandschaft mit ihm unsern Frieden bestätigen, und die Franzosen uns treu erhalten wird.

Glouceſter. Das kann auch der Graf von Armagnack thun, der ein naher Vetter von Carln iſt.

Exeter. Ausserdem verspricht uns sein Reichthum eine ansehnliche Aussteuer; Reignier hingegen wird eher was nehmen, als geben.

Suffolk. Eine Aussteuer, Mylord! — Entehrt doch euren Kōnig nicht so sehr, daß er so niedrig, so verworfen, so armselig handeln sollte, des Reichthums wegen zu wählen, und nicht aus herzlicher Liebe. Heinrich iſt im Stande, seine Kōniginn reich zu machen, und nicht, eine Kōniginn zu suchen, die ihn reich machen soll. So schliessen arme Bäuersleute über ihre Weiber einen Kauf, wie Viehhändler über Ochsen, Schafe, oder Pferde. Aber das Heyrathen iſt eine zu wichtige und edle Sache, als daß sie sich durch Mäckler ausmachen liesse. Nicht diejenige, welche wir wollen, sondern die Seiner Ma-

jestät gefällt, muß seine Gemahlinn werden; und
darum, Mylords, weil sie ihm am meisten gefällt, so muß das bey uns mehr gelten, als alle
andern Gründe, und auch wir müssen ihr den
Vorzug geben.   Denn was ist gezwungner Ehe-
stand anders, als eine Hölle, ein ganzes Zeital-
ter von Zwietracht und beständiger Zänkerey?
Freye Wahl hingegen ist die Quelle des Glücks,
und solch eine Ehe wird das Bild des himmli-
schen Friedens.   Was für eine Gattinn sollten
wir sonst für Heinrich wählen, da er ein König ist, als Margareten, die Tochter eines Königs? Ihre unvergleichliche Bildung, vereint
mit ihrer Geburt, ist ein Beweis, daß sie für
keinen andern gehört, als für einen König; ihr
tapfrer Muth und unerschrockner Geist, der weit
über das hinausgeht, was man gewöhnlich am
Frauenzimmer wahrnimmt, giebt uns die besten
Hoffnungen in Betracht eines künftigen Königs;
denn Heinrich, eines Erobers Sohn, wird wahrscheinlich mehr Eroberer zeugen, wenn er mit
einer Dame von so hoher Entschlossenheit, wie
die schöne Margarete ist, vermählt wird.   Gebt
also nach, Mylords; und macht es hier mit mir

aus, daß Margarete, und keine andre, Königinn werden soll.

K. Heinrich. Ich weiß nicht, ob es der Eindruck Eurer Erzählung macht, mein edler Lord
Suffolk, oder die völlige Neuheit aller Regungen einer feurigen Liebe für meine zarte Jugend;
aber das weiß ich gewiß; ich fühle solch eine heftige Empörung in meiner Brust, solch einen starken Kampf der Hoffnung und Furcht, daß mich
die starke Bewegung meiner Seele ganz krank
macht. Geht also zu Schiffe, Mylord, eilt nach
Frankreich, geht jede Bedingungen ein, und
macht, daß die Prinzeßinn Margarete sich gefallen lasse, übers Meer nach England zu kommen, und sich zur getreuen und gesalbten Königinn König Heinrichs krönen zu lassen. Zu Euren Ausgaben und nöthigem Aufwande laßt Euch
von dem Volke einen Zehenden geben. Geht,
sag' ich, denn so lange, bis Ihr wiederkehrt,
bleibt mein Herz von tausend Sorgen zerrissen.
Und Ihr, lieber Oheim, ärgert Euch an mir
nicht; wenn Ihr mich nach dem beurtheilt, was
Ihr wart, nicht nach dem, was Ihr itzt seyd,
so wird das gewiß diese schnelle Ausführung mei-

nes Entschlusses entschuldigen. Und nun laßt mich, von aller Gesellschaft entfernt, meinen Kummer nähren, und nur mit ihm mich unterhalten.

(Er geht ab.)

Gloucester. Freylich / Kummer! — ich fürchte, das wird der Anfang und das Ende seyn.

(Geht ab.)

Suffolk. So hat Suffolk seinen Zweck erreicht! und so geht er nur hin, wie einst der junge Paris nach Griechenland. Wir hoffen, in der Liebe eben so glücklich zu seyn, aber hernach ein bessers Schicksal zu haben, als dieser Troianer hatte. Margarete soll itzt Königinn werden, und den König regieren; ich aber regiere sie, und den König und das Reich.

(Er geht ab.)

XX

Frankenthal,

gedruckt bey Ludwig Bernhard Friedrich Gegel,
Kuhrpfälz. privileg. Buchdruckern.